D1440872

Érik Orsenna est né en 1947. Après avoir enseigné l'économie internationale jusqu'en 1981, il entre au cabinet de Jean-Pierre Cot, alors ministre de la Coopération, puis devient conseiller culturel du président François Mitterrand. Il est nommé maître des requêtes au Conseil d'État en 1985, puis conseiller d'État en 2000. Les voyages, la mer et la musique tiennent une place essentielle dans sa vie et dans ses livres. Il préside le Centre de la Mer (Corderie royale, à Rochefort). Il a publié plusieurs romans dont *La Vie comme à Lausanne* (prix Roger-Nimier en 1978), *L'Exposition coloniale* (prix Goncourt en 1988), *Grand Amour*, et dernièrement *Mali, ô Mali*. À côté d'ouvrages où il exprime son attachement à la langue française (*La grammaire est une chanson douce*), il explore la mondialisation (*Voyage au pays du coton* et *Sur la route du papier*). Il a été élu à l'Académie française en 1998.

# Érik Orsenna
## DE L'ACADÉMIE FRANÇAISE

# UNE COMÉDIE FRANÇAISE

ROMAN

Éditions du Seuil

TEXTE INTÉGRAL

ISBN 978-2-7578-4132-7
(ISBN 2-02-005601-1, 1re publication)

© Éditions du Seuil, 1980

Pour mon frère Thierry,
pour Jean-Paul, Françoise et Jean-Marc,
mes faux frères.

Il est terrible que le silence puisse être une faute.

Marguerite Yourcenar,
*Alexis ou le Traité du vain combat.*

# Prologue

# 1

S'aimaient-ils ?

Allez vous y retrouver dans les sentiments d'après-guerre. Une fois éteintes les marseillaises, embrassés et rembarqués les GI's, revenus les déportés, poussés les cris d'horreur, notre pays redevint tellement silencieux, le moindre sourire résonnait, prenait valeur de serment, de point d'orgue.

— Puis-je m'asseoir à votre table ? demanda Louis.

— 14-18, 39-45 : les conflits mondiaux durent de plus en plus longtemps, remarqua Bénédicte.

Après les banalités d'usage à chaque début d'idylle, ils quittèrent le Flore (ou les Deux Magots). Intimidés soudain par les hauts lieux. Une terrasse existentialiste est peu propice aux projets d'avenir. Ils marchèrent vers des quartiers plus calmes et moins ironiques, le café Vauban, par exemple, avenue de Breteuil, en face des Invalides. Là, ils commandèrent des demis et ouvrirent leurs âmes.

— Maintenant que la guerre est finie, la vie me paraît bien trop grande, dit Bénédicte.

— Comme je vous comprends, une foule d'objets et d'idées ont été détruits, notre génération devra reconstruire, répondit Louis.

— Vous croyez qu'un amour tel que le nôtre remplira tous les vides ?

– Cela, ma chère, c'est le rôle des enfants, une dizaine de petites vies qui sillonneront la grande.

Ils se crurent d'accord, se prirent la main et, profitant du quiproquo, s'épousèrent.

# 2

Bénédicte (blonde) commençait ses journées comme une jeune fille de bonne famille : fenêtre entrebâillée sur le Luxembourg. Elle traînait le plus possible au lit, parcourait *Mon village à l'heure allemande*[1], rêvait en alternance au prince charmant et au second baccalauréat. Voilà pour ses occupations du matin. Car l'après-midi, au fur et à mesure que s'approchait le soir, elle relevait sa jupe Vichy, regardait ses cuisses, son sexe, son ventre et rageait d'être femme. Pourquoi nos coups de foudre à nous se changent-ils en fœtus ? Alors, elle qui se sentait si loin, loin des livres en ce temps-là, elle qui trouvait le latin, la géographie, la trigonométrie, la philosophie hors de propos vu l'époque, excepté Sartre (l'existence précède l'essence ça j'ai bien compris, on devrait nous offrir nos diplômes en cadeaux, en dommages de guerre), elle trop avide pour n'être pas totalement paresseuse, elle qui lisait dix lignes et puis s'en allait fêter la victoire, elle devint érudite.

Le plus pénible, c'était l'achat. Bonjour monsieur, je suis une femme mariée et je voudrais des manuels contraceptifs. Je vois, je vois, répondait le bouquiniste. Et il lui vendait hors de prix *Ma Mère Lune, guide de*

1. J.-L. Bory, prix Goncourt, 1945.

*la procréation dirigée*[1], *Grammaire de la fécondation volontaire, les jours féconds et stériles de la femme*[2], *La Femme cette inconnue*[3], *La conception n'est possible que 60 jours par an*, suivi d'une étude sur le *coïtus interruptus*[4] (etc.). Bénédicte piquait fard sur fard. Sur le chemin du retour, les grimoires serrés contre son cœur, elle suivait des yeux ses consœurs les passantes, comment font-elles ? et bouillait d'être femme, pourquoi la féminité reste-t-elle solitaire et la virilité grégaire ? Puis elle engrangeait les recettes :

« *Il ne paraît pas absurde a priori d'imaginer que chez l'espèce humaine les accouplements soient bien plus féconds durant les heures de nuit que pendant les heures où le Soleil bombarde, de ses rayons lumineux et autres, un point de la Terre. Je n'entends pas affirmer ainsi la stérilité des accouplements diurnes, mais je crois à une plus grande efficacité de ceux effectués au cours des heures de nuit et je crois à un maximum de cette efficacité à l'heure du minuit, quand le Soleil, aux antipodes du lieu terrestre considéré, laisse le champ plus libre aux rayons lunaires (je ne parle pas des rayons solaires réfléchis par elle), que la Lune soit où non présente.* » Voilà bien ma veine, moi qui m'émeus surtout la nuit.

Puis elle plongeait dans les calendriers sexués, elle calculait, calculait, sans oublier les années bissextiles ni les changements d'heure d'été pour heure d'hiver, d'heure allemande pour heure solaire et déduisait

---

1. R. Marchais, Éditions Adyar, 1938.
2. Dr H. Pietra, Éd. et Librairie de l'Action intellectuelle, BP 55 Poitiers.
3. Dr H. Grémillon (*idem*).
4. Anonyme (*idem*).

de ses recherches les risques quotidiens. En conséquence elle organisait ses soirées. Avec les hommes
beaux, les soirs stériles (on ne sait jamais). Avec les
laids, les soirs féconds (restons amis, voulez-vous).

| Calendrier « Ma Mère Lune » pour 1938 | | | | |
|---|---|---|---|---|
| Du 1er janvier à 0 heures | au 2 janvier à 22 heures | | | Fille |
| 10 | 12 | 12 | 10 | Fille |
| 14 | 20 | 16 | 10 | Fille |
| 19 | 3 | 20 | 18 | Fille |
| 24 | 2 | 25 | 14 | Fille |
| 25 | 18 | 26 | 10 | Garçon |
| 29 | 14 | 30 | 15 | Fille |
| 30 | 19 | 31 | 20 | Garçon |

Louis Arnim était de la race dont regorgeait l'époque :
les bâtisseurs d'avenir. Des jeunes hommes bruns, sportifs, joyeux et sérieux à la fois (à l'inverse de l'humour,
la joie est grave, ressortit à l'esprit de sérieux), et
saouls d'optimisme. Ils se sentaient honteux du passé,
et moins honteux des horreurs de la guerre que des
mollesses de l'avant-guerre. Ils trouvaient l'histoire de
France légère, primesautière, gamine, voire franchement
cyclothymique : bonheur en 36, peur en 37, ouf muni-
chois en 38, lâcheté maginot en 39… Heureusement
la guerre, et surtout la défaite, louée soit-elle, avaient
mûri le pays. Avec la Libération, le temps s'était fixé
au beau. Et juste au bout de la Libération commençait l'Avenir. Et l'Avenir appartenait pour moitié aux
Communistes (Avenir radieux, version populaire) et
aux Ingénieurs (Avenir radieux, version bourgeoise,
tendance catholique MRP). Ainsi, la meilleure couveuse

d'ingénieurs n'étant pas Polytechnique (trop abstraite) ni Arts et Métiers (trop subalterne), Louis Arnim préparait l'École centrale. Il affrontait donc le matin une armée d'intégrales doubles. Pause d'une heure pour le déjeuner. L'après-midi, il mesurait la surface de tous les coniques connus à ce jour. Parfois il s'octroyait une inattention, toujours la même : sitôt centralien, j'aime. Le samedi soir, il rôdait. Deux Magots, Tabou, timidement, pourvu que je ne tombe pas amoureux trop tôt.

Ils se rencontrèrent au Vel d'Hiv, terrain neutre, un hasard, leurs fauteuils étaient voisins, sans doute un match de Cerdan. Ray Sugar Robinson y combattit plus tard, Louis appréciait en connaisseur, il avait boxé lui-même (championnat d'Ile-de-France universitaire), Bénédicte détesta. Ils abandonnèrent là leurs bandes respectives et coururent s'encanailler (javas) au Bar de la Marine à l'angle du pont Mirabeau. Il fut séduit par son air mixte : blonde rieuse-œil protestant. Elle lui trouvait des mines de Clark Gable-Rhett Butler. Elle acceptait sans rechigner l'astuce éculée du couvre-feu : reste chez moi, après deux heures les rues sont peu sûres.

Entre cette frénésie-là et notre naissance à nous, Charles et Clara, se tient l'épisode du mariage, église Saint-Thomas-d'Aquin, Saint-François-Xavier, Sainte-Clotilde ou Saint-Louis-des-Invalides, ma sœur et moi nous ne nous souvenons plus. Et qu'importe le lieu des noces Arnim ; bien au chaud derrière la robe blanche, dans le ventre de Bénédicte, nous haïssions déjà l'orgue.

# 3

La guerre venait de finir et les films de guerre n'étaient pas encore prêts : ce fut l'époque où l'on s'ennuya le plus. On pressait la Libération comme un citron. Déjà les touristes venaient visiter, à quelle heure monsieur Sartre marche-t-il rue Bonaparte ? Bénédicte et Louis regardaient leur montre. Le temps passe, songeaient-ils. Chaque matin Louis ouvrait les journaux à la rubrique des naissances et s'effrayait du baby boom, quel raz, marmonnait-il, la concurrence sera rude dans les années soixante, plus j'attends, moins mes fils auront de chances d'entrer à Polytechnique. Tandis qu'au même moment Bénédicte se disait : les conflits mondiaux et les fêtes qui s'ensuivent sont bien plus riches que la paix en occasions d'amour. Voilà plus d'un an qu'on a signé l'Armistice, que fais-je encore fille, ou presque, en tout cas sans époux ?

Le mariage immédiat qui suivit leur rencontre, aux siècles précédents on l'aurait appelé de raison. Pour sacrifier à la modernité, baptisons-le d'urgence.

# 4

Balsamo arriva, trottinant et désinvolte, vers la mi-juin 45, au tout début de leur amour. Un soir qu'ils prenaient un dernier verre à la terrasse de la Rhumerie, tâchant de faire mieux connaissance, racontant leur exode « nous avons dû arriver à Poitiers, attendez, oui, dès le 30 mai 40. Comme c'est drôle nous venions de partir pour Libourne... », s'apprivoisant, entrebâillant des portes avant d'aller dormir ensemble. Balsamo se faufila directement vers leur table.

— Tiens, se dit-elle, il possède un berger blanc, étrange qu'il ne m'ait pas prévenue.

— Oh, oh, ce chien est bien trop grand pour une vraie jeune fille, se dit-il au même moment, moins réticent qu'intrigué (me serais-je trompé sur Bénédicte ?).

— Ne gaffons pas.

— Montrons-nous tendres.

Bref, l'animal fut choyé. C'est ainsi que s'imposa Balsamo, sans heurt ni mal, comme à une noce : chacun croyait qu'il appartenait à la famille de l'autre. Et ils partirent tous les trois en direction de l'hôtel du Sénat, rue Saint-Sulpice. Les chiens n'étaient pas permis à l'étage. Le gardien de nuit voulut bien fermer les yeux (à cause de la victoire) mais tout de même, marmonna-t-il, comme l'ascenseur les emportait, jusqu'où ira-t-elle, l'influence de Sartre ? Le cœur de Bénédicte lui battait très fort, veut-il de moi pour son chien, en ce cas-là je refuse et tant pis pour notre amour, tandis que Louis prenait lui aussi des résolutions, si ça l'excite d'être léchée devant moi, qu'importent les conséquences, je me détourne. Ils rêvaient de fleurs bleues et de mots mièvres. En marchant dans le couloir, vers la chambre 31, ils pestèrent secrètement, contre l'époque, sa manie des roses rouges et son goût pour l'audace. L'attitude de Balsamo les rassura. Sitôt la porte ouverte, il bondit sur la commode et les couva d'un regard chaleureux, gentil, nullement lubrique, sans plus bouger.

D'abord intimidés, ils s'aimèrent comme s'il n'était pas là. Et peut-être un peu mieux, car ils sentaient en leur spectateur, mêlée à la bienveillance, une très sourcilleuse exigence. Après une nuit plus qu'honorable, éblouis et moulus, ils se tournèrent vers Balsamo, comme pour lui demander, alors, qu'en penses-tu ? Le regard de Balsamo n'avait pas changé. Ils s'endormirent, vaguement déçus, dans les bras l'un de l'autre.

Bien vite, on s'en doute, ils surent à quoi s'en tenir sur les origines de Balsamo, mais n'en laissèrent rien paraître. Joyeux de détenir un tel chien qui donnait à leur couple une manière de style, eux qui par ailleurs n'avaient rien de remarquable. Et comme d'autres cultivent un genre leste pour se faire inviter partout ou choisissent une chanson pour plus tard se souvenir de leur amour, ils se disaient mi-effrayés mi-rieurs : nous, nous avons notre berger blanc des Pyrénées.

Etc. Ainsi Charles et Clara, beaucoup d'années plus tard, jouaient avec l'histoire de leur naissance, battaient, brouillaient les cartes, collaient soudain des images joyeuses sur un tableau jusque-là grave, changeaient, selon leur fantaisie du jour, l'ordre des épisodes et le degré des sentiments, comme dans une maison prêtée où l'on va demeurer, travailler quelque temps, on modifie à sa guise la place des lampes.

C'est la mode, aujourd'hui, d'accabler les parents. Mais que faire lorsque vous naissent des enfants de race résolument orpheline ?

# Hobbies

# 1

Les premières années se montrèrent charmantes. Années modestes, bien élevées, satisfaites de leur sort. Qui se contentaient d'un bonheur familial sur fond d'après-guerre et n'en demandaient pas plus. Au contraire, on aurait dit qu'elles remerciaient chaque 31 décembre à l'heure des bilans, les yeux baissés, merci, merci pour tout, ou rougissant, comme les jeunes filles d'autrefois après l'amour.

Louis, cinquante heures par semaine, dans le bureau sous-directorial d'une entreprise de Travaux publics, reconstruisait la France. Bénédicte se promenait épanouie dans un amour dont elle n'avait pas encore, malgré ses longues marches quotidiennes et ses périples nocturnes, fait le tour. Quant à Charles et Clara, ils regardaient, incrédules, les montres, et s'amusaient du balancier des horloges, oscillant sans fin la tête de droite à gauche, comme deux mordus de jazz. Tiens, la terre grince en rythme. Ils ne remarquaient des saisons qu'un changement progressif dans la chaleur de l'air et la manie de quitter la ville dès que le ciel était bleu. Ils n'imaginaient aucun péril et n'avaient pas d'inquiétude. Ainsi nous sommes des enfants, les autres sont des adultes. Les rôles leur semblaient distribués. Pour toujours. En un mot, ils ne comprenaient rien au temps qui passe.

Le dimanche, toute la parenté, Balsamo compris, se retrouvait sous le baldaquin, au fond du lit conjugal et l'on échangeait des nouvelles moqueuses sur le monde extérieur. Ni trop petite ni trop grande, la vie semblait à Charles et Clara juste à leur taille. Par rapport à notre séjour dans le ventre de Bénédicte, se disaient-ils, la naissance ne présente que des avantages : il ne fait pas moins chaud, nous rencontrons plus de gens, nous entendons mieux leurs paroles, et nous pouvons voir notre mère tout entière, à la clarté du soleil, sans placenta dans les yeux.

Hélas un soir de décembre 1949 au cours du dîner la lumière s'éteignit.

Charles et Clara crurent à des grèves (on leur avait déjà appris l'influcnce néfaste des syndicats sur les watts familiaux).

– Happy birthday, psalmodia l'assistance comme on apportait deux gâteaux jumeaux piqués chacun d'une quadruple bougie rose.

Il s'agit maintenant de distinguer avec soin les diverses raisons qui poussèrent l'imbécile et Clara à refuser de souffler :

1) la peur du ridicule (sans l'excuse d'une clarinette au bout des lèvres, les joues gonflées améliorent rarement l'esthétique d'un visage) ;

2) une crainte légitime de complications ORL (l'imbécile et Clara avaient les oreilles fragiles, ils savaient qu'un souffle trop violent abîme le tympan : combien d'otites baro-traumatiques sont dues à des anniversaires !) ;

3) l'impression désagréable d'être poussé dans le dos à l'arrivée d'un métro (ils seraient volontiers demeurés sur le quai).

Il leur sembla qu'une meute d'années, soudain, les entourait, l'air féroce, crocs à découvert, tous masques arrachés, débarrassées des politesses et des sourires d'antan, années avides comme des chiens qu'il faut nourrir, années à meubler, désertes comme le Gobi, années flasques comme des mannequins à bourrer de mousse, années ouvertes comme la gueule d'une locomotive, si tu n'as plus de charbon j'arrête.

On leur offrit des cadeaux, du champagne pour faire passer ce mauvais goût d'anniversaire. Sans succès. On leur expliqua patiemment qu'ils se trompaient : le drame du temps, mes chéris, c'est l'irréversibilité et non l'immensité du futur, les journées glissent toutes seules, vous verrez. Ils haussèrent les épaules et continuèrent à frissonner. Les bougies coulèrent sur les gâteaux jumeaux. Les invités prirent congé à pas de loup, non sans avoir souhaité bonne chance aux parents Arnim. Et l'on coucha les réfractaires. Plus tard dans la nuit, j'élève Charles, toi tu te charges de Clara, décida Louis. Heureusement, moi j'ai mon amour, songea Bénédicte en s'endormant.

Et c'est ainsi, à dos de bougies, que la famille Arnim quitta l'éden pour les hobbies, commença d'accumuler du bric-à-brac pour rassasier les années cinquante.

## 2

Dès cette époque (« maintenant tu es assez grand »), l'ingénieur Arnim commença d'expliquer à son fils, une fois par semaine, le monde. Il entrait dans la chambre de l'imbécile, chaque dimanche matin (« allons, c'est l'heure »). Le temps d'avaler une tartine, d'enfiler des survêtements bleus, ils partaient vers le bois de Boulogne. Les deux femmes de la famille agitaient leurs mouchoirs (« ton frère sera un savant célèbre ») et se préparaient pour la messe.

Sur les champs de Bagatelle, des centaines de Parisiens dribblaient, pédalaient, trottinaient, prenaient l'air, perdaient du poids, gagnaient du souffle.

– Allons respire, disait l'ingénieur, en petite foulée maintenant…

L'imbécile souffrait, perclus de points au côté, serrait les dents, se répétait le souffle est une chose essentielle, le souffle est une chose essentielle, ne serait-ce que pour éteindre les bougies d'anniversaire.

Tous les quatre ou cinq cents mètres, ils s'arrêtaient, s'asseyaient sur l'herbe, et commençait la leçon :

– L'univers est composé d'atomes… autour du noyau gravitent des particules…

Charles se remettait des efforts de la course, son cœur s'apaisait par paliers. Il fermait les yeux. On entendait les bruits du sport, claquement mat d'une chaussure sur un ballon, sifflet d'arbitre, bruissement de vélos qui passent, maigres clameurs après un but…

– Qu'est-ce que je viens de dire ? demandait brutalement l'ingénieur.

Parfois, le père soupçonnait son fils de n'être pas aussi intelligent qu'il l'eût souhaité. Peut-être n'entrerat-il jamais à Polytechnique. Il chassait, aussitôt surgie, cette douloureuse idée, et s'il appelait Charles de temps en temps l'imbécile c'était affectueusement, une sorte de code viril bien à eux, une manière d'annoncer les confidences.

– Retiens bien cela, Charles : un vrai scientifique n'est jamais seul car tout ce qui l'entoure, il peut l'expliquer. Un vrai scientifique n'a besoin de rien ni de personne pour remplir sa vie : le monde s'en charge. Tu vois ces arbres, par exemple. À toi, ils ne disent rien. À moi, ils avouent leurs petits secrets, certaines faiblesses de leur photosynthèse. Tu comprends ?

L'imbécile hochait la tête.

– Crois-moi, on ressent souvent moins de solitude à expliquer avec des lois qu'à dialoguer avec des mots.

L'imbécile (quatre ans) prenait l'air entendu, souriait tristement à tout hasard, redoublait d'attention, très ému par les efforts que son père déployait pour lui apprendre à s'ennuyer moins.

En plus du dimanche, ils revinrent à Bagatelle le samedi. Et l'imbécile dut passer ses jeudis à hanter le palais de la Découverte, à rôder entre les solénoïdes, les molécules géantes et les hémisphères de Magdebourg. On profita des fêtes volantes pour lui faire connaître le Musée national des techniques (192, rue Saint-Martin), le Conservatoire de l'aluminium (bd Garibaldi), le

Centre de recherche de l'EDF (Fontenay-aux-Roses) et d'autres encore, de moindre renom.

Chaque dimanche soir, devant le jury familial, Charles devait présenter le bilan, ses progrès. La poulie, le plancton, thermodynamique ou relativité... Lorsqu'il était satisfait, l'ingénieur tournait vers sa femme des yeux humides d'amour, de fierté et d'espoir positiviste : tu vois, nous forgeons une génération unifiée par la Science, les guerres sont finies. Il reste tout de même la Corée, l'Indochine, quelques troubles maghrébins, objectait timidement l'Épouse. Ce sont des inerties, répondait l'Ingénieur, leur mouvement est déjà mort... Les deux enfants avaient droit à un doigt de vin. Bref, à ces instants, le bonheur frôlait de son aile la famille Arnim. Et l'imbécile se jurait de montrer durant la semaine à venir plus d'application encore.

Mais la nuit, il se plaignait à sa sœur :

– Plus notre père explique, plus les choses se taisent.

– Écoute, laisse-moi dormir. Si tu aimes tant les histoires, lance-toi dans la Politique, on n'arrête pas d'y parler.

# 3

Soudain, la pluie de juin qui tombait lui donna l'idée de pleurer.

Depuis l'anniversaire scélérat, il faut l'avouer, Clara s'était ennuyée ferme. Charles, avalé par la Science, la délaissait. Et d'ailleurs tous les plaisirs garantis de l'enfance, tous les faux souvenirs d'adulte la frôlaient, sans l'émouvoir. Le goût du bout du sein maternel, par exemple, l'avait très vite déçue, grumeleux, rugueux, suintant, mol et bête sous la langue, interdit qui plus est de morsure, en un mot sans intérêt. L'heure venue du sevrage, elle releva la tête sans nostalgie.

– Est-ce là l'ivresse, se dit-elle, que tous les gens racontent ! La vie commence bien bas. Attendons d'en voir plus pour en parler à Charles et tirer ensemble des conclusions mornes.

Le stade anal, n'en parlons pas. Il fut effleuré, survolé, dépassé à grande vitesse, comme les trains corail traversent aujourd'hui les gares subalternes : pressés et méprisants.

Quant aux cadeaux de Noël, quant aux jouets d'enfants, hochets, oursons, peluches ou porcelaines. Clara s'en serait volontiers servie pour des festivités solitaires mais à la moindre autocaresse, au moindre doigt sous la chemise, l'osier du petit lit grinçait et les parents accouraient, affolés ou menaçants, un crucifix au poing ou la main sur l'appareil :

– Allô, docteur Spock ?

Bref, allongée sur le dos, Clara, trois ans, attendait le retour de sa famille, les yeux fixés au plafond où voletaient des mouches bleues cantharides.

Près d'elle, une jeune Espagnole au pair dévorait *l'Amant de Lady Chatterley*. Impatiente d'arriver au fait, elle sautait des pages. C'est ainsi que, vers cinq heures, les grosses mains du garde-chasse commencèrent de dévêtir la lady.

– Nous y voilà, se dit l'Andalouse, ce n'est pas trop tôt.

Au même instant, dans le cerveau de Clara germa l'idée qui allait changer sa vie :

– Et, pour me désennuyer, si je pleurais ?

Dès la première larme, elle faillit crier de joie. Un vrai plaisir, enfin, l'habitait. Et elle s'abandonna.

C'est ainsi que vers 5 h 15, ce début d'été-là, trois femmes connurent simultanément l'extase :

1) Clara grâce aux larmes ;

2) Lady Chatterley du fait viril et littéraire d'un garde-chasse ;

3) et la jeune fille au pair par osmose.

Soudain, on entendit des rumeurs de clefs dans la serrure. La jeune fille au pair rabaissa précipitamment sa robe. Lady Chatterley regagna son livre, et courut s'enfermer dans la bibliothèque. Clara sécha ses larmes. Étrange, après les larmes, elle avait envie de fumer. Quand son père se pencha pour l'embrasser,

– Bonsoir, ma Clara,

elle faillit lui demander une Camel, une Lucky, sans filtre de préférence, mais n'osa pas.

Elle dîna Jacquemaire de grand appétit et s'endormit, titubante, amoureuse, un peu ivre, bercée d'une certitude : les larmes seraient sa vie.

Le chatouillis des larmes en bordure des paupières, le cheminement des larmes aux creux des tempes, la moiteur des larmes sous les cheveux, la douceur des larmes sur les yeux, l'habileté des larmes, le soir venu, à chasser les poussières, les images, au loin les cauchemars du jour, la discrétion des larmes qui préparaient la nuit et puis s'évaporaient, si vite, vers elle ne savait pas quel soleil salé, quel mercure de poivre, quelle galaxie safran.

Elle ne rêva que de mers et d'épices et dormit comme jamais, dévalant le sommeil, impatiente des larmes du lendemain.

Mais pleurer souvent n'est pas sans risque, pour une enfant de trois ans. Qu'as-tu donc ma chérie ? Des mains inquiètes se plaquent sur votre front. Tu es malade ? Le thermomètre s'insère, accourt le médecin : au mieux des pilules, au pire quelques piqûres, si les sanglots continuent, rappelez-moi demain.

Mieux valait dissimuler, même à son frère.

Clara se cacha pour pleurer.

Elle profitait du moindre moment de solitude. Dès la porte fermée, sitôt sa famille en allée, elle ouvrait les vannes et ses larmes coulaient. Elle apprit ainsi à commander au petit fleuve qui flâne entre les paupières et glisse sur la joue. Elle jouait à l'éclusière, réglait le débit, contrôlait la rumeur. Bientôt les larmes lui furent dociles, lui obéirent, si l'on peut dire, au doigt et à l'œil. Entre l'aller et le retour de sa mère à la cuisine. Clara pouvait sourire, soudain sangloter, naviguer vers le bonheur, toucher du doigt le septième ciel, revenir à grand galop, sécher ses larmes, gommer ses cernes, sourire à nouveau.

— Tiens, maman, c'est déjà toi.

# 4

À l'aube du 28 mai 1952, vers 7 h 03, l'ingénieur ouvrit la radio. Bénédicte ne put s'empêcher de soupirer.

– Chut, dit l'ingénieur.

« ... contre la venue du général Ridgway ».

– Tu vois, j'ai manqué le début.

« En dépit de l'interdiction, le Parti communiste français maintient son ordre de manifestation. On craint des violences. »

L'ingénieur et Bénédicte se regardèrent. Et bondirent hors du lit, coururent cadenasser les portes d'entrée et de service, les fenêtres, les vasistas, les cheminées, attachèrent les clefs à leur poignet.

– Cette fois, il ne s'enfuira pas, dirent-ils, affalés sur le divan du salon, essoufflés, rassurés, quel métier que d'éduquer.

Ils eurent au même instant la même idée ; voir dormir leur enfant prodigue. La chambre était vide, le lit grand ouvert et l'imbécile déjà parti.

Il faisait beau ce 28 mai. L'hiver avait été long. On ouvrait les fenêtres pour la première fois depuis octobre. Les rues s'emplissaient du parfum des vies recluses au coin de l'âtre, au bord du poêle. D'innombrables femmes aux balcons, on aurait dit Stendhal, l'opéra de Parme, d'innombrables jolies ou sorcières en fichus frappaient leurs tapis. Se vengeaient avec rage du gris quotidien depuis l'automne, des grippes qui durent, des toux qui traînent. De temps en temps, pour franchir une rue ou déjouer d'éventuels soupçonneux, Charles jouait à l'enfant. Il dérobait des chiens attachés à l'entrée des boucheries et les promenait en laisse (regarde, disait la foule, le setter est plus grand que lui). Ou bien il s'enrôlait dans une famille, trottinait derrière un landau, l'illusion était parfaite, on aurait dit qu'il boudait…

Midi arriva, de plus en plus bleu, presque trop chaud. La poussière se leva. L'imbécile regardait fasciné le sol s'effriter, comme aspiré par le vent, et les bribes d'immeubles ou d'arbres flotter dans l'air. C'était l'été. La surveillance se relâchait. On respirait Paris par petits bouts. Bientôt toute la ville serait avalée, bien cachée dans les poumons des habitants. Qui devraient trouver un autre endroit pour s'en nourrir l'été prochain. Heureusement qu'il y a l'hiver, songeait l'imbécile, là au moins les pierres résistent, l'air est vide, on ne respire que du vent…

Ainsi philosophait notre héros, six ans, sur un banc du square de l'archevêché, dans l'île de la Cité. Par chance, beaucoup d'enfants visitaient ce jour-là Notre-Dame et venaient dévorer là, sous les ombrages, leurs maigres collations. L'imbécile engloutit une baguette, comme les autres, aucun adulte ne lui prêtait attention, chaque accompagnateur croyant qu'il appartenait à l'autre groupe, et personne ne remarquait qu'il n'était pas un enfant, mais un imbécile. Un imbécile très satisfait de son déguisement. Il regarda couler l'ocre de la Seine, quiet et plutôt fier, emporté dans une interminable rêverie métaphysique. Il comprenait tout, le monde, le temps… À quoi bon vivre maintenant puisque mon savoir est absolu ? Il chassa vite cette idée piège, à la fois optimiste et suicidaire. Il faillit laisser passer l'heure de la manifestation tant il s'abandonnait à la douceur de l'air, au déclin, par paliers, par terrasses, de la lumière, à la griserie de ces vastes problèmes résolus sans effort.

Une foule de plus en plus nombreuse franchissait la Seine, remontait vers le nord. L'imbécile s'y mêla. Ses voisins s'étonnèrent, s'indignèrent (emmener un enfant, un jour pareil, ces violences probables…). Deux femmes se proposèrent même de le raccompagner chez lui. Par chance, à cet instant, les cris éclatèrent :

– Ridgway la Peste
– Ridgway Nazi
– Libérez la Corée

l'imbécile cria comme les autres, leva son poing, chanta *l'Internationale*, c'est un refrain qu'on apprend vite. Il fut applaudi (tellement jeune et déjà militant), on l'aurait porté en triomphe si la police n'avait chargé. Il se retrouva dans l'entrée du 84 rue Saint-Antoine, derrière la porte, blotti entre les poubelles contre un grand jeune homme blond, métallo, dit-il, à Javel, chez Citroën. Ses aveux, chuchotés, ne s'arrêtèrent pas là, quoique communiste je suis timide, j'ai peur des flics, vous croyez que je devrais démissionner du Parti ? L'imbécile répondit non bien sûr et songea quelle aubaine me voilà au cœur de la politique. Il donna sans sourciller son absolution : le prolétariat a aussi besoin de timides. Dans la pénombre et malgré l'effluve des poubelles, le visage du grand jeune homme blond s'illumina. L'imbécile en profita pour s'informer :

– Qui c'est Ridgway ?
– Un criminel de guerre.
– Qu'est-ce qu'un criminel de guerre ?
– Quelqu'un qui ne suit pas les lois de la guerre. Au

lieu des bombes habituelles recommandées par Genève, Ridgway a déversé des microbes sur la Corée du Nord, il y a eu la peste, le choléra, la sclérose en plaques…

L'orage était passé. On n'entendait plus rue Saint-Antoine que le bruit des passants habituels flânant sous le soleil, prenant le temps, pour une fois qu'il était beau. Très honteux, le jeune homme suggéra qu'ils pourraient quitter les poubelles et rejoindre la manifestation.

– Où c'est la Corée ? demanda l'imbécile, comme ils s'extrayaient des ordures.

– Sous la Chine.

Ils reprirent leur marche dans Paris, interrogeaient les vieilles dames, vous n'avez pas vu l'émeute, on leur montrait la République, la gare de Lyon, parfois les Beaux Quartiers, l'Opéra. Rivoli, les cortèges avaient éclaté, des voyous, ils s'en prennent aux vitrines, les commerçants pliaient bagage, fermaient boutiques, le jeune homme s'appelait Max, l'imbécile et Max mouraient de faim, ils frappèrent au rideau de fer d'un boulanger, combien les palmiers ? 3 francs ? On releva le rideau juste assez pour la monnaie, les deux palmiers prirent le même chemin sur un papier de soie pour les protéger du trottoir, si c'est pas malheureux dit une voix et clac la boulangerie fut verrouillée. Ils passèrent rue aux Ours, l'humeur était joyeuse, les filles s'esclaffaient, les jours de guérilla les affaires prospèrent, expliqua Max, se révolter échauffe, ils firent le chemin avec plusieurs clients descendus satisfaits des chambres, un peu mal à l'aise, le temps d'un amour ils avaient eux aussi perdu le défilé, pourquoi attendre pour crier :

– À mort Ridgway

– Ridgway Nazi

– Libérez la Corée

maintenant une vraie foule descendait des hôtels, ou clamait son accord par la fenêtre ouverte, avec des râles, des soupirs en cadence, voyons il y a un enfant dit Max, on se moqua de lui et la police chargea. Par la rue Quincampoix. L'imbécile courut, courut. Il faisait nuit. Max avait disparu. Les pavés de Sébastopol étaient jonchés d'objets divers, journaux, chaussures, miroirs, poudriers, matraques, calicots à slogans. L'imbécile se saisit d'un grand sac à provisions. Il reprit son rôle d'enfant s'en revenant des courses. Mimant un gros chagrin. Ma bouteille de lait est cassée. Que va dire maman ? De braves adultes s'offrirent à le reconduire. Non merci, c'est tout près. On lui proposa du lait de rechange. Maman m'a défendu d'accepter quelque chose d'un inconnu.

Puis la bouteille fut vide. Le lait cessa de dégouliner du sac. La nuit était vraiment tombée. Depuis longtemps il ne restait plus de magasins ouverts, l'alibi du cabas ne tenait plus. Arrivé sur une place immense l'imbécile soudain désemparé se demanda comment il rentrerait.

C'est alors que s'arrêta près de lui une Hotchkiss noire n° 6042 AR 75. On baissa une vitre. L'imbécile devina dans la pénombre une figure ronde, chauve, portant courte moustache et grosses lunettes, avec un accent oh avec un accent comme les jardins 1900, plein de rocailles.

– Tout est calme dans le quartier ?

– Voyons, Jacques, dit une voix féminine au fond de la voiture, c'est un enfant, tu vois bien.

– J'ai perdu la manifestation, murmura l'imbécile, tremblant de tous ses membres (et s'ils étaient de la police !).

Dans l'Hotchkiss, ce fut l'enthousiasme, tu te rends compte, déjà révolutionnaire et courageux, en pleine

nuit, allez monte camarade et raconte-nous ton aventure, non ne t'assieds pas là (un paquet reposait sur
la banquette arrière) tu vas écraser les pigeons, allez
viens contre moi dit la femme, alors que faisais-tu là
tout seul dans la nuit ?

L'imbécile narra sa journée.

– Tu ne nous en veux pas, dit celui qui s'appelait
Jacques, on tourne encore un peu et on te raccompagne.

L'imbécile répondit je vous en prie. Ce sursis lui
donnait le temps de se choisir une adresse plus populaire.
Il faudrait n'avoir que des logements à plusieurs entrées :
19 avenue d'Eylau pour les relations d'affaires, 22 quai
de Béthune (6$^e$ face) pour les femmes amoureuses et
77 bd Parmentier pour les amis communistes. Tout en
répondant du mieux qu'il pouvait aux questions de sa
voisine, l'imbécile découvrait la multiplicité des mondes,
l'inépuisable complexité de la géographie sociale.

L'Hotchkiss rôda quelque temps, à faible allure,
descendit le bd Beaumarchais, vira à la Bastille, revint
par la petite rue Saint-Sabin et le bd Richard-Lenoir. Les
trottoirs étaient déserts. Sur la chaussée, sur les murs,
la peinture blanche n'arrivait pas à sécher, les inscriptions dégoulinaient

Ridgway la Peste

Libérez la Corée

souvent interrompues net

Ridg

Paix à

On imaginait les charges de police, les pinceaux
jetés en courant à la gueule de la meute, les uniformes
maculés de Valentine. Jacques Duclos souriait. Depuis
qu'il l'avait reconnu, l'imbécile écarquillait les yeux,
tendait l'oreille, s'écartelait les pores. Pour se pénétrer
de l'Histoire, si proche, seulement séparée de lui par

un infime paquet de pigeons. Duclos, la Résistance, le ministre, le maître après Thorez. L'imbécile humait l'air. L'odeur un peu rance de cuir et de tabac qui régnait dans l'Hotchkiss. Pour la deuxième fois de la journée, il s'emplissait les poumons d'Histoire. Est-ce que les alvéoles résistent à tant de hauts faits ? D'une seule lampée, 1789, 1936 et 1515. L'imbécile inhalait, inhalait.

– Tu te sens bien, mon petit ? s'inquiéta sa voisine.

– Très bien, madame, merci, c'est l'émotion de me trouver là, dans votre voiture Hotchkiss.

Et l'imbécile se réinstalla dans son ivresse, sa boulimie de légendes, d'épopées, de mots d'Histoire, *tu quoque Brutus*, tout est perdu fors l'honneur, la République n'a pas besoin de savants, cette infinie lignée qui aboutissait ce soir-là, 28 mai, à l'Hotchkiss 6042 AR 75 avant de glisser dans le tome contemporain du Mallet et Isaac. De temps en temps, une voix fluette, lointaine, au fond, tout au fond de lui persiflait, tentait de gâcher la fête : ce n'est que cela l'Histoire, une promenade en automobile, avec sa femme dans Paris la nuit avant d'aller dîner de deux pigeons ? L'imbécile la faisait taire, assez aisément, cette voix fluette, l'écrasait discrètement du talon.

Et cet alliage étroit d'abandon et de réticence, d'émerveillement et de déception diffuse renforçait son excitation, loin de l'amoindrir.

– Alfred, je crois qu'il faut s'arrêter, dit la femme au chauffeur, cet enfant se trouve mal.

– Pas tout de suite, ce n'est pas très prudent, donne-lui plutôt de l'air, baisse la vitre.

Au coin de la rue du Temple une voiture renversée brûlait encore, faiblement, des agents montaient la garde près d'une boutique éventrée. Alfred Wighishof accéléra. Vingt mètres plus loin, il dut piler net. Un barrage bloquait l'avenue. Les policiers entourèrent la voiture. Prièrent fermement les occupants de sortir, Wighishof le chauffeur, Georges Goossens le garde du corps, Gilberte et Jacques Duclos, puis l'imbécile qui suffoquait de joie, balbutiait l'Histoire, l'Histoire est là. Je suis dans l'Histoire, etc.

– Qui est cet enfant ? demanda un policier.

Personne ne répondit. On fouillait l'Hotchkiss.

– Chef, chef regardez !

Un jeune agent brandissait les deux pigeons.

– Oh, dit le galonné, l'affaire se complique. Allez, tout le monde au commissariat, j'appelle l'Intérieur.

Alors l'Histoire s'éparpilla : chacun des occupants de l'Hotchkiss fut séparé des autres, pour qu'ils ne puissent pas communiquer, ce serait trop facile, dit un officier. Durant le trajet jusqu'au 62, rue de Bretagne, l'imbécile songeait tristement que le beau rêve était fini. On allait très vite découvrir qu'il n'avait aucune part dans le complot. On appellerait ses parents. Et il retournerait dans l'enfance, dont on a toujours tant de mal à sortir.

On arrivait au commissariat du X$^e$, quartier des Enfants-Rouges.

L'imbécile fut pris par une main et conduit illico dans un bureau où un inspecteur commença de l'interroger.

– Allez, réponds, s'agit-il de pigeons voyageurs ?

Dans un coin, derrière lui, une machine à écrire crépitait. L'imbécile gardait les yeux sur le mur de droite, une photo de Nice, jaunie, la promenade des Anglais, au-dessus d'un calendrier de l'année dernière, 1951.

– Allez, on ne va pas y passer la nuit. Ces deux pigeons sont-ils voyageurs ?

L'imbécile réfléchit : les postes étaient peu sûres, on ouvrait les lettres comme un rien avec une simple vapeur d'eau. Les lignes téléphoniques, on les avait tapissées d'oreilles indiscrètes. Le milieu des radios amateurs était truffé d'indicateurs. Un coursier pouvait tomber dans une embuscade. Le télégraphe optique est peu pratique en ville…

– Tu te fous de moi ? dit l'inspecteur.

… l'arrivée de bouteilles jetées à Bercy, repêchées à Billancourt est plus qu'aléatoire, de même que les signaux de fumée, il faut que la direction du vent s'y prête… Comment un parti organisé, les jours d'émeute, les soirs d'urgence, donne-t-il ses ordres aux militants ? Il ne reste que les petits papiers enroulés autour des pattes des pigeons.

– Alors ?

Cette fois l'inspecteur s'impatientait. Il venait de se dresser. On sentait qu'il allait hurler, voire baver.

– Bien sûr, répondit avec calme l'imbécile, bien sûr ils sont voyageurs. Vous n'imaginez tout de même pas des pigeons à rôtir dans la voiture d'un secrétaire général, par intérim, du PCF ? En quelle estime tenez-vous donc l'Histoire ?

L'inspecteur bondit dans le couloir.

– Commissaire, le gosse a avoué, les pigeons sont voyageurs. Je communique à l'Intérieur ?

D'un coup, les yeux toujours fixés sur l'affiche de Nice, Charles découvrait la dimension colombidée de la politique : tous les pigeons de Paris portaient des messages. Il suffisait de lever le nez vers le ciel pour assister aux conversations privées des grands de ce monde.

– *Étant donné l'état de profonde division du pays, cher Antoine Pinay, et l'urgence des questions financières, notamment la gigantesque dette qui obère notre équilibre extérieur, je n'ai que vous, bref, cédant à l'affectueuse sollicitation de votre président et ami Auriol, accepteriez-vous la lourde charge de Matignon ?* (Pigeon d'aller : ramier roux brique.)

*Oui. Merci. Signé Pinay.* (Pigeon de retour : cravaté chinois argenté mosaïque.)

À un moment de la nuit, au milieu d'un autre rêve de pigeons, les parents de l'imbécile vinrent le chercher. Les policiers se réjouissaient, salivaient à l'avance, mes aïeux ce qu'il va prendre, la tournée qui l'attend. Ils n'assistèrent qu'au spectacle, banal sur un quai de gare, plus rare aux Enfants-Rouges, d'embrassades.

– Nous étions inquiets, avouèrent Louis et Bénédicte.

– Vous saviez pourtant, répondit l'imbécile, que je dois m'occuper des affaires du pays.

– Regarde : Clara voulait absolument venir.

La famille quitta le commissariat entre deux haies d'agents réticents qui suggéraient, à mi-voix, d'autres méthodes éducatives, nettement plus rigoureuses et soucieuses de discipline.

Dehors, il commençait de faire moins sombre. Le jour se levait. L'imbécile proposa de rentrer par l'Étoile. Ils remontèrent les Champs-Élysées. Entre la foule de la nuit et les affairés du jour, c'est le seul entracte. L'avenue est vide. Ils s'arrêtèrent au centre de la place, juste au pied de l'Arc. Nichée dans les recoins de la Marseillaise, une armée de pigeons prenait du repos avant d'autres missions, d'autres messages à porter.

– Voilà leur gare, ou leur caserne, expliqua l'imbécile.

Sa famille hocha la tête, peu contrariante et désireuse surtout d'aller enfin se coucher. Clara dormait déjà dans le fond de la Frégate.

Durant les jours qui suivirent, on fit rempart autour de Charles pour préserver ses illusions colombophiles. On lui cacha l'article de *l'Humanité* : « Un enfant de la bourgeoisie envoie notre secrétaire général en prison… l'autre soir, alors qu'il l'avait obligeamment recueilli dans sa voiture… il faut l'excuser. On connaît la brutalité policière. Et l'habitude de la traîtrise, qui vient très tôt dans les milieux possédants… pourtant dès maintenant le mettre en garde… grave erreur : la conception qu'a cet enfant de l'Histoire est beaucoup plus symbolique que dialectique… »

De toute manière, l'imbécile ne s'intéressait pas aux journaux. Il passait ses jours à lever la tête. Après bien des calculs, il s'était choisi un observatoire : le 32 coin sud-ouest des Tuileries, dos à l'Orangerie. Il pouvait ainsi surveiller d'un seul coup d'œil les dialogues entre les principales institutions de la République. Il suffisait de distinguer les liaisons directes (Auriol-Pinay, et retour) des vols moyen courrier interrompus à mi-chemin et concernant l'un ou l'autre des députés. Une telle méthode de guet, tout empirique et dilettante, présentait de graves lacunes :

1) les pâtés immobiliers cachaient souvent la destination réelle des oiseaux ;

2) tout ramier venu du sud et remontant vers l'ouest-nord-ouest n'a pas pour objectif le palais présidentiel. Certains sont encore sauvages, d'autres viennent de province, voire de l'étranger et se reposent, visitent, flânent sur la ville ;

3) quelques partenaires sociaux, qui participaient néanmoins aux Affaires, se trouvaient exclus a priori du réseau, par exemple les partis socialiste et communiste, la CGT… dont les pigeons, envoyés de la

Cité Malesherbes, du carrefour Kossuth ou de la rue La Fayette, gagnaient les ministères par des couloirs aériens détournés, derrière le dos du guetteur.

En dépit de ces limites, l'imbécile scrutait le ciel de Paris avec une ambition qui peut faire sourire : il pensait pouvoir déduire du mouvement quotidien des pigeons les péripéties politiques du jour, les gros titres à venir dans les journaux du soir.

Son grand succès fut le 4 juin, comme il rentrait chez lui :

– N'est-ce pas un député communiste qui, en coupant le courant, vient d'arrêter la production de Renault ?

– Comment l'as-tu deviné ?

L'imbécile ne savait pas prendre l'air modeste. Toutes ses prévisions, il faut l'avouer, n'eurent pas la même efficacité.

À passer des semaines les yeux vers le ciel, toujours assis dans le même coin sud-ouest des Tuileries, un enfant de cinq ans suscite certaines curiosités : maternelle (tu n'as pas peur tout seul ?), pédophile (tu veux venir chez moi ?), maréchaussée (je vais te reconduire chez tes parents, comment t'appelles-tu ?), ou purement vénale (monsieur désire, glace vanille ou citron ?). Ces importuns écartés, l'imbécile se croyait tranquille. C'est alors qu'il fut abordé par je me présente, jeune homme, Alexandre Carcopino.

– Nous vous observons depuis quelques jours, manifestement, jeune homme, vous êtes des nôtres.

L'imbécile, à regret, laissa tomber des nues ses pupilles. Une dizaine de personnages s'étaient approchés, tout sourire et la main tendue : bonjour nous sommes des augures amateurs.

Le soir même, il rentra chez lui avec un formulaire maladroitement ronéoté d'une encre violette, et baveuse :

Je soussigné
autorise mon fils/ma fille
à participer à la sortie augurale
du dimanche « 17 juin »
lu et approuvé
Participation aux frais : 55 francs.

Louis et Bénédicte s'enfermèrent dans leur chambre pour délibérer. Pourquoi cette excursion ? Des travaux pratiques, j'imagine. Toute la journée ? Tu sais le nombre d'accidents le dimanche ? L'imbécile glissait sous la porte de petits messages griffonnés, s'il vous plaît donnez-moi la permission, oh s'il vous plaît. Qu'avons-nous fait au bon Dieu pour mériter une telle progéniture ? Les enfants des autres s'inscrivent au Racing, aux Louveteaux, tu es sûr de tes chromosomes ? Qui sont ces gens-là ? Ne crie pas, je vais m'en rendre compte par moi-même.

Aux aurores, le lendemain, l'ingénieur et l'imbécile partirent pour les Tuileries. M. Carcopino attendait, place de la Concorde, devant la statue de Strasbourg, assis sur l'aile avant gauche d'un cabriolet Studebaker blanc. Charles présenta, M. Alexandre Carcopino, M. Louis Arnim. Les deux hommes, embarrassés, parlèrent d'abord de voitures, arbres à cames et six cylindres, le temps pour l'ingénieur d'oser se lancer dans le vif de l'enquête :

— Vous comprenez, monsieur, mais c'est mon fils.

– Je vous en prie, rien de plus normal.

Et le chef des augures lui offrit de marcher en parlant autour du jardin.

– Que voulez-vous savoir ?

Tout en cheminant, le père de l'imbécile fit connaissance avec Aurobindo Sri (1872-1950, révolutionnaire bengali et grand yogin), Camille Flammarion (1842-1925, astronome et auteur du livre célèbre *les Maisons hantées*), Charles Richet (1850-1935, prix Nobel, *l'Avenir de la prémonition*)… et bien d'autres dont il oublia les noms ou le titre des œuvres.

– Et vous-même ? demanda-t-il à son mentor.

– Oh ! je ne suis qu'un modeste garagiste, concessionnaire Peugeot.

Le père de l'imbécile ne comprenait pas.

– Avec tous ces accidents de voiture, j'ai été conduit à dresser la liste des présages…

Louis Arnim apprit encore les règles de base de la géomancie, quelques principes du yi-king, les effets du psilocybé (champignon maya). Mais là-bas, près de la Studebaker, les autres augures piaffaient, attendaient pour partir, il fallait se faire une opinion. Ces gens semblaient sympathiques. Plutôt doux. Et désolés. Pas communistes. Ni catholiques. Soucieux d'un avenir qui ne les concernait pas. Comme d'autres lisent *Point de vue*, la vie des reines, sans ambition personnelle. Ce pur désir de connaissance, même appliqué à des recherches sans rigueur, pouvait représenter un bon apprentissage du désintéressement scientifique[1].

---

1. La suite lui donna plus que raison. Bien qu'ils n'aiment pas l'avouer, de nombreux membres du club des Tuileries occupent aujourd'hui des postes enviés à l'École pratique des hautes études, voire au Collège de France. Il leur a suffi de baptiser science

Ils revinrent vers la statue de Strasbourg.

– C'est entendu, je vous confie mon fils.

– Monsieur Arnim, nous en prendrons bon soin. Nous fondons beaucoup d'espoirs sur lui.

On se retourna une dernière fois pour répondre aux adieux de l'ingénieur. Et la Studebaker s'engouffra dans la rue Saint-Florentin, cap au nord.

– Ne perdons pas de temps, dit le garagiste, comme ils passaient devant le cinéma Olympia, c'est long un avenir, et nous n'avons qu'une journée.

– Vous avez raison, répondit Marguerite. Pardonnez-moi, je rêvais. Allons, jeune homme, donnez-moi votre paume.

L'imbécile tendit sa main gauche. Mais il n'avait pas l'habitude des suspensions américaines, ni du roulis de grands paquebots qu'elles tâchent d'imiter. Bercé, il n'entendit que « Oh, la ligne de vie… » et s'endormit dès le milieu de la Chaussée d'Antin.

Sur la banquette arrière, M$^{lle}$ Eckhart, enseignante de khâgne, logée 2 rue de l'Éperon, Paris VI$^e$, entrée en divination par dégoût du présent et compétence particulière en civilisation latine (connaissance des livres sibyllins, notions d'extispicine, réel savoir en ornithomancie), Marguerite Eckhart consignait sur un calepin, malgré les chaos de la Nationale 330, les dimensions occultes de l'imbécile. Tandis que devant, assis à la place du mort, songeant à la réunion de Longchamp qui commencerait dans deux heures, Nicolas T., l'ancien turfiste, résistait de toutes

---

leur hobby du dimanche, leur manie de guetter les signes, pour d'augures devenir sémiologues. Mais n'allumons pas trop vite le bûcher sur lequel reposent, bien alignées, sagement rangées, les étapes de ce récit.

ses forces à l'envie de jouer dès maintenant, faire arrêter la voiture, bondir sur un téléphone, passer les ordres juste dans les temps, juste avant l'heure limite, il serrait les dents, se forçait à la patience, encore quelques progrès pour amadouer le futur et j'effectue ma rentrée triomphale en novembre, cent millions, Vincennes, Grand Prix d'Amérique…

Ils déjeunèrent, après Beauvais, non loin d'Aumale, chez un correspondant boucher, apprenti haruspice. Après le saint-honoré et la framboise de Ribeauvillé, on passa dans la chambre froide. L'hôte leur avait réservé un agneau. Il tendit le couteau sacrificateur à l'imbécile, qui s'y reprit à quatre fois pour ouvrir l'animal. Les augures se précipitèrent pour extraire le foie et l'examinèrent longuement, avec force exclamations. Puis l'on regagna la Studebaker. « Toutes ces expériences sont intéressantes, répétait M$^{lle}$ Eckhart, mais l'on ne sait jamais rien d'exact sur le futur sans les oiseaux. »

Au fur et à mesure que l'on approchait de la mer, elle s'énervait, ses yeux brillaient, « j'espère qu'il ne pleuvra pas, les goélands volent moins lorsqu'il pleut, vous vous rappelez notre dernier voyage, pour l'avenir de Martine Carol »… Mais le ciel était toujours bleu, seulement un peu plus sombre à cause de l'heure, et vers l'ouest presque rouge, on s'était attardé chez l'haruspice, la Studebaker ne parvint à Étretat qu'au début de la pénombre.

Marguerite courut vers la plage son carnet à la main, s'assit sur un rocher et commença de regarder les mouettes en prenant des notes.

Il y avait foule sur la promenade. C'était l'heure où la petite ville se donnait rendez-vous pour regarder la fin du jour. Quelques vacanciers vêtus de shorts et de chemisettes claires rirent, puis se turent, gagnés par la gravité de l'air. On n'entendit plus rien qu'un très léger ressac, l'éboulis perpétuel des galets gris et, de plus loin, très atténués par la distance, des bruits d'applaudissements.

– Ça vient du golf, la coupe du Président, dit quelqu'un.

– D'habitude, à cette heure, nous sommes de retour à Paris, murmura le garagiste à l'oreille de l'imbécile, quelques goélands à Rouen et hop le tour est joué. Mais pour vous elle voulait absolument venir ici. Les mouettes d'ici ont avec l'avenir une intimité plus étroite qu'ailleurs, paraît-il.

Le soleil disparut, d'un coup, une fois de plus avalé par l'Angleterre. Un court instant, le silence sur la plage d'Étretat changea de ton, ressembla à un grand soupir, une sorte de désappointement violent mais résigné. Puis les spectateurs regagnèrent leurs maisons, à tâtons, de mémoire : il faisait nuit.

Marguerite remonta, titubant de galet en galet, vers la promenade. À la lumière des phares, elle rayonnait.

– Voilà, tu m'en as coûté des peines, ta vie future donne le tournis, mais maintenant nous avons tous les éléments.

– Et alors ? demanda l'imbécile.

– Alors rien. Je ne te dirai rien. Nos collègues augures américains ont des habitudes différentes : ils communiquent à l'intéressé les résultats d'analyses. Que veux-tu, la France repose sur le secret comme Venise sur l'eau. C'est la règle.


Peut-être un augure, pour l'éprouver une dernière fois, achever son initiation avant de l'introniser, pour le dégoûter à jamais des pigeons, lui faire abjurer définitivement son hérésie, son penchant colombophile. Peut-être Marguerite, par rancœur de n'avoir pas vu aussi clair qu'elle le disait dans son avenir. Peut-être l'un des Arnim, Louis ou Bénédicte, dans l'espoir de le voir changer de hobby, Clara pour le punir de la délaisser, pour lui rappeler qu'elle existait. Peut-être un communiste en représailles contre l'arrestation du secrétaire général par intérim. Peut-être un anticommuniste scandalisé par ces débuts d'échanges cordiaux entre Charles et la famille Duclos dans la voiture Hotchkiss. Peut-être le hasard, un maniaque, une erreur. Personne ne saura jamais l'auteur de l'envoi. Toujours est-il, le fait est là, incontestable, dans toute sa brutalité biographique, le 30 juin 1952, l'imbécile retira de sa boîte aux lettres, adressé à son nom, le document officiel suivant :

« Nous soussignés :

« 1° Professeur Letard à l'École vétérinaire d'Alfort ;

« 2° Capitaine Lefort, du service des transmissions de l'armée de Terre, service Colombophile ;

« 3° Marcel Poulain, président de la Commission de recherches scientifiques de la Fédération nationale des sociétés colombophiles de France, président de la société colombophile *Le pigeon de Rambouillet*.

« Experts commis en vertu d'une ordonnance de M. Jacquinot, juge d'instruction au tribunal de première instance du département de la Seine (n° du P. 27234, n° du J. 2045) dans une information ouverte contre Duclos Jacques et autres inculpés, d'atteinte à la sûreté de l'État.

« Certifions ce qui suit :

« Après avoir reçu la mission dont s'agit le 3 juin 1952, à 14 h 45, nous nous sommes rendus ensemble près de M. le commissaire du quartier des Enfants-Rouges, 62, rue de Bretagne, qui nous avait été indiqué comme ayant procédé aux premières constatations dans la voiture 6042 AR 75. Sur le vu de l'ordonnance de M. le juge d'instruction, M. le commissaire répondant à nos questions nous a précisé ce qui suit, savoir :

« 1° Les pigeons, au nombre de deux, ont été trouvés dans la voiture incriminée le 18 mai, à 22 h 5, place de la République.

« 2° Ils se trouvaient sur le siège arrière de la voiture et enveloppés d'un papier marron lequel a été conservé intact, ce papier paraissait taché de sang.

« 3° Ils furent conservés dans un endroit frais pendant la nuit du 28 au 29 mai. Le 29 mai au matin, ils furent présentés à l'*Oisellerie du Pont-Neuf*, 18, quai de la Mégisserie, qui déclara qu'il s'agissait de pigeonneaux non voyageurs. En conséquence, M<sup>me</sup> Jacques Duclos fut priée de venir retirer les deux pigeons qui avaient été le matin même photographiés par l'Identité judiciaire.

« Cette invitation fut annulée à cause du bruit fait autour de ces pigeons et afin qu'il soit dit sans erreur possible qu'il s'agissait de pigeons voyageurs ou non.

« 4° Les deux pigeons et le papier qui les entourait furent enveloppés dans un autre papier et scellés par les soins de M. le commissaire. Le paquet ainsi confectionné passa la nuit du 29 au 30 « au frais » et fut envoyé, ayant été mis à la disposition de M. le juge d'instruction, à l'Institut médico-légal.

« 5° M. le commissaire précise qu'au moment où il vit les pigeons pour la première fois, ils ne présentaient pas de rigidité cadavérique et paraissaient souples et doux au toucher. Il précise également que toute substitution était rigoureusement impossible.

« Après l'audition de M. le commissaire du quartier des Enfants-Rouges, nous nous sommes rendus ensemble à l'Institut médico-légal où nous sommes arrivés vers 16 heures.

« Sur le vu de l'ordonnance d'expertise, nous avons été dirigés sur une des salles d'autopsie de l'établissement et le paquet contenant les deux pigeons nous fut apporté.

« Après examen minutieux des cachets que nous reconnûmes apparemment intacts et conformes à la description faite par M. le commissaire, le paquet fut ouvert. Nous trouvâmes les deux papiers d'emballage qui nous avaient été décrits et qui enveloppaient deux pigeons que nous avons identifiés comme suit :

« Premier pigeon : de couleur bleu-gris, ailes barrées de noir, type courant, sans autre marque particulière.

« Deuxième pigeon : de couleur bleu-gris, ailes barrées de noir, sauf aile gauche cinq dernières grandes rémiges blanches.

« Aile droite cinquième et sixième grande rémige blanches.

« Plumettes blanches autour du bec et sur le crâne.

« Après un examen minutieux, au cours duquel chacun de nous fit valoir son expérience, il fut unanimement reconnu que les deux pigeons qui nous étaient présentés étaient deux pigeonneaux âgés de vingt-six jours à trente-cinq jours au plus. Ils présentaient en effet les signes caractéristiques suivants : becs étroits, allongés, peu durs et malléables à volonté ; pattes faibles et peu charnues recouvertes d'une peau tendre, noire et blanche exempte de toute pellicule, dernière grande rémige de chaque aile poussée à peine aux deux tiers de sa longueur normale. Les trois dernières grandes rémiges de chaque aile, examinées à leur base, montraient encore des tuyaux pleins de sang, indice des plumes en pleine poussée et qui ne se trouvent normalement que chez des pigeonneaux sortant du nid et arrivés à leur stade de fin de croissance. (Photo de ces plumes a été prise à notre demande par l'Identité judiciaire.) Les plumes caudales (plumes de la queue) n'étaient arrivées qu'aux deux tiers de leur développement normal et leurs tuyaux, encore pleins de sang, indiquaient à leur tour sans aucun doute possible que nous nous trouvions en présence de très jeunes pigeons, « sortant du nid », selon l'expression colombophile courante. Cette expression peut également se traduire par tout au plus capables de se percher, mais en tout cas incapables de voler ni de remplir une mission de liaison.

« Il a été impossible de préciser leur race exacte car le nombre et la variété des types de pigeons connus, les croisements nombreux qui ont été faits et continuent d'être faits par de nombreux éleveurs amateurs, rendent difficile une identification raciale, surtout dans un âge peu avancé comme celui des sujets qui nous étaient présentés.

« Il semble cependant que nous nous trouvions devant des pigeonneaux d'un type courant, élevé un peu partout.

« Considérant d'un commun accord notre mission comme terminée, nous avons en l'honneur et conscience rédigé le présent rapport que nous déposons entre les mains de M. le juge d'instruction ainsi qu'il nous en avait commis.

« Paris, le 3 juin 1952.

« Suivent les signatures. »


Sitôt que Charles eut fini la lecture, il ferma les yeux, son corps tremblait dans un effort terrible de sa volonté, pour n'y pas croire. Mais le lendemain, 1er juillet, Jacques Duclos fut libéré. Toutes les radios annoncèrent la nouvelle. Il fallut se rendre à l'évidence : les deux pigeons de l'Hotchkiss noire 6042 AR 75 n'étaient pas voyageurs. Se mangeaient rôtis, entourés de petits pois.

Le ciel n'avait plus de sens, le monde était vide,

les oiseaux inutiles, à nouveau la vie bien trop grande, il faisait froid.

L'imbécile traversa la Seine et gagna le point habituel des rendez-vous, au coin sud-ouest des Tuileries. Cette fois pour dire adieu. Les augures tentèrent de minimiser l'événement. Un symbole de perdu, dix de retrouvés. D'ailleurs la colombophilie n'est pas à proprement parler une branche de la divination. Ils entouraient l'imbécile, lui caressaient les cheveux, essayaient de le consoler.

Il leur dit au revoir, à chacun bonne chance, et s'en alla vers le Louvre. Un instant, il se retourna. Il les vit de nouveau repris par leurs occupations de guet, les uns scrutant le ciel, les autres penchés sur la poussière du sol ou bien ouvrant précautionneusement des petits paquets, écartant une à une les feuilles de *Paris-Presse*, installés dans leur dimanche, les yeux fixés jusqu'au soir sur des viscères d'agneaux, chassant déjà les mouches. Il faisait beau, 11 heures du matin, et chaud. Des enfants riaient, criaient, couraient, léchaient des glaces, lançaient des bateaux à coques rouges sur l'eau noir-vert du bassin. Les femmes sur leurs sièges s'étaient renversées en arrière, fermaient les yeux, n'écoutaient que le bruit du soleil sur leur peau, abandonnées, noyées, au fil du temps enfin bleu. L'imbécile regarda ses anciens compagnons d'augure : dans cette noce, pourtant prudente encore, et citadine avec l'été, on aurait dit des orphelins, une race particulière, uniquement soucieuse d'avenir, un peuple d'absents, invités par personne, sans famille, et regardant par la fenêtre.

— À quoi ça sert l'avenir ? demanda l'imbécile à ses parents.

— Écoute, ce n'est pas le moment.

Ils préparaient leurs valises.

– Habille-toi vite, nous courons au Havre, oublie une seconde tes passe-temps. Ton grand-père arrive inopinément d'Uruguay.

# Pampa I

Port autonome du Havre, quai des transatlantiques, direction d'Amérique latine, service d'Uruguay, balcon des arrivées, vers le soir. D'un côté la ville, encore détruite. De l'autre la mer, agitée, grise à crêtes blanches, Charles et Clara se tiennent la main, tremblent. Comme s'ils craignaient les ruines tout autant que les vagues.

– Vous ne vous moquerez pas de mon père, n'est-ce pas ? dit Louis Arnim.

Des aussières, quelques passerelles descendent du ciel. Le *Rio de la Plata* touche enfin terre. À tout hasard, Louis agite le bras droit. Et sourit. Du sourire d'un fils qui n'a pas revu son père depuis douze ans. Il balaie de l'œil l'ensemble des bastingages de la poupe à la proue et retour sans découvrir ce qu'il cherche : le sourire complémentaire, le sourire d'un père qui n'a pas revu son fils depuis douze ans, depuis une guerre mondiale, une libération et un conflit froid, très exactement.

Puis les passagers débarquent. C'était la mode des chapeaux. On ne reconnaissait personne d'en haut, à l'époque. Et s'il avait manqué le bateau ?

– Il devait déjà venir en quarante-huit, dit Bénédicte.

L'ingénieur hausse les épaules, Clara se met à pleurer.

Au cours du dîner, l'ennui Arnim atteint son

paroxysme. D'habitude, l'Amérique latine sert de soupape. Lorsque Louis, Bénédicte, Charles, Clara trouvent le temps long, très long d'être ensemble, quelqu'un évoque le nom de Gabriel-Auguste Arnim. Un monstre d'égoïsme, nous sommes d'accord, mais la preuve vivante qu'un Arnim, un beau jour, peut tout quitter (Gabriel-Auguste Arnim a planté là les siens, au milieu de la drôle de guerre, et s'en est allé slalomer entre les sous-marins allemands, jusqu'à l'Uruguay). Les conversations Arnim disposent donc, grâce à Gabriel-Auguste, d'une infinité de thèmes. Soit moraux : cet homme est une ordure. Soit exotiques : anecdotes de la pampa. Ce soir, personne n'ose ouvrir la soupape. Il ne reste qu'une famille parisienne en déplacement inutile au Havre, devant quatre menus touristiques, des bulots pour commencer, du colin mayonnaise suivra.


À dire vrai, on ne disposait que de peu d'informations sur l'aventurier Arnim. Ses lettres étaient rares. Et brèves, elles s'achevaient toujours par la même phrase : « … Mais chut. Je préfère vous raconter tout cela de vive voix. » Et ses amis de passage à Paris restaient laconiques : j'arrive de Montevideo, votre père se porte bien. Voulez-vous venir dîner ? proposait Bénédicte. Hélas, je repars à l'instant pour Londres. À croire qu'ils étaient prévenus, les voyageurs. Une fois en France, si vous souhaitez vous amuser, surtout, surtout évitez la famille Arnim. Bénédicte raccrochait, dépitée. De Gabriel-Auguste, on n'avait rien appris de plus.

Alors l'ingénieur constitua une sorte de reliquaire sulfureux, le catalogue des exactions et fantaisies paternelles, tout ce qu'il savait du vagabond Arnim, et la chemise rouge avait beau contenir des histoires interdites aux enfants, elle traînait sur les commodes, elle restait de longues semaines sur la table basse du salon… comme on laisse courir dans les couloirs des rumeurs flatteuses, vous l'ignoriez ? mais voyons la terre entière est au courant, notre chef Louis Arnim est l'amant caché de Martine Carol, qui l'eût cru, ce morne ingénieur Arnim a pour ancêtre direct une fieffée canaille, et, chacun son tour, les membres de la famille Arnim venaient lire un peu d'aventure dans la chemise rouge.

*« Dès les premiers pas de Gabriel-Auguste Arnim sur la terre uruguayenne, les autochtones ont levé leur index dans l'air pour vérifier un pressentiment. Le pressentiment avait raison : un fort vent commercial s'était levé sur Montevideo. D'abord il proposa des jumelles "pour mieux suivre la guerre en Europe", disait-il. Vous auriez dû voir les plages du Rio de la Plata noires de monde, le 10 mai 40, jour de l'offensive allemande, on s'arrachait les binoculaires Arnim et les cartes du front offertes en prime, maintenant quelle heure est-il en Alsace ? demandait la foule, et vous apercevez quelque chose d'autre que la mer ? oui, oui, des fumées, Strasbourgos brûle, El Arras flambe. Un mois plus tard, Gabriel-Auguste lança l'idée des faux passeports humanitaires : il vous reste des proches en France ? Envoyez-leur des papiers uruguayens. Vous faciliterez leur fuite ! Vous sauverez vos familles des griffes allemandes ! Notre père passa juillet, août et septembre quarante dans les photos et dans les fiches, un véritable hiver de romancier, à reconstruire des identités, chaque document valait une fortune, port en sus. Lorsque l'odeur d'escroquerie se fit plus insistante,*

*au fur et à mesure que s'installait l'été, Gabriel-Auguste Arnim s'en est allé écumer la pampa...*

*... on ne peut pas dire que notre père soit bel homme. Eh bien dès qu'il arrivait au volant de sa Jeep à Tacuarembo, à Treinta y Tres ou le long du fleuve à Paysandu, à Mercedes, toutes les femmes l'aguichaient, le mot français adéquat n'existe pas, l'allumaient et le soir le priaient de leur faire un bébé. Peut-être l'obésité de notre père leur donnait-elle envie de tomber ou retomber enceintes ? En tout cas, ils devisaient de longues heures, elles et lui, sur le pas des portes, de la vie quand on a le ventre énorme, quelques témoins dignes de foi les ont vus, elles et lui échanger leurs impressions, des journées entières, en suçotant les pipettes à maté. Et dans les provinces reculées, où l'on mange peu, Christe Eleison, où l'on n'avait donc jamais vu d'obèse, les habitants l'entouraient, éberlués et lui demandaient de quel sexe esta usted, homme ou femme, et combien de bébés il portait et pour quelle date on prévoyait la naissance de la portée. C'est ainsi que Gabriel-Auguste Arnim, notre père, réussit une double carrière miraculeuse de colporteur et de géniteur. Aujourd'hui ? Oh ces temps-ci, il parcourt toujours le pays, principalement pour vérifier les carnets scolaires. Et les mères, nos belles-mères à la mode uruguayenne, nos marâtres l'attendent, et se rongent les ongles, elles invoquent la mère de Dieu, Vierge-Marie, ayez pitié de nous, faites que don Gabriel ne remarque pas les falsifications, les traces de Corrector, liqueur magique qu'il nous a vendue d'ailleurs, Vierge-Marie, car lorsqu'il est content des notes, surtout en latin et en mathématiques, il offre des cadeaux, voire de menues pensions. »*

64

Le Havre, place Gambetta, hôtel Celtic, tandis que Charles est passé de l'ennui au sommeil, sans trop de heurts, et rêve, comme d'habitude, à l'Amérique latine, région du monde où il n'est pas besoin d'ouvrir un livre, pas besoin de regarder les films, pas besoin d'errer au musée, pas besoin d'écouter la radio, pas besoin de tanner les adultes pour qu'ils ânonnent de l'éculé, chaperon rouge ou belle-au-bois (en Amérique latine, l'air lui-même charrie des histoires merveilleuses ou perpétuelles), tandis que Charles, Clara et Bénédicte dorment, Louis relit les notes commerciales qu'il avait préparées pour son père (puisque tu travailles dans le négoce, pourquoi ne pas importer en Uruguay ces produits typiquement français ?).

La 4 CV Renault, quatre places, quatre cylindres, quatre portes, quatre-vingt-dix kilomètres à l'heure, six litres au cent, son seul inconvénient : elle se renverse de temps en temps dans les virages, mais les routes sont droites, n'est-il pas vrai ?, dans la pampa.

L'École nationale d'administration : pourquoi ne pas suggérer au gouvernement d'Uruguay la création d'un organe d'enseignement qui unifierait la formation de tous les fonctionnaires ? Un tel moule est nécessaire, surtout dans les pays de métis, si l'on veut progresser dans l'ordre. Je pourrais y enseigner les méthématiques, la résistance des sols.

*Jeux interdits*, film de René Clément, scénario de Boyer, Aurenche, Bost et Clément, décorateur Paul Bertrand, durée 102 minutes : ce type d'œuvre devrait être subventionné par les démographes des pays vides pour l'envie qu'il donne d'avoir des enfants tels que Brigitte Fossey et Georges Poujouly.

Le lendemain matin. Gare du Havre.

Une femme en cheveux blancs, habillée de couleurs gaies, bleu clair, rouge, saute joyeusement sur le quai.

– Oh ! j'en ai eu du mal à m'échapper. Cette famille est décidément féroce. À force de vouloir me changer les idées, ils ne me lâchent pas d'une semelle. Pour m'enfuir, j'ai dû m'envoyer à moi-même un télégramme. Vous savez qu'ils haïssent toujours autant Gabriel-Auguste ? Et toi aussi, d'ailleurs, mon Louis, pour la simple raison que tu es son fils. Depuis douze ans, vous vous rendez compte… ?

Pour lui couper la parole, les Arnim l'embrassent.

Personne n'ose annoncer à sa mère, à sa belle-mère, à sa grande-mère, la mauvaise nouvelle.

Enfin Clara se décide. Au contraire de Charles, Clara excelle dans ce genre de courage quotidien.

– Gabriel Arnim n'est pas venu.

# Hobbies
(suite)

# 5

En septembre, Bénédicte s'assit sur un banc. Elle agita la main. Pour la première fois, une porte d'école se referma sur ses enfants. Et elle sentit son Amour commencer à rétrécir.

Il ne s'affaiblissait pas. Il restait toujours aussi fort, à certains moments, mais Il se retirait doucement de la plupart des choses qu'Il avait accompagnées jusque-là. Le ménage (pour le confort de la famille), les courses, la cuisine (pour la faim de la famille), la couture (pour la coquetterie de la famille) etc. se muèrent peu à peu en pur ennui. Et Bénédicte payait avec de l'ennui le prix qu'il fallait, mais sans espoir, sans rien attendre en échange. On pouvait accumuler, elle le devinait, elle en avait mal, des années et des années d'ennui, nul Amour ne vous en saurait jamais gré. Car l'Amour et l'ennui appartenaient à deux planètes différentes. Même les alchimistes catholiques qui ramassent n'importe quoi pour le changer en Amour n'avaient pas réussi avec l'ennui. L'ennui était demeuré matière froide, inerte aérolithe.

Elle calcula : mon cœur bat d'Amour le matin au réveil près de Louis, plus tard dans la chambre de Charles et Clara, pour les habiller, disons quarante-cinq minutes, puis le soir, à leur retour, admettons trois heures en étant généreuse soit deux cent vingt-cinq minutes multipliées par quatre-vingts (elle avait le pouls rapide naturellement), chaque jour dix-huit mille battements amoureux sur cent quinze mille deux cents. Et encore je surévalue la taille de mon Amour. Sans lui mon cœur aurait battu tout de même, il faudra que je demande à Louis de compter exactement pour moi…

Alors la vie de Bénédicte redevint trop grande pour elle. Elle avait l'impression d'y flotter. Comme dans un vêtement de sœur aînée. Comme du temps d'avant Louis. Et son Amour était incapable de la remplir. Sans doute véritable, gentiment chaleureux mais trop petit. Comme la tache rose de la France, sur une mappemonde, en ne tenant pas compte des anciens Empires.

À ce moment-là, si elle avait disposé d'une mère, Bénédicte aurait sonné chez elle.

Je ne vous dérange pas, maman ? Je voulais vous demander comment vous avez rempli votre vie.

D'abord, j'avais Dieu un peu partout dans la journée.

Moi aussi, j'ai la foi, aurait répondu Bénédicte.

J'avais Dieu et la religion. Ce sont les messes, les confessions, les bonnes œuvres qui occupent. Sauf exception, Dieu seul comble aussi peu qu'une correspondance avec un parent lointain. À part dans les périodes de maladie grave, quand on a peur, évidemment, mais ma santé ne fut jamais mauvaise.

Et encore ?

Je tombais enceinte, j'accouchais, j'allaitais, six fois deux années pleines.

Mais je n'ai pas autant de frères et sœurs.

Quelques-uns sont morts. Je pleurais, j'étais triste. J'allais au cimetière, j'arrangeais les fleurs. Je passais mes après-midi à écrire des lettres dont la bordure était noire, à remercier nos relations de leurs condoléances, à m'apitoyer sur d'autres décès alentour, j'étais devenue une manière de référence. On me consultait fréquemment sur tel ou tel point de deuil. Aujourd'hui, on expédie la mort et l'on s'étonne que la vie soit déserte.

Et encore ?

Durant la Première Guerre, je servais comme infirmière le jour à la Salpêtrière et le soir je confectionnais des paquets, j'avais vingt-quatre filleuls, disséminés çà et là dans les tranchées et les camps de prisonniers. En outre, j'ai rencontré ton père. De septembre quatorze à novembre dix-huit, mille cinq cent cinquante jours d'équilibrisme, le temps me semblait de plus en plus encombré. Puis nous avons profité, par raccroc, des années folles : un ami conseiller d'État détestait sortir, il nous donnait les cartes d'invitation qu'il recevait, je vous confie mon nom, disait-il, soyez sages. Ainsi nous nous rendîmes sur la péniche de Poiret, pour la fameuse nuit, et à Neuilly, dans le palais vénitien des Fauchier Magnan, à l'occasion d'une soirée Lifar. Nous n'étions pas assez riches pour la haute couture : tu imagines les heures qu'il me fallait pour copier la mode ?

Et encore ?

Juste avant la crise, les affaires de ton père s'épanouissaient. Il m'offrit des bonnes. Les premières semaines, donner des ordres divertit. Les jeunes domestiques venaient m'entretenir le matin de leurs cœurs et les plus vieilles, vers 5 heures, de leur goutte.

Et encore ?

Ma mère, tu t'en souviens, vivait souvent chez nous, et même la mère de ma mère, au début, tu ne l'as pas connue, et d'innombrables cousins de province, nous échangions des nouvelles la journée entière.

Maman, vous ne vous sentiez jamais seule ?

Au contraire. Parfois j'étouffais, sous le bric-à-brac.

71

J'aurais voulu tout agrandir, construire partout des ailes. Alors je courais à l'église et dans la nef au milieu des chaises vides je reprenais haleine rêvant de steppes désertes, tu vas rire, de Far West.

Mais Bénédicte n'avait plus de mère depuis 1938. D'ailleurs, cette espèce de conversation, on ne peut la tenir avec une mère qu'après sa mort.

Et puis un jour, Clara fut prise en flagrant délit. À marcher dans la fête foraine, sous le métro aérien, au lieu de prier pour les soldats d'Indochine, comme elle l'avait annoncé la veille : demain je rentrerai sans doute un peu tard, mon école organise un chapelet. Quelque policier rentré, quelque adulte au penchant mouchard l'avait vue. Et dénoncée. Bénédicte téléphona immédiatement aux Travaux publics. Pourriez-vous me passer monsieur Arnim ? Oui, sa femme. Oui, grave. Louis, ta fille ment. J'arrive. C'était le premier mensonge de la famille Arnim. Votre mère et moi, aimait à répéter l'ingénieur les dimanches ou lorsqu'il apprenait des faits divers glauques, votre mère et moi construisons notre vie sur un socle de vérité.

Le tribunal siégea au salon.

Clara,

le mensonge est la pelisse favorite du diable,

le mensonge est la langue favorite des égouts,

le mensonge est la démarche favorite des plus lâches parmi les rats qui n'osent pas rester, qui n'osent pas fuir, qui s'évaporent dans les mots,

le mensonge est la mâchoire favorite des termites amateurs de pilotis,

le mensonge est le fagot favori des brûleurs de

savants, le mensonge est l'antichambre favorite du désert,

le mensonge est la couleur favorite de la mort,

dit Louis Arnim (l'indignation l'inspirait).

Et retiens bien ceci, une femme qui ment, comme une femme qui boit, se dégrade plus rapidement et plus profondément qu'un homme menteur, qu'un homme buveur.

Suivirent certaines sanctions corporelles, dont il vaut mieux taire ici l'endroit.

Durant l'audience, Charles se réjouissait (enfin quelque chose d'amusant à domicile) et Bénédicte réfléchissait : une enfant n'a pas d'elle-même l'idée de tromper. Il faut qu'elle y soit poussée par une hérédité malsaine. Et Bénédicte avait beau fouiner, scruter son for intérieur, passer au peigne fin son âme d'Irréprochable, elle ne voyait rien qui ressemblât, de près ou de loin, à une tromperie en herbe, à un fœtus de mensonge. J'en suis sûre, les chromosomes menteurs viennent de Louis. D'ailleurs, à l'évidence, après sept ans de mariage, Louis me ment, Louis le samedi rencontre une maîtresse, quand il affirme se rendre au CPA[1]...

Alors l'Amour de Bénédicte cessa soudain de rétrécir. Elle le sentit qui se redressait d'un coup, qui se juchait sur ses ergots, qui lui parcourait à nouveau les veines, au grand galop, comme une lave bouillante, comme une colère.

Et c'est ainsi que Bénédicte Arnim poussa la porte, entra dans la Jalousie pour ne plus la quitter pendant les quatre, cinq et peut-être même six années qui suivirent.

---

1. Centre de perfectionnement aux affaires.

Il lui semble sortir d'une longue, très longue période de bois dormant. Piquée par une aiguille, sa vie se réveille. Toutes les parties de son corps et les objets autour d'elle s'ébrouent, s'époussettent, reprennent peu à peu du service. Finies, les années de paresse.

Les yeux de Bénédicte balaient maintenant sans relâche les terrasses de café, les sorties d'hôtel lorsqu'elle se promène, pour surprendre Louis. Ses paupières à peine abaissées, elle les relève, il ne faudrait pas que Louis profite de ce répit-là pour passer en voiture, blotti contre la chienne. Le soir, ne croyez pas que les yeux se reposent. Bien au contraire, ils redoublent d'attention, ils cherchent des indices, ils traquent les fards, les pâleurs sur le visage de Louis, les marques de rouge à lèvres.

Les tympans de Bénédicte s'écarquillent. Toute la journée ils tamisent et trient les bruits, la voix de Louis se reconnaît de loin et le gloussement de cette femme là-bas répond peut-être à une plaisanterie de Louis. Louis sait parfois se montrer si drôle. Dès que Louis s'approche, les narines de Bénédicte palpitent et s'acharnent à discerner une trace de parfum derrière l'odeur mêlée de tabac, d'after-shave et de tweed poussiéreux.

Sa peau n'arrête pas de s'interroger : est-ce qu'il pose sa main sur elle comme sur moi, est-ce qu'il aime chez elle les mêmes endroits que chez moi, est-ce qu'il me trouve trop moite ou trop sèche, trop large ou trop serrée ?

Jusqu'aux choses, elles se sont mises à parler, surtout les poches de costumes et les carnets de rendez-vous qui, certains après-midi, se battent pour proposer des confidences. Dans son appartement pourtant désert, Bénédicte ne s'entend plus.

Et la nuit a cessé d'être l'entracte imbécile d'autrefois. Désormais, une collection de cauchemars l'égaie : Louis embrassant la chienne, Louis caressant les jambes ou les seins de la chienne, Louis prenant la chienne debout, lui promettant le mariage (etc.). Généralement, Bénédicte se réveille. Elle éponge la sueur qui lui couvre le corps. Elle enfile une robe de chambre. Elle descend dans la rue, lutte contre la serrure, finit par ouvrir la Ford vedette de Louis Arnim. Elle arrache le cendrier dont, à la lumière jaune et clignotante du plafonnier, elle analyse longuement le contenu, les mégots Craven, cigarettes de l'ingénieur et les autres. Elle pleure.

Une Irréprochable a l'esprit méticuleux. Chaque soir, Bénédicte compare. Sur un plateau l'Amour, sur l'autre la Jalousie. Elle regarde la balance et prend des notes, dans son journal intime.

Au strict plan quantitatif, la Jalousie tient plus de place que l'Amour. Quant à leurs manières d'agir, l'Amour enveloppe, la Jalousie occupe.

Au plan intellectuel, la Jalousie s'avère également supérieure à l'Amour : elle dope tandis qu'il engourdit, elle débride le peuple des soupçons, il joue les crapauds, les lézards au soleil et gobe n'importe quoi.

Durant les rares instants de loisir que lui laisse la Jalousie, Bénédicte rêve bien sûr d'un amour sans ombre, deux passions exactement parallèles, réciproques et transparentes. Un Amour de musée, exposé plus tard dans une vitrine entre Paul/Virginie et Aragon/Elsa, la preuve pour les enfants des écoles que l'espoir existe, qu'ils doivent comme leurs parents se marier. Mais au

fond, et il faut lui pardonner (elle s'ennuyait tant), au
fond elle préfère la Jalousie. Alors elle regarde loin
devant elle sa vie future et devine : cette préférence-là
est sans retour.

# 6

Et l'ingénieur Louis Arnim courait, courait, d'un bout de sa petite famille à l'autre. Chaque matin, chaque après-midi, chaque jour de la semaine, le téléphone sonnait aux Travaux publics. Un appel pour vous, monsieur Arnim. Ici la directrice du cours Montalembert, monsieur Arnim. Votre fille Clara n'arrête pas de pleurer. J'arrive. Louis Arnim bondissait dans un taxi, volait vers l'avenue de Saxe. Recroquevillée au dernier rang de sa classe, et tout à fait ravie de son sort, Carla pleurait. Louis Arnim négociait. S'il te plaît, Clara, sois gentille avec tes professeurs, tu pleureras à la maison. Nous préférons encore les chahuteurs, remarquait le corps enseignant. Louis Arnim présentait ses excuses. Quittait l'établissement à reculons, courbette après courbette, au revoir, madame la Directrice, au revoir et pardon, au revoir, pardon et sans doute à demain. Comme il s'apprêtait à regagner les Travaux publics, souvent, très souvent, on le hélait. C'est vous l'ingénieur Louis Arnim ? Affirmatif. Votre fils a disparu. Tantôt Charles se glissait dans la Chambre des députés, l'ouïe aux aguets rôdait dans les couloirs, humait l'odeur de manigances. Tantôt il s'installait devant Matignon, rue de Varenne, et notait sur son carnet les mouvements des Citroën noires. À l'approche (essoufflée) de son père, il posait son index sur ses lèvres. Chut. D'après mes recoupements, l'expérience Pinay touche à sa fin…

Le soir, lumières éteintes, allongé contre Bénédicte, l'ingénieur reprenait peu à peu son souffle. Et vidait son âme. Tu vois, Bénédicte, je vais tout te dire. J'ai rencontré aujourd'hui au Sénat une assistante du groupe SFIO vraiment vulgaire. Nous sommes d'accord, n'est-ce pas ? Aucun mensonge entre nous ? Eh bien, elle avait des seins beaucoup moins beaux que les tiens. Je déteste les veines apparentes. Bénédicte écrasait le traversin contre son oreille gauche, se jurait cette fois-ci je n'écouterai pas et ouvrait grande, grande son oreille droite. Louis Arnim concluait ses récits toujours de la même manière : quel bonheur de ne pas se mentir ! Puis il jetait un dernier coup d'œil à sa journée, comme on vérifie qu'il ne reste rien dans une chambre d'hôtel, avant de s'en aller. Puis il embrassait Bénédicte tendrement sur le front, tu ne dors pas ? et il s'avançait vers le sommeil, le cœur léger, sifflotant du Trénet, *Boum* ou *Que reste-t-il de nos amours ?*

En novembre, il dut poursuivre Charles jusqu'à Nancy où se tenaient les assises du RPF. Chaque fois que passait ou parlait Malraux, l'imbécile haussait les épaules. Pourquoi mon fils déteste-t-il l'Archéologue ? se demanda Louis Arnim tout au long du retour.

En décembre, Clara fut chassée du catéchisme.

– Que voulez-vous, expliqua monseigneur C., curé de Saint-François, votre fille dédaigne franchement les Évangiles, elle ne s'intéresse qu'à Notre-Dame-des-Sept-Douleurs. Tenez, parcourez ses devoirs : les glaïeuls (gladioli en latin) qui entourent la Vierge, expliquait Clara, sont le symbole du glaive perçant le cœur de la Dolorosa. Jean de Coudenberghe, racontait Clara, créa, dès le XVe siècle, une confrérie douloureuse. Tandis que Marguerite d'Autriche, gouvernante des Pays-Bas, continuait Clara, fonda en la ville de Bruges un couvent consacré aux Douleurs.

– Or voyez-vous, monsieur Arnim, le catholicisme se veut dorénavant une religion gaie. Ne prenez surtout pas en mauvaise part la question que je vais vous poser mais êtes-vous sûr des origines de Clara ? Ne coule-t-il pas en elle un peu de sang désespéré… je veux dire… israélite ?

L'ingénieur prit congé, soudain rêveur. Il acheta des lunettes noires, releva le col de son manteau et se rendit rue des Tournelles. Il tourna la tête à droite, à gauche. Personne. Alors il poussa la porte de la synagogue. Au bout d'un long, long moment, quelqu'un apparut, une barbe noire. Pardon, monsieur le rabbin, demanda l'ingénieur, mais il se pourrait que ma fille Clara fût des vôtres. La barbe noire l'aiguilla vers le service des généalogies, vous verrez juste au-dessus de la bibliothèque, rue Geoffroy-l'Asnier, n° 17. Frappez fort, la porte est blindée et surtout expliquez-vous complètement. Notre méfiance augmente encore moins vite que la ruse de nos ennemis, mais tout de même… Les recherches durèrent toute la fin de l'année. Chaque jour, l'ingénieur et l'imbécile venaient aux nouvelles. Prenez patience, messieurs, répondait la préposée, il faut beaucoup de temps pour remonter dans le temps. L'ingénieur et l'imbécile acquiesçaient, comme vous avez raison, mais vous comprenez nous voudrions lui offrir la nouvelle pour Noël. Oh vous savez, pour nous, Noël. Oh pardon, pardon, rougissait Louis Arnim, nous avons beaucoup de mal, mon fils et moi, à imaginer une vie sans messie. Puis le verdict tomba. Le sang de Clara ne contenait pas le moindre globule élu, rien que des globules gentils. La préposée déclara : désolée, vraiment désolée, et referma l'huis, soudain quelque peu distante. Ce fut Charles le plus déçu : à coup sûr, une sœur juive l'eût guéri d'être lui-même goy. On poursuivit les analyses pour en avoir le cœur net. Les médecins consultés prirent des moues choquées. Et formelles : Clara Arnim pleurait pour son seul plaisir. Elle était lacrymale, comme d'autres sont clitoridiennes.

Le 2 janvier 1953, vers 9 h 15, à peine assis dans son bureau (à peine jeté dans un verre d'eau le cachet d'Alka-Seltzer, à peine ouï le revigorant clapotis des premières rafales de bulles), Louis Arnim fut convoqué par l'huile suprême des Travaux publics.

– En premier lieu, Arnim, bonne année. En second lieu, bornons-nous à constater une évidence, Arnim : votre vie de famille est un plein temps. En troisième lieu, au revoir, Arnim.

C'est ainsi que l'ingénieur quitta les ponts, les routes, les ouvrages d'art et changea de métier. D'ailleurs la Reconstruction était finie, ou presque. À nouveau il fallait songer à préparer l'Avenir. Et l'Avenir, médita l'ingénieur Louis Arnim, l'Avenir est tapi dans chacun de nos enfants. Je vais donc m'occuper d'enfance. Il acheta plusieurs journaux. Et, perdu dans les petites annonces, rêvait : l'idéal serait une fabrique de jeux ou jouets éducatifs.

# Guerre d'Espagne

# 1

Les femmes, pensait l'ingénieur à cette époque (1953), ressemblent à de la crème solaire. Ou, plus exactement, aux pans vitrés des serres horticoles : en nombre *suffisant* autour d'un homme, elles l'abritent des intempéries, elles le protègent des écarts de saisons, elles le gardent dans une douce tiédeur favorable à son développement. Sans elles, on recevrait la pluie, la grêle, l'existence de plein fouet. Et l'ingénieur avait dans ses projets la construction d'un indice synthétique de protection, le gynogramme[1], permettant de mesurer la présence féminine globale dans le proche entourage.

Alors on comprend sa tristesse quand il regardait sa maigre famille : dormir contre Bénédicte, rêver chaque nuit discrètement au bain turc d'Ingres et embrasser Clara le plus souvent possible ne suffisait pas pour être

---

1. Les travaux préliminaires, après une première appréciation économétrique des pondérations, lui donnaient la forme simple suivante :

$$G = \ 1,2 \ \times \text{nombre de mères ou grand-mères à demeure}$$
$$+ \ 1,2 \ \times \text{nombre d'épouses}$$
$$+ \ 0,8 \ \times \text{nombre de filles}$$
$$+ \ 0,4 \ \times \text{nombre de cuisinières, femmes de ménage, etc.}$$
$$+ \ 0,2 \ \times \text{nombre de maîtresses}$$
$$+ \ 0,005 \times \text{nombre d'abonnements à des journaux de mode.}$$

vraiment protégé. À vivre parmi si peu de femmes, il lui semblait que sa peau s'usait anormalement vite, que ses cheveux blanchissaient sur le côté et tombaient sur le dessus, bref que son âge accélérait.

Par chance, son nouveau métier, ses journées à l'usine lui donnaient, de ce point de vue tout au moins, plus de satisfaction. Dès qu'il se sentait fatigué, un peu las, il quittait son bureau directorial et descendait dans le grand hall où trois cents ouvrières assemblaient à la chaîne des poupées parlantes. Et là, indifférent au bruit, aux clins d'yeux, aux sarcasmes, aux odeurs d'huile, de peinture, de plastiques brûlés, il se promenait lentement, les yeux béats, entre les établis, offrant tout son corps au mystérieux pollen qui rendait la vie tellement moins râpeuse, Dieu, ô Dieu que j'ai besoin des femmes, goûtant l'imperceptible musique, l'ineffable parfum qui émanaient des chères créatures, même salies par le travail, même noires des mains et moites du front, les cheveux collés par la sueur et les yeux, même le matin, glauques de fatigue, oh le charme qu'elles dégagent malgré elles, oh comme je m'ennuie, oh comme je vieillis sitôt parmi les hommes. Malheureusement, l'un ou l'autre de ses bras droits venait toujours l'interrompre à ces moments-là :

– Monsieur, le Bon Marché nous commande cinq mille poupées rieuses.

– Monsieur, monsieur, tous les cils se sont décollés dans l'envoi de Strasbourg.

Ou bien la déléguée syndicale l'abordait brutalement :

– Monsieur le Directeur, vous ne trouvez pas que ça suffit, vos inspections perpétuelles ?

Il aurait fallu lui expliquer longuement sa stratégie de la protection, le rôle des femmes dans le vieillissement des tissus cellulaires masculins (etc.). L'ingénieur préférait battre en retraite :

– Je cherche un nouveau modèle de poupée, et votre travail à toutes m'inspire…

– En ce cas, nous réclamons une prime de créativité.

– Accordée, accordée…

Et l'ingénieur, quittant cette oasis d'éternel féminin pour retrouver le désert viril de l'administration, se promettait de revenir l'après-midi…


Un matin, mardi 6 mars, comme il longeait une fois encore la chaîne d'assemblage des poupées, il remarqua des larmes dans les yeux de l'ouvrière qui vissait les jambes gauches, tiens, une peine de cœur, se dit-il, des larmes dans les yeux d'une autre ouvrière qui implantait les cheveux de nylon jaune, tiens peut-être sont-elles amoureuses du même, des larmes chez celle qui collait les cils, chez celles qui enfilaient les petites robes à smocks, les chaussettes, les chaussures vernies blanches, la contremaîtresse qui retournait les poupées en bout de chaîne pour vérifier si elles parlaient, maman j'ai soif, ne pleurait pas, tiens, c'est un chagrin hiérarchique, des larmes encore sur les joues des noueuses de rubans roses, des coiffeuses spécialisées en permanentes sur nylon jaune, des accrocheuses de gourmettes or ou argent, gravées Annie ou Catherine, deux fois deux options (d'autres prénoms sur commande, délai quinze jours), et trois empaqueteuses (sur dix) avaient la conjonctive rouge et une pousseuse de chariot sanglotait vraiment. Puis l'on vint le prévenir d'une bagarre à l'entrée de l'usine entre un chauffeur trotskiste, sarcastique, dirent les témoins, et deux OP3 CGT. Puis on lui annonça une heure de grève, en signe de deuil. Puis on lui demanda la permission de mettre en berne le drapeau. Puis on lui tendit le téléphone, monsieur le Directeur je vous passe le commissaire de police, bonjour cher ami, auriez-vous l'obligeance de noter précisément pour moi le nom des ouvrières tristes, à charge de revanche, évidemment. Puis une jeune fille cria : « Monsieur le Directeur, vous participez à la gerbe ? » Et c'est ainsi que Louis Arnim apprit la mort de Staline.

Le soir, au volant de sa voiture, sur le chemin du retour, Louis Arnim songea au communisme. D'une part, il était déçu, philosophiquement désappointé : il avait toujours considéré le matérialisme dialectique comme une école d'impassibilité, un moyen d'évaporer dans la construction de barrages et la distribution de tracts le trop-plein de l'affectivité humaine. D'autre part, et surtout, il était jaloux : nul, doué d'esprit de famille, ne pouvait sans envie voir pleurer le patriarche Joseph Djougachvili par ses millions et millions d'enfants.

Il poussa la clef dans la serrure et la honte une fois de plus lui entra dans le cœur. La foule habituelle l'attendait, minuscule, quatre personnes, en comptant un berger blanc des Pyrénées. Il embrassa sur les cheveux Charles et Clara, flatta Balsamo :

– Attendez-nous bien sagement, je vous raconterai l'histoire de la Russie.

Et il entraîna Bénédicte vers la chambre du fond pour fêter la fin de la guerre froide, tenter une nouvelle fois de réduire l'écart entre la petite taille de sa famille et l'immensité communiste.

Le dernier soupir de Staline compliqua la vie quotidienne. Les Arnim habitaient avenue de Saxe, VII<sup>e</sup> arrondissement, quartier de ministères et de particules, égayé de couvents, purifié par des jardins où apparaissent de temps à autre la Vierge Marie, sainte Geneviève, Jeanne d'Arc… faubourg très nostalgique d'Ancien Régime, fils aîné de l'Église. Y montrer du chagrin, ces jours-là de mars 1953, relevait de l'impolitesse, voire de la provocation.

Bénédicte, donc, supplia :

– S'il te plaît, Clara, cesse de pleurer, que vont dire les passants ?

Mais Clara ne voulait rien savoir. D'ailleurs, elle avait beau promettre, le désir l'emportait vite, elle rechutait.

Bénédicte n'osa plus sortir. Peu désireuse d'être traitée de stalinienne par exemple un jeudi ou un samedi, jours de marché, devant la foule et illico lapidée par des jeunes gens parachutistes pour la seule raison que sa fille avait les larmes pour hobby depuis toujours, bien avant la mort de Staline. Allez expliquer la chronologie à des intégristes obnubilés par l'éternel. Alors, le soir où fut annoncée l'arrestation de plusieurs responsables communistes, elle décida de s'enfermer avec Charles et Clara. Elle inventa pour eux d'innombrables jeux : ainsi l'onarsis, mélange de poker et de Monopoly maritime, ainsi l'auriol issu du mistigri mâtiné de mikado. Elle leur raconta sa nuit de noces avec Louis Arnim, comment, sitôt allongé, il s'était endormi et avait rêvé tout haut de l'Uruguay. Rien à faire, la progéniture s'ennuyait. À bout d'inventions, elle enfila son manteau et sortit leur chercher des maladies d'enfants.

Écumant les maternelles, d'école en école elle atteignit

le 105 bis, rue de l'Ourcq. Le soir tombait, la salle de récréation était déserte, quatre-vingts mètres carrés de bitume planté de trois marronniers. Le concierge lui fit la même réponse que tous les autres : vous êtes venue trop tard, madame, la saison des épidémies est finie, elles s'achèvent autour du mardi gras, vous voyez, madame, vers la mi-février.

Le lendemain, elle voudrait consigner cette scène dans son journal intime mais jamais elle n'osera (sa vie entière repose sur l'image qu'elle a d'elle-même : une Irréprochable), le lendemain, à la fin de la matinée, je me suis installée à une table du café Saint-Louis, en face de l'hôpital du même nom. Des livreurs, des infirmiers, des filles de salle entouraient le comptoir, une majorité de blouses, blanches surtout et aussi grises, bleues. J'ai commandé un gros plant-cassis. Je pensais à ma mère qui avait traversé les années 42, 43 à bicyclette, un sac au dos pour rapporter à sa fille, à ses fils, du beurre, un lapin. Moi aussi, j'avais envie de me dévouer. Un groupe de médecins est arrivé, jeunes, parlant fort de collapsus, d'arrêts du cœur, deux morts déjà aujourd'hui, hi, hi, patron, calva pour tout le monde. Personne dans le café ne s'est arrêté de déjeuner. Les docteurs sont repartis, sauf un blond myope, il me dévisageait, il s'est assis, vous permettez ? J'avais honte de formuler ma demande. Vous êtes interne ? Oui. Je balbutiais. Il m'a toujours semblé qu'entre la fidélité et l'adultère, coucher avec un membre du corps médical constitue une étape intermédiaire, rassurante. Sans doute un péché. Mais pas tout à fait l'aventure. Encore moins un abandon aveugle à l'instinct. Ces gens-là connaissent les phrases qui rendent docile. Vous, une sieste vous ferait du bien. Je l'ai suivi. Hôtel Carillon, troisième étage, 18 rue Alibert et vue sur le canal Saint-Martin, sans doute, si l'on se penche, je n'ai pas essayé. Il voulait que je garde mes bas. Après, je suis déçu, dit-il. D'habitude les malades y mettent plus de rage. Il se lavait, me tournait le dos, dans un lavabo miniature. Mais je ne suis pas malade, je venais pour mes enfants, lui ai-je répondu en retirant mes bas (je croyais, étant donné sa jeunesse, qu'il se préparait pour la récidive). Oh pardon. Sans interrompre sa besogne d'ablution, c'est-à-dire sans me regarder, il m'explique. Tous les jours sortent de l'hôpital des malades condamnées. Elles pleurent, elles tremblent, écartelées entre le mensonge qu'on vient de leur dire, mais non madame, je vous assure, trois fois rien, et l'ordonnance qu'elles viennent de lire, d'abord opérer, puis des rayons pendant six mois. La plupart s'arrêtent au café. Cordial, cognac, elles essaient de reprendre haleine. Le contact est facile, surtout pour un médecin, il suffit de consoler et de mentir, encore plus, madame je suis chef de clinique, dans trois semaines, vous n'aurez plus d'aujourd'hui qu'un mauvais souvenir. Sourire. Les larmes sèchent. L'affaire commence, la peur donne des ailes, au lit. Je porte toujours sur moi des vitamines, au cas où il me faudrait assumer sexuellement une épidémie de cancers, hi, hi, tu imagines ? Enfin, les abords d'hôpitaux, voilà un tuyau de drague pour tes fils. À propos tu venais pour tes enfants ?

Le docteur emmena Bénédicte visiter la salle des rougeoles. Les petits malades m'embrassèrent, trouvèrent la fourrure du manteau très douce. Bénédicte rentra triomphante. Cette fois, mon castor est une vraie fourmilière à bacilles. Elle l'étendit devant le feu, comme plus tard, dans les films érotiques des années soixante-dix. Oh, merci maman, s'exclamèrent Charles et Clara. Et ils s'y roulèrent.

## 2

Charles et Clara étaient éblouis. Les maladies ressemblaient à des dizaines d'activités humaines parmi les moins ennuyeuses et généralement réservées aux adultes. L'amour : ces fièvres soudaines, cette manière de changer tout l'ordre du jour. La climatologie : cette alternance brutale des saisons, la succession du chaud, du froid, des brumes devant les yeux. La ventriloquie, l'art des miroirs : cette possibilité de dialoguer avec soi-même, de s'en prendre à sa coqueluche, de sentir en soi le reflux d'une rubéole. La méthode Ogino, voire la sodomie : cette manie des températures et des thermomètres, etc., etc.

Ils devinrent très vite des patients acharnés, vivant chaque affection dans ses moindres détails, dégustant chaque fièvre, savourant chaque démangeaison, essayant l'une après l'autre toutes les complications possibles comme on fouille un pays, muni d'un Guide bleu, dans ses plus petits recoins. Par exemple, Clara prolongea sa rougeole d'un *purpura fulminans*. Elle y mit tant de cœur qu'elle manqua de mourir. Son frère, la nuit, l'encourageait tout bas :

– Ne te retiens pas, ma Clara, va jusqu'au bout, explore bien ton mal, sonde, sonde, ne laisse rien dans l'ombre…

Et Clara s'abandonnait à sa canicule intérieure 41°3,

41°4 puis le plus souvent vers l'aube, enchaînait hémorragie sur hémorragie.

– C'est la sensation que je préfère, j'adore m'écouler, expliquait-elle plus tard à Bénédicte.

Charles, quant à lui, préférait s'évanouir. Après quelques désagréments mineurs, sueurs froides sur le front, picotements au bout des doigts, un volcan fraternel et tempéré le happait, ah plonger dans cette eau tiède, ah flotter dans un monde mou comme le caoutchouc et coloré comme le corail ! Sérénité immédiatement gâchée par les cris de Bénédicte, mon Dieu, Charles perd connaissance, appelez le médecin, Charles, mon Charles, si tu meurs je t'étrangle, et ton père me tuera (elle employait, dans l'angoisse, d'étranges tournures pied-noir), Charles le voilà qui va déjà mieux, mon Dieu comme les plaisanteries de cet enfant ont mauvais goût.

Hélas un jour ou l'autre il fallait bien finir par se sentir mieux. Revenir de voyage. Poser ses valises. Retrouver le ronron du corps. Assister au déclin de l'amour maternel dès que l'inquiétude ne l'irriguait plus. Par chance, il n'y eut guère de temps mort dans ce printemps 53. Après la coqueluche vint la rougeole suivie comme son ombre par les oreillons qui croisèrent en s'en allant la diphtérie qui dut quitter précipitamment l'avenue de Saxe : la varicelle arrivait avec son odeur de talc et son visage grêlé.

– À ce rythme, remarqua Clara, nous aurons bientôt visité toutes les maladies connues. Nous allons devoir trouver de nouveaux mondes (elle venait d'achever une biographie de Christophe Colomb, éditions crème Nelson).

Ils se talquèrent, l'âme en deuil. Les maladies d'enfance ne se rattrapent plus. Quand l'éruption prit fin, après 350 heures de caresses ininterrompues, d'alan-

guissements, d'explorations, de découvertes (les petites
pustules se logeaient partout, dans les replis les plus
insoupçonnés de l'aine, au fond du nombril, aux bords
de la rosace, après ces deux semaines l'imbécile et Clara
se connaissaient totalement), quand on leur annonça,
Montjoie Saint-Denis, la guérison, blanchis des pieds à
la tête les deux pierrots se regardèrent, la gorge nouée.
Le silicate de magnésium mêlé d'hortensias pilés glissait
lentement sur le plancher.

Le soir venu, M. et M$^{me}$ Louis Arnim se jetaient sur
leur lit, plus que las, le sang et les os envahis par la
fatigue. M$^{me}$ Louis Arnim posait sa tête sur la clavicule
gauche de son époux dont les doigts droits tâtonnaient
longtemps avant de trouver l'olive, pour éteindre.

— Tu crois que tous les enfants des années cinquante
se ressemblent ?

— Je ne sais pas.

— Tu crois qu'ils souffrent des séquelles de la guerre ?

— Je ne sais pas.

— Le gaz d'Auschwitz, le nuage d'Hiroshima ou
peut-être tout simplement les tickets de rationnement,
tu te souviens ?

— Je ne sais pas. Pourquoi choisis-tu toujours le
moment de dormir pour poser des questions, en général
insolubles ?

— Que vont-ils encore inventer demain ?

— Nous aurions dû les laisser, elle à ses larmes, et
lui à la politique.

— Oh oui. Leurs hobbies précédents nous foutaient
plus la paix.

— C'est déjà l'âge ingrat ?

– J'ai peur que non. À mon sens ils répètent seulement. Ils s'entraînent à la puberté.

Et ils dressaient le bilan des facéties physiologiques de la journée. Rétrospective qui, invariablement, les faisait penser à leurs propres corps.

– Mais nous sommes trop épuisés pour faire l'amour.

Ils se désenlaçaient, se tournaient le dos, s'endormaient, chacun dans ses listes et ses bottins, perdu dans ses manigances adultères.

Un matin, l'âme lardée de remords et les muscles moulus par l'incroyable lubricité de ses rêves, l'ingénieur Louis Arnim déclara :

– Il faut en finir avec l'engrenage de la contagion. Menons donc ces enfants au soleil. Dans un pays de forte morale, pour que leurs corps réapprennent à se dominer, et de monnaie faible, ce qui ne gâte rien, comme tu le sais, ma progéniture de celluloïd ne se vend plus si bien.

Le couple Arnim déplia une carte d'Europe. La Grèce, il fait trop chaud. L'Albanie, c'est fermé. La Yougoslavie, il n'y a pas de routes. L'Italie, les hommes draguent ou dérobent. Au Portugal, à cause des alizés, la mer est fraîche. J'ai toujours voulu voir Grenade, dit Bénédicte. Ainsi fut posée l'une des premières pierres de la Muraille immobilière qui de Barcelone à Cadix protège maintenant l'Espagne contre les marées de la Méditerranée.

# 3

L'imbécile descendait donc vers l'Espagne, fenêtres grandes ouvertes (Bénédicte chérissait les bols d'air), les cheveux ébouriffés successivement par diverses atmosphères de la province française, le zéphyr orléanais, l'alcyon tourangeau, le vent coulis poitevin, etc., l'âme envahie par l'ennui qui pèse sur les places arrière d'une Frégate familiale au-delà de quarante-cinq kilomètres. Des hordes de 4 CV Renault ville après ville faisaient bouchon et longues, longues files d'attente devant chaque passage à niveau, suscitant chez l'ingénieur Arnim des tétanies antidémocratiques, des raidissements réactionnaires (les voitures bon marché ne devraient pouvoir rouler que sur les routes secondaires). Charles fixait la nuque de M$^{me}$ Arnim, elle avait pris sa coiffure d'été, le chignon, sans savoir que cet endroit-là d'une femme se lit à livre ouvert et Charles n'y voyait que l'habitude de la tristesse, et les cheveux blonds follets étaient plaqués sur sa peau comme un saule sur la terre après des orages répétés. Charles Arnim, le cœur serré, la main gauche réfugiée sous les genoux de Clara dans ses creux poplités, nouvelle demeure apparemment anodine et pourtant riche de douceurs et de moiteurs diverses selon l'heure du jour (merveille découverte lors de la récente varicelle), feuilletait de l'autre main

*Paris-Match*, le retour en France des enfants Finaly, la réévaluation de la piastre, les stigmates du Padre Pio. À intervalles réguliers, M. ou M^me Arnim disait à voix basse, pour ne pas réveiller Clara : pas de lecture en voiture, Charles, ça tourne le cœur, je feuillette, répondait Charles, je feuillette. Soudain l'imbécile hurla de colère : pleine et double page, Malraux était là. Cinq photos. André Malraux et sa pianiste de femme, Madeleine. « Précédemment sa belle-sœur, elle lui joue du Schumann », expliquait la légende. André Malraux et ses deux enfants, Gauthier, Vincent. L'écrivain prononce un discours lors d'un meeting RPF. L'écrivain songe à un musée imaginaire, la main posée sur une statue thaïe. Et l'inévitable cliché : André Malraux et le Général. Clara ouvrit les yeux, cria maman. L'ingénieur, non sans mal, corrigea l'embardée, il rangea la Frégate sur le bas-côté. À l'ombre des peupliers, peu après Limoges, il gifla par deux fois l'enfant malrauphobe, tu aurais pu nous tuer tous, puis écrasa, dans l'heure qui suivit, l'accélérateur pour rattraper le retard, rester fidèle à la moyenne.

L'imbécile Arnim éprouvait pour André Malraux exactement le même sentiment que les explorateurs pour le Coca-Cola : ils luttent des années pour financer une expédition, chargent un jour gare du Nord leur matériel, embrassent leurs familles éplorées, embarquent à Anvers, abordent à Belem, remontent l'Amazone puis le Rio Negro, empruntent sur la droite un infime affluent, se fraient à coups de pommades et de serpes un passage entre les anophèles et les nénuphars victoria, matent une mutinerie de porteurs, cinq dysenteries, trois assauts de panthères, lorsqu'ils pénètrent enfin dans le blanc des cartes, terra stricto sensu at last my god incognita, un autochtone s'approche étui pénien bringuebalant et sarbacane à la main : bienvenue, traduit l'interprète de l'interprète, que puis-je vous offrir pour fêter ma découverte, jus de goyave ou coke ?

André Malraux était, comme le furet, passé partout, comme le coucou, installé dans tous les nids, comme le catalogue de Manufrance : exhaustif. Un ogre biographique, un dévoreur de places au soleil, la jalousie absolue des jeunes gens ambitieux. Chaque fois que l'imbécile songeait à un avenir possible, à peine avait-il commencé à rêver, plus tard je serai écrivain *ou* je prendrai le pouvoir *ou* je courrai le monde *ou* je sauverai l'Espagne *ou* je retrouverai la reine de Saba... la voix de l'Ogre lui sonnait à l'oreille avec son débit d'asthmatique grimpeur à pied de tours Eiffel et ses phrases court-circuit bric-à-brac quand Trotski me parlait de Jeanne d'Arc je me rappelais la réponse d'Ivan Karamazov etc., etc., à vous dégoûter de quêter une seule gloire, à vous renvoyer penaud dans vos foyers Arnim préparer HEC *ou* les hautes études commerciales. Il faudrait, répétait l'imbécile à qui voulait l'entendre, il faudrait condamner Malraux pour cumul. Le forcer à choisir. Qu'il arrête d'occuper tout l'horizon, de coloniser l'avenir. Accaparer est un délit. Il devra rendre les terres conquises. Il s'agit bien d'une réforme agraire. Les grands propriétaires affament les tenanciers de lopins. Redistribuons les mille et une vies de Malraux. Partageons en parts égales pour tous la métempsycose etc., etc. Dès qu'il parlait de l'ogre ubique, l'imbécile délirait. Et pour préparer le procès, qui ne saurait tarder, il accumulait des preuves, il est vrai accablantes. Il occupait ses loisirs à dresser dans le temps une sorte de cadastre où toutes les activités de l'Ubique étaient dessinées, avec les dates, les superficies, prix d'achat, récoltes, cataclysmes... du gangstérisme cambodgien (1923) au portefeuille de l'Information (1945).

Tout compte fait, une fois un tel Attila passé il ne restait de libre que le journalisme sportif, la recherche biologique et le music-hall.

Louis Arnim décida de passer la nuit juste avant l'Espagne : « Je n'aime pas entrer à l'étranger comme un voleur. Nous attendrons le matin. C'est plus poli. J'ai réservé deux chambres au col. L'air de la montagne nous fera du bien. »

Pour parler clair, les Pyrénées décevaient les deux convalescents. Mornes, arrondies, vieillardes murailles. Charles et Clara échangeaient force œillades dépitées. Comment de si médiocres reliefs pouvaient-ils avoir le moindre effet sur la santé ? Décidément, M. Arnim souffrait d'un impénitent optimisme médical. Et sa rigueur scientifique en pâtissait. On gara la Frégate face au panneau du point culminant : col du Perthus deux cent quatre-vingt-dix mètres. Le couple gérant de l'hostellerie Philippe V attendait sur le pas de la porte. La femme se précipita vers les valises. L'homme demeura les yeux fixés sur la route.

– Les peuples frontaliers sont toujours accueillants, remarqua M. Arnim, comme toute la famille se lavait les mains dans les toilettes de l'entresol.

La salle à manger était vide.

– Que voulez-vous, leur dit la maître d'hôtel-cuisinière-sommelier-soubrette (l'homme restait dehors, à regarder passer les voitures, on l'entendait compter), que voulez-vous, nous habitons au bord d'une écluse, toutes les vacances françaises s'écoulent par ici. La vie est tellement moins chère en Espagne. Paraît-il.

Et, montrant son mari :

– Chaque matin, il se rend au bureau de change. Et plus la pésète est descendue dans la nuit et plus il me revient paresseux. À quoi ça sert, dit-il, de tenir un hôtel au milieu d'un toboggan ?

Vers la fin du dîner, prétextant la vertu diurétique du rosé provençal et des métaphores hydrauliques affectionnées par la patronne, Charles quitta la table, et sortit. À flots réguliers, les 4 CV continuaient d'inonder le Sud. Le vacarme de leurs roquets petits moteurs à l'assaut des pentes emplissait l'air. Il marcha quelque temps pour s'écarter assez de la route et gagner une sorte de sommet. Il regarda la forêt de chênes-lièges à ses pieds puis le début de la plaine enfin le reste de l'Espagne gobé déjà par la nuit, il imagina les cimetières de toutes les villes et tous les villages qui lui faisaient face, endormis, il imagina les chagrins et les haines ruminés depuis 36, lentement changés en vieillesse, il imagina les remords, les cauchemars ou les dures certitudes des vainqueurs, il imagina l'atterrissage d'André Malraux le 21 juillet à l'aéroport Barajas de Madrid, le poing levé, la casquette plate, la vareuse de cuir, les cinq galons de colonel, le projet d'Espoir. Alors un second accès malrauphobe, plus fort encore que le premier, en deux le cassa. Je serai plus utile pour l'Espagne que l'escadrille du pitre, beaucoup plus que les biplans de l'escroc, beaucoup plus que les rodomontades du charlatan… Après une heure de cette rengaine, la colère se retira peu à peu de l'imbécile, laissant la place à l'envie de dormir et Charles Arnim revint se coucher dans la chambre qu'il partageait avec sa sœur non sans lui avoir murmuré à l'oreille à partir de maintenant ma Clara surveille tes mots et tes gestes, nous entrons dans une phase active de notre vie.

Le lendemain commença par un grand soleil, des injures et des carambolages. Mais la Frégate finit par se trouver une place dans la procession des 4 CV. Laquelle franchit la douane (regardez bien, les enfants, nous entrons à l'étranger, dit Louis Arnim et l'étranger, songeait Bénédicte Arnim, est notre dernière, dernière chance) au pas, traversa Figueras, longea les jardins Dehesa de Gerone, entra dans Barcelone par la plaza de las Glorias et fut quittée par la Frégate avenida del Generalisimo numéro 458, devant le Gran Hotel Cristina. M. et M$^{me}$ Arnim y louèrent une nurse et ne s'inquiétèrent plus de rien, sinon de la renaissance de leur amour.

Ne perdons pas de temps. Il faut prendre tout de suite contact avec la rébellion, dit Charles. C'est le moment, vas-y Clara.

Dans le fauteuil près de la porte, M$^{lle}$ Melquiades dormait, le menton penché sur sa poitrine. De temps en temps elle relevait le front, lentement, puis le laissait retomber : on aurait dit qu'elle hochait la tête, qu'elle acquiesçait à ses rêves. D'ailleurs, à certains moments, elle rougissait fort.

– Hay que tener cuidado al sueño, il faut se méfier du sommeil, disait-elle. Une bonne chrétienne prie avant et après la sieste, et se réveille au milieu pour éloigner les concupiscences.

Clara tourna la poignée et disparut dans le couloir. Les indications de Charles sur les antifranquistes étaient plutôt vagues : tu verras, ils ont l'air sombre. Elle s'installa sur un banc de la place Reine-Marie-Christine, à l'abri du soleil, au cœur des courants d'air et pleura. Aussitôt les passants catholiques accoururent. En un instant Clara fut prisonnière, cernée de charité, noyée sous les mouchoirs, étouffée comme par une pieuvre. Elle dut couper un à un les tentacules. Tout va bien, merci, ce n'était qu'une poussière dans l'œil, mes parents arrivent, voyez, je souris à nouveau. Décidément, pensa Clara, les bigots sont trop goulus. À se précipiter ainsi, au moindre sanglot, ils gâchent le goût des larmes. On dirait, à la pêche, les poissons-chats : comment leur suggérer de laisser la place à d'autres espèces plus subtiles ?

Elle navigua tout l'après-midi de pleur en pleur, séchant illico son iris dès l'arrivée d'un samaritain, au contraire s'épanchant, modulant adroitement le flot lacrymal dès qu'elle sentait passer un amoureux éploré, un vieil orphelin, un déçu professionnel, un torero chômeur, un nostalgique sans raison…

Et chacun des malheureux venait s'asseoir près d'elle sur le banc.

– Oh vous, vous allez me comprendre

et il racontait sa vie.

Lorsque, le soir venu, Clara quitta la place Reine-Marie-Christine, elle avait dans sa mémoire onze vies de plus et ses progrès en matière de larmes étaient considérables. Elle savait éconduire les charitables, allécher les timides, mimer très précisément onze tristesses différentes.

– Et la tristesse politique ? lui demanda son frère.

Clara avoua son incompétence,

– Du moins pour l'instant.

Elle se sentait satisfaite de sa journée. Elle aurait

volontiers musardé au milieu de toutes ces tristesses, sautant de l'une à l'autre, dressant peu à peu la carte des divers états de l'âme. Charles ne l'entendait pas de cette oreille. Jusqu'au dîner, ils cherchèrent ensemble devant la glace à quoi pouvait ressembler la variante politique du désespoir.

– Que faites-vous là ? leur demanda M$^{lle}$ Melquiades, enfin sortie de sa sieste.

– Un concours de grimaces tristes, c'est une tradition française du 15 juillet.

– Si les cloches de San Jaime sonnent, vous resterez avec cette grimace-là toute votre vie.

Dès les premières lampées de gaspacho, malgré la lumière jaune sinistre des lustres du Gran Hotel Cristina, la teinte ocre sépia bistre des boiseries, le ballet compassé-méprisant des serveurs, le grincement impoli et puis l'impertinent carillon des horloges reflétées à l'infini par les deux murs de glace, il devint vite évident que M. et M$^{me}$ Arnim s'aimaient à nouveau. Ils parlaient peu, ou bien pouffaient, leurs yeux ne se quittaient pas et sous la table (Charles laissa tomber sa serviette pour vérifier), ils s'emmêlaient nerveusement les jambes. Ils avaient réussi leur retour en arrière, traversé en sens inverse la guerre froide, croisé de Gaulle qui s'en allait, ressuscité André Gide, Léon Blum et retrouvé leur amour de 1944, ils s'étaient rassis à la terrasse du Flore et regardaient passer la Libération.

Alors les deux enfants suffoquèrent. L'air n'arrivait plus dans leurs poumons. Ils étouffaient, comme certains soirs d'orage où l'oxygène est rare.

– Ne t'inquiète pas, dit Charles à Clara, il ne s'agit

que d'asthme filial, une allergie banale à l'amour que nos parents se portent. Ils sont remontés jusqu'au temps où nous n'existions pas, tu comprends. C'est dur de respirer dans le néant, voilà tout.

Il lui prit la main, songeant : comme il est difficile d'être parents. S'ils s'aiment trop, les enfants manquent d'air ; s'ils ne s'aiment pas, les enfants manquent d'exemple et d'espoir. La voie royale de l'amour conjugal est mince.

Un peu plus tard, au milieu du cochenillo :

– Oh ! regarde, Louis, remarqua M$^{me}$ Arnim, comme les enfants supportent mal la chaleur. Si vous alliez vous coucher ? Bonsoir mes chéris.

Et elle replongea dans l'idylle.

Les deux enfants se précipitèrent vers la sortie. Au moment de quitter vraiment la salle, prisonniers de la porte-tambour, ils se retournèrent. M. et M$^{me}$ Arnim agitaient toujours leurs lèvres, les yeux de plus en plus brillants. Charles devina :

– Tu me caresseras comme cet après-midi, suggérait M$^{me}$ Arnim.

– Oui, répondait M. Arnim, et je continuerai de t'élargir…

– Oh !

– … progressivement.

Des clients protestèrent. Ces petits Français bloquaient l'entrée. Un serveur s'approcha. Charles et Clara s'enfuirent en riant. À cette distance-là, l'amour conjugal redevenait respirable.

Et une bonne partie de la nuit, ils continuèrent à mettre au point le mime de la tristesse politique.

Clara voulait dormir. Charles ne cessait pas de parler.

– Allez courage Clara je sais bien que c'est dur nous n'avons pas choisi la facilité le plus court chemin vers la politique n'est pas la tristesse c'est vrai nous pourrions crier le caudillo est une salope dans les rues sur les ramblas mais d'abord nous sommes trop lâches et la guardia civil arriverait avant les camarades antifranquistes tu comprends dans les larmes nous gardons notre incognito tu n'as pas oublié notre rêve dis Clara devenir toi et moi le couple Malraux Clara et Charles Malraux des Malraux modernes plus subtils et plus efficaces tu n'as pas changé d'ambition dis Clara alors continuons je sais bien que tu as sommeil la tristesse politique est au fond de toutes les tristesses c'est l'espoir déçu que le cadre de vie change puisque la vie elle-même ne changera jamais voilà le socle de marbre ou de pierre plus dure que le marbre sur lequel repose tout l'édifice des tristesses toutes ces phrases pour t'expliquer que tu dois creuser en pleurant Clara jouer l'archéologue comme les Malraux si tu veux descendre dans l'amoncellement des tristesses jusqu'à l'espoir déçu dors bien ma Clara.

Il faut bien comprendre qu'en ce mois de juillet 1953, Barcelone a beau être envahie de 4 CV, c'est une ville de miracles. Les services comptables du Vatican, s'ils faisaient mieux leur travail, pourraient en homologuer deux, rien que dans la famille Arnim :

1) le miracle de l'amour des parents Arnim, re-né de ses cendres ;

2) le miracle des enfants Arnim qui sont en train de changer la tristesse en processus révolutionnaire.

Hélas les deux miracles de la famille Arnim présentent les mêmes caractéristiques. Ce sont des miracles fragiles et sans doute inutiles.

Plus question de visiter Grenade, par exemple. Les parents Arnim s'accrochent à Barcelone. Ils savent qu'au moindre choc, peut-être seulement le poids du vent sur le pare-brise, leur amour s'en ira. Ils savent aussi, mais d'un savoir lointain qu'ils ont bâillonné puis enfermé dans un placard (ils ne l'entendent presque plus grâce aux bruits de Barcelone), ils savent que leur amour ne *tient* pas. Et Bénédicte compare leur amour à ces femmes dont l'utérus n'est pas capable de retenir les bébés.

Pas possible non plus pour Charles et Clara de retarder indéfiniment l'entrevue avec les camarades antifranquistes. Un jour ou l'autre leur complot triste sera découvert. Voilà pourquoi l'imbécile tyrannise sa sœur. Tu n'as pas le droit de gâcher un tel miracle, lui répète-t-il, lorsque les paupières de la petite fille tombent.

Or, un beau matin, à peine Clara fut-elle assise sur le même banc de la place Reine-Marie-Christine, à peine eut-elle commencé à se composer la figure qu'elle avait répétée durant quatorze nuits, deux passants, puis cinq, une multitude s'approcha. Encore des catholiques, se dit-elle, une fois de plus je me suis trompée. Mais on la regardait en silence, l'air grave, sévère même, sans mouchoir sorti, sans personne pour la consoler.

– Nous avons tout de suite remarqué que vous pleuriez sur notre pays, dit enfin quelqu'un.

Clara parcourut les visages qui l'entouraient. Ainsi la voilà, cette fameuse tristesse politique. C'est vrai qu'elle ne ressemble à aucune de celles que j'ai apprivoisées ces derniers temps.

— ¡ Arriba España ! dit Clara.

— ¡ Arriba ! répondit la foule, doucement.

— Mon frère et moi voudrions vous êtres utiles.

— Ah !

— Nous sommes français, comme André Malraux.

— Ah !

— Peut-être pourrions-nous transporter des armes ? Ou organiser une pétition ? Ou collecter des fonds ?

On la fixait, l'air noir, sans rien dire. Au bout d'un long, très long moment, le plus sévère de tous les visages sévères sourit. Puis, après un nouveau laps, l'homme dont le visage savait sourire s'approcha. Il refusa l'hôtel Cristina, trop dangereux, peuplé d'inspecteurs.

— Je vous verrai ce soir sur les Ramblas. Apportez des cartes postales, pour donner le change.


L'amour Arnim avait écourté les repas. Bénédicte et Louis n'attendaient qu'une chose : être seuls à nouveau. Tandis que Charles et Clara souhaitaient réduire, autant que faire se pouvait, la durée de leur asthme. Ce soir-là, le record fut battu : quatre menus, quatre plats du jour, un pichet d'alicante et une grande bouteille de *Vichy catalan*, vingt-trois minutes, les enfants montaient déjà vers leur chambre.

— Attends-moi ici, dit M^me Arnim. Je ne serai pas longue.

En un tour de main, la gorge de Charles qui commençait à souffrir d'une angine, comme la moitié des jeunes touristes présents en Europe cet été-là, fut bleue de méthylène. Un baiser sur chaque front, bonsoir mes chéris, et la porte claqua.

D'innombrables enfants déambulaient sur les Ramblas, couraient d'un platane à l'autre, comme un peuple de moustiques assiégeaient les adultes, leur bourdonnaient à l'oreille une liste infinie de propositions, accompagnées de leur tarif toutes les choses de la vie : vous voulez des cigarettes américaines ? dix pesetas, un chocolat bouillant, deux pesetas, restez là je vous trouve un hôtel à quatorze pesetas la nuit mais peut-être préférez-vous les danseuses ? les chaussures du señor sont plus sales que le trottoir, c'est vrai qu'il fait chaud, le caballero voudrait-il ma cousine pour une heure ? Ah Francés, vous connaissez les Baléares, je vends les billets de tous les bateaux, Ibiza. Formentera ou bien deux places à l'ombre, la corrida de demain commence à las cinco de la tarde, à vous de choisir.

Dans ce vaste catalogue, Charles et Clara passaient inaperçus.

D'autant plus que pour prendre patience et passer le temps, ils s'étaient installés dans l'avenir. Mon angine, disait Charles, deviendra une maladie révolutionnaire. J'imiterai dans ma gorge toutes les conséquences de la garotte, chairs éclatées, amygdales écrasées, cervicales broyées… Nous irons de ville en ville et la population se soulèvera. Puis je montrerai mes stigmates aux consciences du monde entier : Mauriac, Nehru, l'ONU, Camus, Genève, Pie XII. Des milliards de pétitions déferleront sur l'Espagne. Les sacs de lettres étoufferont les aérodromes et les gares, noieront les ports, bloqueront les routes. Et moi, dans tout cela ? demandait Clara. Toi tu me conseilles, tu m'accompagnes, tu es presque aussi célèbre que moi, et beaucoup de gens disent qu'au plan strict de l'intelligence, tu m'eš supérieure.

Soudain une voix derrière eux arrêta net l'avenir.

– ¡ Arriba España ! Je vous prends une carte postale de la cathédrale. Éloignez-vous du réverbère. Donnez-moi vite votre adresse. On vous enverra des réfugiés.

Le cœur de Charles s'était décroché. Il se promenait par tout le corps et lui martelait rageusement tantôt les tempes, tantôt le ventre. L'imbécile jetait de tous côtés des regards apeurés. Pour l'instant, aucun policier n'arrivait.

– Mon frère a une angine…, commença Clara.

– Oh ! il n'est pas le seul. Les jeunes Français supportent en général très mal notre climat. À peine les Pyrénées franchies, olé, la gorge s'enflamme. Est-ce le fascisme ? Est-ce le vent solaire ?

– Mais l'angine de mon frère pourrait servir à témoigner…

– Vous avez peut-être raison, mademoiselle. Peut-être devrions-nous changer nos méthodes de lutte. Utiliser moins la paranoïa des dirigeants et plus l'hystérie débridée des militants. Mais comment savoir ? Si jamais nous étions proches de gagner avec les anciens moyens, vous vous rendez compte, reculer encore la victoire ? Comment savoir ? Allez au revoir ! Je vous reprends une carte postale de la cathédrale, pour brouiller les pistes. Et dites à votre frère de trembler moins fort. J'ai été ravi de discuter avec vous. Allez, au revoir. Et merci.

Dans la minute qui suivit on entendit des cris, un bruit de course. Ça y est, on l'arrête, balbutia Charles, fuyons, crois-tu qu'il aura le temps d'avaler notre adresse, cours plus vite, pourquoi avez-vous tant bavardé, allez, plus vite, je n'ai rien compris à ses dernières phrases, plus vite Clara, plus vite, tu parleras plus tard.

107

Et les vacances reprirent leur visage de vacances. Jusqu'au 21 juillet, tous les après-midi, entre 4 et 5 heures, il se passait quelque chose : l'arrivée d'une étape du tour de France. Une série d'inquiétudes occupait la journée de Charles : trouverai-je une radio pour écouter le sprint ? assez puissante pour capter les ondes françaises ? située dans une pièce assez calme pour n'être pas distrait ? Puis Louison Bobet gagna le tour de France, devant Malléjac à 14'18'' et Astrua à 15'1''. Et il ne se passa plus rien. La chaleur oscillait entre 28 et 31°, moyenne très honorable, aucun espoir de record, ni été pourri ni canicule, il ne servait à rien de guetter le thermomètre. Personne ne regardait le ciel toujours bleu. La mer ne bougeait pas (la Méditerranée n'a pas de marée), on la méprisait un peu, toujours là comme un chien et calme comme un lac. On s'y baignait le matin et le soir, après la sieste, seul agrément du jour. Tout au moins pour les adultes car pour les enfants et les célibataires il ne se passait rien non plus entre 2 et 5. Et Charles appartenait à la race de ceux qui ont besoin de tout le rituel de la nuit pour dormir (coucher du soleil, sentiment de pays entier qui se ferme, etc.), il restait donc les yeux ouverts sur les craquelures du plafond et s'ennuyait et engrangeait des remarques désagréables sur lui-même, par exemple celle-ci : les gens qui ont du mal à trouver le sommeil en général n'arrivent pas non plus à aimer le Coca-Cola, ce qui est bien gênant étant donné que la soif peut vous surprendre partout et que le Coca est la seule boisson que l'on rencontre justement partout. Alors Charles hésitait. Tantôt il se sentait infirme et tantôt seulement différent. Dans les deux cas, le seul remède, se disait-il, c'est l'art. Ce genre de rêverie lui rappelait que jamais, au grand jamais, il ne serait Malraux. Peu à peu, l'image qu'il avait de lui-même diminuait. Quand sonnait la fin de la sieste, il se sentait plus bas que terre, rabougri, déjà pourri, sans être pourtant passé par la solennité de la mort, comme s'il avait choisi, pour sa décadence même, un escalier de service.

Ne noircissons pas exagérement le tableau, certains détails allaient s'améliorant. Ainsi les repas devenaient de plus en plus respirables. Au fur et à mesure que duraient les vacances, l'amour Arnim se crispait, on y voyait l'effort, Louis et Bénédicte visitaient de plus en plus de musées, multipliaient les excursions, prenaient des cours d'initiation à la tauromachie… et l'asthme des enfants diminuait. Plus tard, beaucoup plus tard, Charles envoya de Clifden (Irlande) une lettre à Clara : « Ici les murs sont fait de pierres entassées et l'on voit le ciel à travers. Comme l'amour Arnim, à la fin de juillet, quand il commença à s'écarter, et nous à reprendre haleine, tu te souviens ? » Clara répondit par télégramme « Je t'embrasse. »


Le retour fut silencieux. Chacun dressait le bilan de l'étranger. Et la frontière fut franchie sans bien s'en rendre compte.

M<sup>me</sup> Arnim sentait que chaque village traversé la rapprochait de l'inéluctable. Il lui semblait s'asseoir de plus en plus fort sur son siège, entrer de plus en plus profondément dans son rôle d'Irréprochable. Elle venait d'essayer d'être irréprochable aussi dans le sexe, et le sexe n'avait rien à voir avec l'irréprochable et le seul rapprochement de ces deux mots : sexe, irréprochable la faisait, d'ailleurs, cruellement souffrir, elle s'obstinait à les prononcer ensemble, elle savait que ce couple maudit était au cœur de sa vie, sa malédiction et chaque fois elle tressaillait comme si elle n'était qu'une vaste carie fouettée par un grand vent froid.

M. Arnim habitait pour l'instant l'autre versant de l'irréprochable, humide, honteux, un peu moite, une sorte d'auto-indulgence : décidément ce n'est pas ma faute si notre amour rate, j'aurai tout tenté. Et il imaginait à la fin du voyage des portes depuis longtemps verrouillées qui s'entrouvraient, des visages, des corps de femmes. Et il ne pouvait s'empêcher de sourire.

Charles laissait à Barcelone ses rêves de maladies révolutionnaires, son ambition, nous l'avons vu, de devenir Malraux (en plus subtil). Il se demandait à quoi pouvaient servir ses talents d'imitation et si l'opération des amygdales, qu'on lui avait promise, dès l'arrivée à Paris, faisait mal.

Seule Clara était heureuse. Elle avait découvert grâce aux larmes des moyens infinis de se faire des amis. Et, sous les larmes, le peuple grouillant des tristesses.

Découverte majeure : les larmes avaient à la fois des raisons et des responsabilités.

Elle demanda de s'arrêter avant Poitiers.

– Mon ventre coule[1].

– Tu es maintenant une femme, lui dit M^me Arnim.

Sa vie, jusqu'alors lisse et ronde comme un galet, lui parut soudain tel un hérisson, entourée de piquants, bardée de conséquences.

1. À tous ceux qu'inquiète une telle précocité, rappelons le volume 43 de *la Presse médicale*, année 1939, page 875. Le professeur péruvien Edmundo Escomel y décrit un accouchement sans problème, à la date du 14 mai 1939. L'enfant se porte bien. La mère se prénomme Lina, est native du petit village de Pauranga et est âgée de *cinq ans et huit mois*. (N.d.A.)

# Familie

Après une année succulente, onctueuse et diverse comme un fruit tropical, tantôt sucrée, le jour suivant amère, puis franchement dramatique, une année généreuse comme un directeur de Châtelet enchaînant les épisodes, élection de René Coty (Élysée), élection d'André Le Troquer (Chambre basse), élection de Gaston Monnerville (Chambre haute), cris vive l'armée, vive Juin place de l'Étoile, chute de Diên Biên Phu, investiture de Pierre Mendès France (Matignon), sans oublier le décret réformant la licence de droit (27 mars) ni l'interdiction d'un court-métrage *Les statues meurent aussi* (Alain Resnais), un beau soir au début de l'été, l'ingénieur Louis Arnim rentra de son usine à jouets. Pâle du front, rouge des pommettes, les yeux brillants.

– De quoi s'agit-il ? murmura Charles.

Et Clara, qui savait résumer d'un mot les choses, qui connaissait la place exacte des sentiments dans le dictionnaire, répondit :

– Il s'agit d'un bonheur de notre père.

Alors Louis Arnim, sans saluer ni embrasser personne, se dirigea vers la cuisine, ouvrit le Frigidaire, saisit le veuve Cliquot brut gardé frappé pour les grandes occasions, lutta contre le bouchon et, flûte pétillante dans la main droite, tint à peu près ces propos :

– Merci à toi Bénédicte de ta modestie, merci de t'être génétiquement effacée, merci de m'avoir donné deux enfants tout de mon côté, merci à toi Clara de ressembler à ton arrière-grand-mère (ma grand-mère), merci à toi Charles d'imiter les cheveux, la taille, le regard parfois l'accent même de ton trisaïeul (du côté de mon père), merci à toi Bénédicte de vivre sans scandale, à toi Clara de n'être pas enceinte, à Charles de tomber si bien, si gravement malade, merci, je suis réconcilié avec ma famille et ils nous invitent à passer l'été chez eux…

Les merci et le bonheur continuèrent toute la soirée, telle une nage en eau de mer chaude : l'ingénieur flottait, faisait la planche puis se laissait couler, d'un coup de palmes remontait ou changeait de sens, ivre.

Les enfants regardaient, blottis l'un contre l'autre dans le canapé, écarquillés. C'était aussi inquiétant, la joie très forte d'un père, que de le voir pleurer.

– Notre bonheur à nous n'est pas pareil, disait Charles, toujours classificateur.

– Nous n'avons rien à voir avec le bonheur, répondit Clara, et elle partit se coucher.

Plus tard ils entendirent :

– Si tu mets toute l'armoire dans la valise, jamais elle ne fermera.

– Je ferai ce qu'il faut pour que tu leur plaises.

– Mais comment s'habille-t-on, là-bas ?

Sitôt passé Saint-Cyr et Trappes, Charles et Clara glissèrent du siège arrière, relevèrent les strapontins et s'installèrent sur le tapis-brosse beige. Charles sortit d'une mallette les accessoires de leur intimité : le réveil Walt Disney et Mickey oscillant, le paquet de Pailles d'or, la Thermos de thé tiède, les portraits d'Édouard Herriot, Louison Bobet, Clark Gable, qu'ils accrochèrent aux poignées des portières, *la Vraie Vie de Sébastien Knight*[1], *la Naissance de Jalna*[2], le Kodak, l'échiquier aimanté. Clara remonta ses manches, les fossettes n° 4 et 5 apparurent aux creux des coudes, au cœur d'un petit champ de taches rousses. Puis elle coinça ses mèches spiraloïdes blond vénitien derrière ses oreilles et se composa un masque métissé souriant-impénétrable (« Je m'entraîne pour l'avenir, les pokers de mon âge mûr »). Alors Charles pensa : Est-ce suffisant d'être frère et sœur pour ne pas souffrir ? Est-ce que d'avoir le même sang vaccine contre la jalousie ? Car elle va bientôt commencer à torturer ma douce, douce Clarinetta.

Laquelle Clarinetta ouvrit par le cavalier g8-f6, comme le recommande Alékhine. Mais le jeu fut haché. Elle se dressait sans cesse sur les genoux pour photographier le paysage, immortaliser Notre-Dame-de-Mortagne, le boulevard du 1er-Chasseurs (Alençon), le donjon de Domfront (etc.).

— Tu continues, oui ou non, criait Charles.

— Oh toi, comme d'habitude, tu ne devines rien. Mais ce juillet-là sera décisif. Alors, s'il te plaît, laisse-moi archiver. Tu me remercieras plus tard.

---

1. Vladimir Nabokov.
2. Mazo de la Roche.

De l'autre côté de la vitre, à l'avant de la 15 Citroën, la leçon continuait :

– Bien sûr c'est compliqué, disait Louis, que veux-tu, moi j'ai une vraie famille, alors tâche de comprendre, s'il te plaît. Bénédicte, fais un effort. Blanche Varenne, ma grand-mère, née Langeais, a eu cinq filles. Hélène est l'aînée, veuve de Georges et sœur de Marguerite (veuve d'Albert), elle-même sœur de Claire (veuve d'Hubert), sœur d'Edmée (veuve d'Alex), sœur de Madeleine, ma mère, dont tu as failli connaître le mari enfui, au Havre, tu te souviens… ?

Bénédicte répétait à voix basse, en comptant sur ses doigts.

– Et d'ailleurs toutes ces veuves se sont offert une messe hebdomadaire, chaque mercredi, à 8 heures, pour l'âme de leurs époux, il faudra y aller. Ma mère se rend à l'église du bourg tous les matins, tu dois savoir ces choses-là. Et surtout, ne parle jamais de Gabriel-Auguste, on le considère comme mort. Tu te rappelleras ?

– Le temps a beaucoup d'importance là-bas, tu verras. Déjeuner à midi et demi, dîner à 8 h 30. À cause des marées.

– Mais l'heure des marées change.

– Ah ! pas d'ironie, Bénédicte, n'est-ce pas ? J'y pense, il faudra les prévenir, Charles et Clara, de réintégrer bien sagement leur âge. Tu imagines ma Réconciliation si Clara ne cessait de pleurer et si Charles ne parlait que de Mendès ?

Bénédicte écoutait distraitement et répondait avec douceur et gentillesse. À mille lieues de là. Car elle hésitait et s'embrouillait, elle se prenait les pieds dans les Irréprochables. Elle se demandait s'il fallait faire l'échange : ne plus s'obstiner à devenir l'Irréprochable à son idée à elle pour être l'Irréprochable à son idée à lui. Et elle cherchait quels étaient les ponts entre ces deux Irréprochables. Et avec effarement elle n'en trouvait aucun alors même qu'une Irréprochable était d'abord pour elle une épouse.

Il n'y a pas de religion complète. Les catholiques ont un messie. Mais les juifs ont une terre promise. Israël, Israël, murmurait pourtant le catholissime ingénieur rejeton d'une antique souche lyonnaise, antisémite depuis 150 av. J.-C. (création de Lugdunum), Israël, Israël, l'âme envahie de bonheur humain et les veines emplies de miel, les yeux exorbités vers l'ouest, de plus en plus fébrile au fur et à mesure que l'on s'éloignait de Paris. Dès la place Denfert-Rochereau, les Ferrari décapotables, les coupés Facel Vega, les Aston Martin, et Jaguar de tout poil avaient viré vers le sud. Maintenant, sur la Nationale 12 (Paris-Rennes-Brest), ne roulaient plus que des voitures comme il faut : moyennes. Les galeries surchargées de landaus, matelas, haveneaux et les places arrière débordant de progéniture. Peu après Saint-Hilaire-de-Harcouët (Nationale 176) l'ingénieur fredonna *la Marseillaise :* un cabriolet Mercedes 300 SL venait d'être arrêté par deux motards. La passagère (cheveux blond platine) a bien mauvais genre, remarqua Bénédicte Arnim. Vous voyez, la police a des consignes, dit Louis Arnim, n'entre pas qui veut en Familie. S'ils veulent prendre des vacances, ils n'ont qu'à choisir la Côte d'Azur, Juan-les-Pins ou le Lavandou. Il ne manquerait plus qu'ils viennent s'installer au milieu des familles. Heureusement, la plupart des couples illégitimes préfèrent le soleil.

Clara mitrailla l'adultère.

Une fois franchi le Couesnon, fleuve frontière, l'ingénieur ordonna la sieste :

– Il faut que vous ayez l'air reposé. Je suis déjà assez honteux de n'amener que deux enfants…

Charles et Clara, allongés sur le tapis-brosse beige, regardèrent défiler le ciel, gris, bleu ou brutalement vert, de la couleur des arbres du bord de la route.

– Tu leur plairas, tu leur plairas, répétait M. Arnim (la vitre de séparation était restée ouverte). Et si tu leur plais, nous passerons là-bas tous les étés.

– Ne va pas si vite, répondait M$^{me}$ Arnim.

Puis les freins de la 15 grincèrent, la mer battait là, devant, violette. Clara voulut photographier. Il ne lui restait plus de papier à impressionner. Elle faillit pleurer, pour de bon.


La vedette prénommée *Marie-André*, traversa le chenal et longea la côte de l'île, à toucher les rochers roses (curiosité locale). Elle entra même dans les criques pour éviter le fort du courant, les algues arrachées, les casiers, les lièges, les bidons d'huile BP, les mouettes à la dérive, les périssoires, les flacons d'ambre solaire, les feuilles de journaux, *Elle* et *Match*, les bouées rondes à têtes de canard, de licorne, de Churchill, les chaises pliantes dossiers de mousse, *Bonjour Tristesse* déchiré, les paquets de LU vides, les cartes postales de Saigon, nous faisons nos bagages, nous serons là en août, bonnes vacances, le cortège d'épaves habituel à une grande marée descendante, à un jour de juillet cinquante-quatre qui tombe.

L'air sentit l'odeur N° 9 de Clara : humide, presque pourrie, un peu piquante, alcoolisée, les prémisses d'une fermentation fastueuse. Et le soleil pourpre, de plus en plus bas, reflété sur une mer teinte mercure, couleur de miroir, aveugla les voyageurs. Ils écoutèrent, paupières closes, les commentaires de Louis : ici s'est passée mon enfance, là-bas ce phare, plus loin le bateau de sauvetage, vous verrez, dès qu'ils apercevront la vedette, ils agiteront des draps, c'est la coutume, ma famille est chaleureuse…

Quand Bénédicte, Charles et Clara rouvrirent les yeux, *Marie-André* se tenait immobile, accostée à une cale devant une maison vide. On entendait des clapotis, quelques plaintes de goélands et une musique militaire, lugubre.

Les deux marins déchargèrent les bagages. Est-ce bien ici ? demanda Bénédicte. Peut-être me suis-je trompé de jour, dit l'ingénieur.

Alors la musique militaire lugubre cessa et fut remplacée par une liste de noms

« Locqueneux

Longrais

Lorichon

Loubières

Lourme… »

Les goélands tournoyaient au-dessus de la famille Arnim, maintenant sans crier, comme des vautours civilisés, plus moqueurs qu'affamés. La mer descendait vite. Autour de la cale, la vase remplaçait l'eau. Les sapins perdaient peu à peu leur forme. On sentait la nuit juste derrière, la gueule ouverte.

– Assis sur nos valises, nous avons l'air d'immigrants, dit Bénédicte.

– Je me demande quelle est cette liste, dit M. Arnim.

– En tout cas, pas le tour de France, je ne reconnais personne, dit Charles.

– Parlez moins fort, dit M. Arnim.

« Moisan
Mouchelin
Moreux
Morine
Muron... »

La musique militaire lugubre reprit.

« Mesdames et messieurs, vous venez d'entendre le nom des soldats français retenus prisonniers à Diên Biên Phu. La suite de la liste – lettres N à R – sera diffusée demain, à la même heure. » On perçut le clac d'un bouton qu'on tourne, le raclement sur le gravier des chaises que l'on repousse, des éclats de voix. Des ombres passèrent sur la terrasse. Soudain une femme cria :

– Ils sont sur la jetée.

Alors une horde dégringola le chemin, des draps à la main, ils traînaient dans la poussière, vous voyez, nous avions tout préparé, ainsi c'est vous Bénédicte et voilà Charles et Clara. M. Arnim embrassa, présenta, présenta, embrassa.

– Tu sens cette chaleur ? dit-il à l'oreille de Bénédicte.

Et l'on monta, enlacés, vers la terrasse.

– Nous sommes très inquiets pour Henri, le mari de Mireille, il est peut-être... vous me comprenez, Diên Biên Phu..., murmura Madeleine.

– Rien n'a changé, dit l'ingénieur en entrant dans la salle à manger.

Bénédicte n'avait jamais vu de vraie famille à

l'œuvre, trente personnes attablées, trente personnes emmêlées, trente vies, trente âges tissés ensemble, comme héros de roman réunis pour une même histoire, comme soldats d'une grande armée quand les ennemis au pire vont par deux oh comme je les envie oh comme tous ensemble ils doivent cesser d'avoir peur. La suite lui prouva qu'elle n'avait rien compris.

# *Soleil*

Le lendemain, une lumière inhabituelle traversait les persiennes, striait de rayons jaune clair les murs de la chambre et le portrait daguerréotype des grand-mères Marguerite, Claire, Edmée, Madeleine, Hélène à deux, trois, quatre, cinq et six ans. Par l'espagnolette, se glissaient des odeurs de thym, d'aiguilles de pin sèches, des roucoulades d'oiseaux, des crépitements d'insectes, presque un chant de cigales. Lorsque Bénédicte bondit hors du lit, son front, ses cuisses, son ventre se couvrirent d'une rosée moite. Elle cria :

– Il fait beau, il fait chaud, nous sortons de l'hiver, et courut à la fenêtre.

La mer ne bougeait plus, figée, lisse, marquée des seuls courants, surmontée par endroits, autour des rochers, le long des plages, d'un peu de brume, sous un ciel bleu cru. Bénédicte gloussait, oh Louis qu'il me plaît ton pays !

Et Louis, étroitement enroulé dans les draps, la tête sous l'oreiller, les mains sur les yeux… Louis regrettait d'être marié.

– Comment vivre près d'une telle étrangère ? Comprendra-t-elle un jour la Familie ?

Il se redressa.

– S'il te plaît, Bénédicte, si tu ne veux pas gâcher ma Réconciliation, aurais-tu l'obligeance de me dire tes sentiments avant de les exprimer. Je t'aiderai à trier. Ça vaudra mieux pour tout le monde.

C'est alors, après quelques coups frappés contre la porte, que la parenté entra dans la chambre, les aïeuls et les collatéraux, trente-quatre personnes, avec sur le visage le masque des catastrophes, le rictus éploré qui servait également pour les enterrements, les échecs aux examens, l'annonce d'une grossesse extraconjugale...

– Vous avez vu le ciel bleu ?

– Hélas.

– Il faut prendre des mesures.

Au terme d'un bref débat, les autorités familiales décidèrent, vu les risques moraux et physiques qu'entraînait cette aberration climatique :

premièrement, d'imposer la sieste aux enfants ;

deuxièmement, de surveiller plus étroitement les bonnes ;

troisièmement, d'aller au plus tôt décimer les maquereaux dont les bancs, sinon, expliqua-t-on à Bénédicte, s'approchent du rivage les jours de canicule, mordent les enfants, rongent les aussières, bloquent les hélices, empêchent le bain, il faut te dire, Bénédicte, que les orques poursuivent les marsouins qui poursuivent les maquereaux qui poursuivent de petits poissons nommés sprats qui poursuivent les crevettes qui sautent en fuyant jusque sous les ajoncs, c'est la nature, et tous ils finissent par pourrir, lorsque la mer se retire, non sans léguer aux villages côtiers des épidémies dures à guérir et riches en séquelles héréditaires, les boitillement des femmes bigouden viendrait d'une semblable invasion de thon voilà longtemps en baie d'Audierne, alors tu vois, Bénédicte, nous devons nous montrer vigilants ;

quatrièmement, de veiller aux insolations, hydrocutions, coups de soleil ;

cinquièmement, de fréter une messe pour que crève au plus vite l'anticyclone des Açores et que cesse la honteuse ressemblance entre la Familie et la dépravée Côte d'Azur.

Puis les hommes se précipitèrent en mer : on signalait déjà des bancs à l'entrée de la baie.

– Et maintenant que dois-je faire ? demanda Bénédicte à Madeleine.

– Dire au revoir, avec un mouchoir, les draps sont réservés aux véritables départs, ou aux véritables arrivées.


Mademoiselle borda serré un à un les enfants dans sa position recommandée par le syllabus : les bras au-dessus des draps.

– J'ai trop chaud, j'étouffe, crièrent les allongés.

Mais l'éducatrice n'eut cure de ces ruses et quitta la pièce, impénétrable. On l'entendit s'installer, poser la chaise contre la porte du dortoir, ouvrir son cahier, écrire. Au moindre murmure, au premier grincement d'un lit, elle frappait contre le mur.

– Voulez-vous dormir, la chaleur fatigue.

Au second grincement, elle se précipitait.

– Qui a bougé ? Allez, qu'il se dénonce !

Grandes étaient donc les difficultés pour suivre la mode bien parisienne immédiatement lancée par Charles et Clara, adoptée dans l'enthousiasme par la foule de leurs cousins : changer de lit, rendre visite. Heureusement, de nombreux bruits extérieurs, le passage d'un avion publicitaire, le démarrage d'un hors-bord prêtaient leur hospitalité : il suffisait d'attendre le plus fort du fracas pour retrouver d'un bond la cousine, la sœur, le cousin de son choix. Il fallait faire vite. La guerre au pied du lit des jolies en était d'autant plus vive. Ainsi, on lutta ferme pour entrer chez Clara. Et Charles dut céder la place à un rival plus âgé, plus musclé, mieux doté en comédons mais tellement moins intelligent. Il se retrouva le long d'une cousine, native d'Angers, Maine-et-Loire, tiède à souhait et bienveillante qui s'étonnait de sa tristesse et lui murmurait à l'oreille :

– Allons, ce n'est qu'une sieste !

Mais Charles, dans le silence revenu, ne quittait pas les yeux de Clara. Lesquels disaient d'abord :

– Excuse-moi, mais que pouvais-je y faire, ce cousin est si fort. Aurais-je résisté, que Mademoiselle entrait. N'aie crainte, c'est à l'évidence toi que je préfère.

Et comme Charles paraissait près de pleurer :

– Profite donc des circonstances, conseillaient les yeux de Clara, profites-en pour apprendre quelques caresses de province dont tu sais que je suis si friande.

Une telle immoralité dans les pupilles, une telle hypocrisie soulevèrent le cœur de l'imbécile. Il s'apprêta à se lever, étouffer d'un même polochon l'incestueuse et l'issu de germain.

Trop tard, les yeux de Clara chavirèrent.

Alors la mort s'installa, une sorte de caillou froid très lourd au milieu de la poitrine ; il tenta fort de s'évader, il écouta avec un amer acharnement les petits bruits, assourdis par les volets fermés, d'un début d'après-midi en Familie, les signes du bonheur d'être en été, les cris sur la plage, les drisses contre les mâts, le clapotis de l'eau quand un voilier quitte le bord, il se répétait Clara est d'ailleurs, la vie est ailleurs, il se sentait condamné à l'exil, voué pour toujours à la jalousie.

D'avoir trouvé cette idée force (l'exil et la jalousie, c'est pareil) lui rendit son sourire. Il faudra que je note cette pensée-là dans mon carnet.

— Enfin, dit la provinciale près de lui.

Elle redoubla d'amitié.

Et ce fut au tour de Clara, revenue de son chavirement, de se sentir russe blanche, bannie, femme de marin.

On comprend donc les cris que poussèrent les enfants en dévalant l'escalier : vive oh vive la sieste !

Une fois les enfants installés dans la longue pénitence de la sieste, les quatorze femmes de la parenté s'en vont déjeuner. Dans la grande salle à manger lambrissée de sapin sombre. Entre les deux horloges qui battent le temps exactement au même rythme et sonnent le quart d'une heure avec les artichauts crus, la demie avec le rôti de veau macaroni et les trois quarts avec le lait caillé (dessert). Les femmes se regardent en silence, d'abord, étonnées d'être seules. Puis elles parlent avec frénésie de leurs maris, de leurs filles et fils, un étage plus haut endormis. Elles échangent des histoires de vie quotidienne, un peu misérables, dont la morale est toujours la même : qu'il est dur, oh oui, d'être épouse-mère. Alors une des aïeules, Claire, Hélène, Edmée, Marguerite ou Madeleine remarque : et encore vous avez maintenant la machine à laver et le fer électrique et la cuisinière à gaz de ville, de notre temps. Et Blanche la bisaïeule, à qui l'on répète toutes les phrases importantes un ton plus haut, hoche la tête, déclenchant sur son visage et sur son cou une vague de rides, qui meurt lentement, comme un ressac. D'ailleurs les plaintes pourtant perpétuelles demeurent douces, comme nostalgiques, sans violence ni revendication aucune, sans y croire du tout. On dirait seulement que la vie pèse sur leurs épaules et qu'elles courbent l'échine, peu à peu, au fur et à mesure qu'elles avancent dans la profession du mariage. Les plus aïeules sont cassées en deux. Et les plaintes ressemblent à un bruit permanent de vertèbre, impersonnel, physiologique. On sert le café dans la bibliothèque.

À 2 heures pile, les tricotages commencent.

Personne ne sait qui a tricoté la première, attaché la laine, écarté les doigts et agité en cadence les aiguilles de bois, et ne s'est plus arrêtée que pour dormir et montrer à sa fille cette manière utile de passer le temps, de vêtir la famille, de calmer les mauvaises pensées descendues dans les mains, saupoudrées rouges sur les joues brûlantes les jours de printemps lorsque le mari reste longtemps absent. Personne ne sait quelle grand-mère de grand-mère a légué la première ces innombrables secrets d'écriture, ces façons de nouer le fil, point de riz, point d'avion, torsades ou jersey et cette agilité dans l'algèbre pour calculer les diminutions. Personne ne sait d'où vient le chromosome responsable de la souplesse du poignet et de l'indépendance inouïe des gestes qui permet aux phalanges de tisser, aux yeux de surveiller les enfants, aux lèvres de médire ou de gercer, aux jambes de bronzer, au sexe de rêver...

Il faudrait peut-être remonter au tout début des femmes.

Les tricoteuses se répartissent en trois groupes :

Les plus jeunes installent leurs fauteuils de jardin bien en ligne tout au bas de la plage. Les aïeules demeurent sur la terrasse : le grand âge et l'état, surtout, de grand-mère, l'éloignement par rapport à la naissance, contre-indiquent, explique-t-on à Bénédicte, le port du maillot de bain, en outre, elles adorent guetter, elles se battent pour les jumelles, vous entendrez *leurs chamailleries. Quant à la bisaïeule Blanche, sa peau ne s'hydrate plus, malgré le double verre d'eau de Plancoet qu'on lui fait boire toutes les heures, alors elle reste sous le porche, assise sur des coussins, protégée du soleil par un chapeau de paille noire, à voilette. On lui noue sa laine sur les aiguilles, elle continue toute seule. Autant vous prévenir tout de suite, Bénédicte, deux jours par semaine, le mardi, le vendredi nous tricotons pour des œuvres. L'été dernier, c'était pour l'abbé Pierre. Cette année, nos tricots iront aux réfugiés d'Indochine.*

*C'est l'heure dure. Le sable est vide. La vase au-delà du sable est vide. La mer au-delà de la vase est vide. Et le ciel au-delà de la mer est vide, de nuages, d'avions publicitaires et de mouettes. Sur la droite aussi, la plage publique, où s'arrête le chemin du bourg, où viennent s'affaler les estivants récents, les locataires d'une saison, même des campeurs, est vide. À part Bénédicte qui porte en elle, déjà, l'idée de ne jamais revenir ; à part Mireille qui pense sans cesse à Diên Biên Phu, les tricoteuses ont l'impression d'avoir été, telle une baignoire, tel un cadavre, vidées. Quelqu'un est venu, elles ne veulent pas deviner qui, elles ne se rappellent pas quand, il a tout ôté. Mémoire, poumons, viscères. Il a tout remplacé par de la paille. De la laine. Et de l'ennui. Elles sont embaumées. C'est pour cela qu'elles deviendront vieilles. Comme les aïeules, là-haut, sur la terrasse. L'idée de retomber enceintes les lasse, à l'avance les épuise. Il faut choisir. La fatigue ou l'ennui. Elles hésitent. D'ailleurs elles savent qu'elles hésitent pour rien. Un bébé vous arrive dans le ventre par hasard. Elles fixent hébétées le jeu de leurs aiguilles. Le fil de laine frôle les endroits sensibles : le pli du coude, l'échancrure entre les seins, le renflement au* bas du maillot. Et la pelote roule entre leurs cuisses. Bénédicte entend leurs soupirs. On dirait qu'elles se tricotent elles-mêmes.

– Vive la sieste !

Les enfants dégringolent les escaliers de granit. Mademoiselle descend derrière, du plus vite qu'elle peut, les bras chargés de bouées à têtes d'animaux, de cheval, de licorne, de canard. Ils traversent sur la pointe des pieds le champ de cailloux, contorsionnés en tous sens, poussant des rugissements sauvages. Ils se roulent sur le sable. Et courent vers les tricoteuses. Chacune enduit sa progéniture d'Ambre solaire, rappelle le principe de base d'un après-midi de soleil : ne pas se baigner tout de suite, vous risquez l'hydrocution. Puis la meute est lâchée et s'égaille en des travaux variés.

L'après-midi passe. Les enfants crient. Les ouvrages s'allongent, de temps en temps ponctués par des chiffres, 36, 37, 38, diminution, murmurent les femmes, 35, 36, 37, diminution. Sitôt qu'une des tricoteuses se lève, s'en va vers la maison pour s'approvisionner en laine, les autres parlent d'elle à l'aigre. Les tricoteuses détestent l'absence, sous toutes ses formes, et comblent le moindre vide avec de la haine.

– Il est 4 heures, vous pouvez vous baigner, dit une voix d'aïeule venue de la terrasse.

Les tricoteuses posent à l'instant leurs ouvrages et marchent vers la mer. Mademoiselle distribue les bouées. Elle a hissé son siège sur la cale et compte sans arrêt de 1 à 17, 17 têtes de noyés virtuels à la surface de la Manche. À peine fini, elle recommence. La baignade est sa terreur.

Après le bain, on transporte Blanche dans le petit salon, près de la radio, pour qu'elle écoute le tour de France. Il est interdit à quiconque de suivre l'étape.

*C'est le domaine de Blanche. Et on l'interroge, le soir,*
*au dîner.*

*— Alors, Blanche, qui a gagné aujourd'hui ? Bobet*
*garde-t-il le maillot jaune ?*

*Et on l'applaudit et on l'embrasse et on répète comme*
*je voudrais vieillir ainsi et, un peu plus bas, à l'un ou*
*à l'autre des invités : vous vous rendez compte 96, 97,*
*98 ans, une telle passion pour le sport, s'il fallait une*
*preuve qu'elle a toute sa tête, en voilà une. Peut-être*
*entend-elle. Plus le temps passe, plus elle s'accroche*
*à la comédie, se fait lire l'Équipe chaque matin, on lui*
*épelle, doucement, le nom des footballeurs yougoslaves,*
*hongrois, Puskas, Kokcsis, Cisowski.*

*La mer revient. Il faut reculer les fauteuils de jardin.*
*La ligne des tricoteuses, peu à peu, bat en retraite.*
*Cède. Abandonne la plage. Regagne la terre ferme. Cris*
*sur la terrasse. Remue-ménage. Voilà les bateaux. Il est*
*6 ou 7 heures. Les maris sont de retour. Le royaume*
*des femmes s'en va, poussé comme par le vent et la*
*marée montante.*

L'odeur qui précédait le convoi donna l'alarme, arrêta net les ouvrages et précipita les tricoteuses sur la cale, leurs mains au-dessus des yeux pour voir au loin, juste au-dessous du soleil. Comme à tous les retours de pêche, une odeur du fond de la mer creusait dans la chaleur une sorte de bulle fraîche, aux relents de pourriture, de feuilles humides, de pluies tombées. Une odeur incongrue, nostalgique qui faisait palpiter les narines et rêver d'amour tête-bêche.

Les tricoteuses chassèrent ces pensées moites par un grand flux de fierté conjugale : les époux, enfoncés jusqu'à mi-cuisse dans les maquereaux, maculés de sang et scintillants d'écailles, leur souriaient, modestement.

– Grâce à Dieu, nous avons repoussé le flux !

– Deux bancs sont morts, le troisième a fui.

La cale applaudit et rendit grâces au saint patron des pêcheurs.

Alors la famille forma la chaîne et les poissons sautèrent de main en main, sans souci de chronologie ni de préséance, d'aïeule en puîné, de frère en issu de germain, de mère en fille, de bambin en chenu, jusqu'aux tabliers grands ouverts des cuisinières qui jetaient les animaux (dont certains gigotaient encore) dans des jattes géantes, des brocs, des poêles pour omelettes immenses, des fait-tout, des cuvettes, des bassines ou directement dans l'eau parfumée du court-bouillon, voire dans le fond du placard aux balais, dans la caisse à charbon, dans la hotte à pain. Jusqu'au moment où les cuisines débordèrent. Ne restait plus qu'une solution pour éponger telle pléthore : la charité.

Alors les enfants furent envoyés aux quatre coins nécessiteux de l'île, leurs vélos chargés de ces bêtes luisantes et gluantes, dont la couleur passait du vert au bleu sombre pour s'arrêter au presque noir au moment de la mort. Ils pédalèrent, doublèrent quelques concurrents, enfants comme eux et comme eux investis d'une mission alimentaire et charitable. Hélas : sur les portes de l'hospice, de la cure, des deux écoles, du local des pompiers, de la citadelle où vivaient les très pauvres, des 7 colonies de vacances, du club de boules, du foyer des cap-horniers, la même phrase hautaine :

Ici, désormais,
on n'accepte plus les maquereaux.

Un instant découragés, ils repartirent à l'assaut de la dernière chance : un évêque amateur de pêche aux gros. Ils sonnèrent à la grille. Une carabacène commença de les éconduire, lorsque monseigneur, dérangé par les éclats de voix, parut à une fenêtre de la maison :

– Hélas, mes petits, que n'êtes-vous venus plus tôt. Des amis pêcheurs m'en ont déjà tellement offert. Regardez.

Et il montra son tennis, embouteillé de brouettes pleines.

– Mais pour votre peine je vous bénirai.

Il fallut s'agenouiller sur les aigus graviers du chemin.

Le retour fut morne.

On tança les enfants pour leur nonchalance dans le pédalage, la mollesse de leur charité (il fallait lancer vos cadeaux par-dessus les murs) il faut forcer la fierté des démunis.

Et l'on ouvrit une annexe des cuisines dans la salle à manger où furent préparées jusque tard le soir des mousses, des terrines, des fumaisons, des macérations, en prévision des hivers sans canicule à venir.

Plus tard, enfermés dans leur chambre, au second, Charles et Clara entendaient rôder, tout autour d'eux, la jalousie. Écoutaient ses bruits de pas, ses contorsions pour se glisser sous la porte ou passer la muraille.

– Est-ce que tu sens quelque chose ? demanda Clara.

– Rien du tout.

– Est-ce que tu souffres ?

– Pas du tout.

Alors ils laissèrent la jalousie se briser les ongles et ils rêvaient chacun à leur amour de l'après-midi. Très vite Charles en devint roide et Clara moite. Ils résistèrent, résistèrent comme ils purent à l'escroquerie :

– Ce n'est pas de toi que j'ai envie, murmurait Clara.

– Ni moi de toi, répondait Charles, sans amertume, constatant les faits.

– Alors gardons les yeux ouverts, autrement nous allons tricher.

Les deux désirs montaient, exactement au même rythme, jumeaux. Tandis que descendaient doucement leurs paupières.

– Je parie que tu as les yeux fermés, dit Clara.

– Gagné.

– D'ailleurs moi aussi.

Et tant s'étreignirent les deux escrocs, tant grinça le lit de fer que la foule des bébés du premier étage s'en trouva réveillée. Les mères accoururent. Et ce fut sur accompagnement de berceuses assourdies, avec une retenue soudaine dans leurs caresses, que Charles et Clara retirèrent du jour qui tombait une dose raisonnable de bonheur humain.

Puis, honteux dans leurs crânes d'avoir trahi, mais satisfaits dans tout le reste de leurs corps, ils s'approchèrent de l'œil-de-bœuf ouvert et s'intéressèrent aux états d'âme des autres générations.

La nuit avançait, encore rouge à l'entrée de la baie et déjà noire sur la terrasse. L'air était chaud de la chaleur du jour descendue dans le granit. On avait laissé les lumières éteintes. On ne voyait que des ombres assises entre les bras clairs des fauteuils. On ne percevait que des murmures indistincts, parfois des rires, des longs silences et la voix de Louis Arnim qui se promenait à droite, à gauche, racontant des secrets, ma cousine vous avez de beaux seins, chère nièce je peux mettre ma main là ?, bas parlez bas, répétaient sans doute les complimentées mais plus Louis baissait de ton, plus ses mots portaient, vibrés dans la gamme grave par des cordes vocales incomplètes, incapables de chuchotement.

Bientôt les autres conversations se turent et l'on n'entendit plus que les sanglots épisodiques de Mireille (son époux était sur la liste des prisonniers), les déclarations de l'ingénieur d'un bout à l'autre de la terrasse et le silence de la Familie qui plaignait Bénédicte, non sans indulgence pour l'incorrigible Louis.

## *Vent*

Le vent commença par des bruits désaccordés : grincements discrets des sapins, clapotis plus appuyés de la mer, sifflements croissants dans les fils EDF-téléphone. Puis les cheminées ronflèrent. Puis, soulevées par les rafales, les tuiles claquèrent, comme si, de retour d'Égypte et légèrement égarée, la Grande Armée passait au galop sur le toit. Puis la sirène du sémaphore annonça un naufrage vers minuit, un autre avant l'aube. Puis les bébés, réveillés, crièrent. À nouveau les femmes durent se lever et chanter des berceuses, aux marches du palais, l'enfant do. Puis tous ces bruits épars furent soudain avalés par un grand fond sonore, une sorte de rideau opaque qui sépara l'île du continent, l'installa dans la tempête. Et la vie du lundi matin se réveilla frileusement au milieu de cette rumeur avec, au-dessus de la tête, des convois de nuages qui fuyaient affolés droit devant eux, sans halte de politesse, sans saluer les familles pourtant sorties sur le pas des portes, emmitouflées, le nez levé vers le ciel et tâchant d'apprécier la violence de la brise (force 9 ou force 10 à l'échelle de Beaufort ?), souhaitant, sans se l'avouer tout à fait, le record météorologique, ah si ce pouvait être le plus terrible 3 août depuis 1880 ! l'événement climatique qui donnerait à l'été 1954 un trait particulier, une sorte de visage dans le glissement, par ailleurs indistinct, du temps.

On condamna, en grande pompe, les trois portes de la terrasse, déjà fouettée par des queues d'embruns. Immédiatement après le petit déjeuner, l'ordre du jour fut épinglé à la place habituelle, sur le lambris de sapin, entre les deux horloges de la salle à manger. Aujourd'hui, lundi 3 août, Sainte-Lydie, tempête. Il est interdit d'approcher de la mer, de marcher sous les arbres et les gouttières, de se promener gorge nue, de rouler à bicyclette, de tirer à l'arc, d'allumer le moindre feu.

Impossible, dans ce fracas, d'envisager une sieste. L'heure de la promenade fut avancée.

– Viendrez-vous ? demandèrent les femmes aux fils, gendres, pères, oncles, beaux-pères, présents dans le petit salon, une tasse de café à la main.

La question était rituelle, mais inutile : les hommes non chasseurs, non golfeurs et non pèlerins trouvent généralement grotesque voire efféminée cette manière lente de bouger qu'on appelle la marche. Ils aidèrent seulement à installer les bébés dans les poussettes et Blanche dans la carriole du marché au milieu des provisions emportées pour un éventuel sauvetage : rhum, serviettes-éponges, couvertures militaires. Ne t'inquiète pas, Blanche, pars en paix, nous suivrons pour toi le tour de France. Puis ils souhaitèrent bon ouragan, recommandèrent la prudence et s'en allèrent bridger sans même assister au départ du cortège.

La progression fut rude : le chemin était envahi par une foule de familles qui luttaient, jouaient des coudes pour arriver au plus vite à la pointe et ne pas manquer un beau naufrage. À l'évidence, les lignées récentes, encore incomplètes, dépourvues d'aïeules et point ralenties par des arthroses ou des cols de fémurs fragiles, avaient l'avantage. Blanche et ses cinq filles les foudroyaient du regard lorsqu'elles demandaient, timidement, le passage.

Et les deux seules vraies parentés de l'île, les Varenne et les Donne, respectivement 4 et 5 générations, arrivèrent longtemps après le peloton, les meilleures places étaient prises[1]. On assit Blanche sur la mousse, au milieu des camomilles. Elle refusa le plaid qu'on lui proposait et commença le compte de sa descendance : vous êtes trente-trois. Et encore, sans les hommes. Merci ma Bénédicte d'être venue cet été. Puis elle sortit de sa poche son chapelet géant, à perles noires pour les ave, à octaèdres pourpres pour les pater. Et l'attente commença.

À mesure que croissait la violence des rafales, la mer perdait sa teinte : ni verte à présent ni grise mais, rabotée par les déferlantes, battue sans cesse contre la côte, montée en neige, couleur chantilly. Et l'air avançait si fort à la rencontre du visage qu'il fallait pour respirer tourner le dos, ou se protéger de la main le nez et la bouche comme si l'on creusait des galeries dans un vent devenu solide, comme si l'on n'arrêtait pas de chuchoter des choses à la tempête.

« Surtout mon Dieu, marmonnaient les familles échelonnées sur les rochers, surtout faites qu'il n'y ait pas de naufrage. Mais si vous vouliez punir un navire,

1. Le Conseil d'État venait de refuser que l'on possédât son propre rocher rose près du phare, comme sa chaise à l'église, gravée d'un patronyme (arrêt 13-60, Dame Varenne contre colonie de vacances du Bon Conseil).

daignez choisir notre côte que vous avez voulue féroce sûrement pas par hasard, n'est-ce pas Seigneur ? Pour l'avoir souhaitée ainsi, vous deviez caresser une idée bien précise. Puisez, Seigneur, sans remords, sans vergogne, dans nos récifs, dans nos courants pour mener à bien votre infinie stratégie d'amour. Voici Pen Azen, Men-lès, Roch Hir, Men-Ouam, Scoeden (noms de tous les cailloux traîtres), choisissez, ils sont à vous. »

Au bout d'une heure, la mer demeurait vide. Les enfants s'énervaient et les prieuses cachaient du mieux qu'elles pouvaient leur déception : « Quand je pense à la vie dissolue des marins, aux bars des estaminets et dans les chambres du premier étage, merci mon Dieu de votre miséricorde, merci de leur avoir pardonné, merci pour celles et ceux qui seraient devenus veuves et orphelins auriez-vous cédé à une très juste, il faut l'avouer, colère. »

Soudain vers la Horaine, au plein cœur des dangers, un quart de voile parut. Alors la frénésie s'empara du rivage, on déchargea des carrioles les serviettes, les couvertures, on alluma les camping-gaz, on coupa les citrons, on ouvrit les pots de confiture, tout était prêt pour les grogs, on prépara le mercurochrome, la teinture d'arnica, les attelles gonflables, les bandes Velpeau, les vomitifs, les sédatifs, les cordiaux, on désigna des volontaires pour prévenir curé, médecin, sémaphore, ils partirent à contrecœur, se retournaient tous les dix mètres, la voile avançait toujours, écartez-vous, disaient les adolescents scouts secouristes, nous les réanimerons, venez vers nous criait la foule, tout est prêt mais le vent était contraire et les mots à peine sortis de la bouche des crieurs étaient emportés loin derrière, se perdirent dans la lande ou tombèrent dans la mer.

Pendant ce temps, une marée de bonheur catholique

envahissait une à une toutes les parties du corps de Blanche : sa joue gauche, siège du masochisme, ressentait la brûlure de la gifle rituelle, merci mon Dieu, encore un drame, son œil droit, l'épargné de la cataracte et organe du sadisme, fixait les préparatifs du naufrage et brillait de convoitise, des ondes concentriques, parties du nombril, lieu de l'instinct maternel et grand-maternel, irradiaient, merci Seigneur de donner à ma descendance un tel exemple des dangers de la mer, ses ventricules, moteurs de la charité, battaient la chamade, peut-être pourrons-nous sauver l'un ou l'autre de ces imprudents, le réchauffer dans les serviettes chaudes, lui glisser entre ses lèvres bleues et ses dents raidies une cuillerée de liqueur bouillante. Et toutes les autres parties du corps qui accueillaient chacune une dose variable de mauvaise foi eurent leur part de réjouissance lorsque le voilier de type ketch ayant, par une invraisemblable suite de circonstances heureuses, évité les récifs et gagné des eaux plus calmes, Blanche retrouva la voix de ses vingt ans pour s'écrier : prions et louons Dieu, nous venons d'assister à un miracle. Charles et Clara remarquèrent, à ce moment-là de plaisir polymorphe total, de catholicisme parfait, que les pieds de Blanche ne touchaient plus tout à fait terre, effleuraient seulement la tête des camomilles. Mais ils gardèrent pour eux cette vision plus tibétaine que familienne.

Que dire du retour sinon qu'il fallut d'abord ranger tristement les préparatifs de la charité, plus les serviettes, les couvertures militaires, refermer les manuels de secourisme, éteindre les réchauds, boire le grog à la dérobée ou le renverser sur la bruyère non sans jeter des coups d'œil à la mer : hélas l'horizon restait vide et le jour tombait. Alors à grand renfort de mielleux sourires, de coups de coudes hypocrites, oh pardon, de bousculades pharisiennes, je vous en prie, la lutte commença. Bagages plus vite pliés, la famille Donne prit d'abord la tête, occupait toute la largeur du chemin. Mais au prix d'un long périple à travers les fougères, escaladant et dévalant les buttes, avancez, avancez, chuchotait rageusement Blanche chignon demi défait, les doigts serrés sur les rambardes de fer, s'arrachant à deux bourbiers, manquant dix fois de verser, la carriole de la bisaïeule Varenne vint s'installer devant le cortège. Le reste ne fut que jeu d'enfant : Marguerite, Claire, Madeleine, Hélène, Edmée demandèrent une à une, très doucement, le passage, notre mère se sent si seule sans ses filles, pourriez-vous ? mais comment donc, voilà nous nous tournons, glissez-vous. Et ainsi, de génération en génération jusqu'au dernier-né, Augustin (11 mois), toute la famille Varenne se faufila aux avant-postes.

Puis dans un geste qui fut beaucoup apprécié dans l'instant, et raconté, raconté des saisons après[1], Blanche fit venir auprès d'elle la poussette de sa rivale Donne, déjà trisaïeule bien que d'un an plus jeune. Et c'est côte à côte qu'elles revinrent vers le bourg, menant la foule des femmes et des enfants naufrageurs qui psalmodiaient le nom de la Vierge et criaient miracle, miracle. Les passants se signaient, des touristes s'agenouillèrent :

– Il doit s'agir de deux saintes.

---

1. Sans tenir le souvenir de cet été 54, la lecture du « Journal honteux » de Blanche éclaire d'un jour complémentaire l'événement. Peu confiante dans sa mémoire, elle avait l'habitude d'apporter au confessionnal un recueil de ses fautes quotidiennes. Au 3 août, elle note : « Bonne action, faute ou simple manœuvre ? La générosité implique-t-elle un sacrifice ? Ma rivale baissait beaucoup, ces derniers temps. Je ne craignais plus guère sa concurrence ici-bas tandis que ma bienveillance me la rendait alliée pour l'au-delà. »

On dîna dans l'impatience. Les couples, même les vieux mariages, prirent congé, sitôt les infusions bues.

– C'est toujours ainsi les soirs de tempête, se dirent les vraies veuves et la quasi, Madeleine. À croire que le vent ne s'arrête pas à la peau, et agite le sang. Chassons l'envie. Tricotons. Autrement, je nous connais, nous serons tristes et, de fil en aiguille, nous penserons à la mort. Au premier étage, Louis Arnim, resté pur depuis le début des vacances de peur qu'un grincement du lit ne gâtât sa réconciliation, profitait du vacarme pour s'allonger, se rallonger sur Bénédicte.


Au même moment, dans la cuisine, tous les enfants des diverses branches Varenne, Patrick, Éric, Thierry, Véronique, Élisabeth, Christian, Chantal, Charles, Clara, France, Pascal, Stanislas, Blaise, Catherine, Daniel, Françoise, Annick, Sabine, Xavier écoutent. Ils sont assis autour de la table, les poings posés sur les dahlias de la moleskine alternés rouge et bleu. Les bols sont prêts pour le petit déjeuner du lendemain, et les serviettes brodées de prénoms, et les boîtes de confitures pomme et fraise, pomme et cassis, pomme et groseille. L'abat-jour assiette est très bas, la lumière rentre droit dans les yeux, comme un petit soleil couchant, blanc et rageur. Tout le reste est avalé par la nuit.

– Vous n'avez pas remarqué : l'odeur de cierge dans la maison, la pie sur le toit, le chant du coq, hier, avant minuit, les goélands au-dessus du jardin ? Les morts de Blanche ont commencé, dit Marianne. On meurt d'autant de morts qu'on a avalé de vies.

– Qu'est-ce que ça veut dire ? demande Clara.

C'est la seule qui ose parler.

– Eh bien, Blanche mourra d'abord les morts de vos cinq grand-mères qu'elle a avalées depuis leurs naissances. Ensuite elle mourra ma mort à moi, je suis entrée à son service j'avais douze ans. Puis la mort de ton père, Clara, il s'est livré à Blanche en arrivant, tu n'as pas remarqué ? Puis la mort de tous les ingénieurs et de leurs femmes, qui ont vendu leurs vies comme moi depuis longtemps. Puis la mort de ta mère, Clara, elle n'arrive pas à partir, la moitié de sa vie est déjà dans la bouche de Blanche. Et beaucoup d'autres morts encore qu'elle aura volées dans la famille ou au-dehors. Elle mourra encore des années et des années, vous verrez.

– Comment fait-on pour avaler une vie ? dit Clara.

Marianne hausse les épaules. Elle porte la coiffe de tous les jours, un petit bonnet de dentelle raide posé sur ses cheveux gris.

– Évidemment vous ne savez rien de la mort. On vous apprend tout sur ce monde-ci et rien sur l'autre.

– Mais alors, mes parents ne mourront jamais ? dit Clara.

– Une heure ou l'autre, ils cesseront de vivre, c'est tout différent.

Le vent souffle si fort, la nuit tout entière gémit et grince, on dirait qu'elle va s'effondrer d'un coup, comme une immense glace noire. Il fera soudain jour et le monde sera écrasé par les débris.

Les enfants grelottent.

– N'ayez pas peur, les âmes ne peuvent rien contre vous. C'est Blanche qui prend sur elle toute la mort, comme un paratonnerre.

Soudain la lumière s'éteint. Les enfants hurlent.

– Courez vite vous coucher, dit la voix de Marianne, le meilleur moyen de ne pas attirer l'attention des âmes, c'est de dormir.

Les enfants se précipitent dans l'escalier, se jettent tout habillés sous leurs couvertures, ils ont beau s'enfoncer, s'enfoncer dans leurs matelas, se cacher la tête sous les oreillers, ils sentent des mains glaciales, des doigts de noyés leur saisir l'épaule, allez, vieux, c'est ton tour...


D'où, neuf années plus tard, la première phrase de *Sournoiserie, roman* (troisième tentative littéraire de Charles après un poème de 1958 sur Just Fontaine et une lettre ouverte à Camus sur le suicide féminin) : « Cet été-là, Sébastien rêvait au Pérou, à l'Irlande, pays où l'on parle aux morts tandis que la France est une terre flottante, sans racines, un séjour de vivants... » (etc.).

## *Pluie*

Le lendemain, la Familie fut réveillée par le silence. Dans la nuit, le vent avait cessé. Et l'air était vide. La tempête avait chassé tous les bruits, débarrassé l'île des grincements, craquements, claquements, coupé net les cordes vocales de tous les objets. La vie reprit timidement, à voix basse. Cette atmosphère de convalescence ravit Bénédicte. Elle se rendit utile, lessiva les géraniums brûlés par l'eau salée des embruns. On lui souriait. Elle crut la guerre finie, allons, cette Réconciliation n'est pas si terrible.

Hélas, vers le soir, des présages s'accumulèrent. D'abord une meute de cumulo-nimbus encombra l'horizon. Puis, une à une, les cinq grand-mères et Blanche déclarèrent souffrir, affreusement, des articulations. Il fallut les porter de la terrasse à la salle à manger, les aider à faire le signe de croix et couper leur viande. Il ne restait déjà plus dans la propriété un seul cachet d'aspirine ni d'algocratine, ni d'antipyrine quand frappèrent au carreau les deux jardiniers : pardon messieurs-dames mais vous n'auriez pas quelque chose contre la douleur des membres amputés. Il leur manquait la moitié des doigts depuis le jour où avait débarqué en grande

145

cérémonie, baptisée par le curé, la scie circulaire, à vous maintenant avait dit l'ingénieur après une courte et brillante démonstration, le sang sauta sur la robe de Madeleine avec une telle précision qu'un court moment elle se crut redevenue jeune fille et piqua un fard, quant aux doigts, l'un fut sans doute gobé par un goéland, le second arraché à un convoi de fourmis qui l'entraînaient déjà, plongé incontinent dans le formol en attendant le retour de croisière du chirurgien de Guingamp et tous les autres, les ongles et les phalanges, perdus corps et biens.

On permit aux infirmes le rhum modérément, et exceptionnellement. Alors les enfants présents soupirèrent, à tout hasard, oh comme j'ai mal à mes végétations, à mon appendice, à mon amygdale. Sans résultat. Et l'on sortit regarder le vol des hirondelles pour en avoir le cœur net. Elles rasaient le sol.

Il plut longtemps, jours et nuits, marées montantes et descendantes. Regardez, dit Clara un matin, il tombe tant de pluie, il y a maintenant deux mers, l'une horizontale et salée, l'autre verticale et douce. Remarque imprudente : les autorités se rappelèrent soudain l'existence des citernes, à l'évidence elles se remplissaient fort, alléluia, il redevenait possible de se laver.

Au début, les aubes manquèrent d'ordre. Une frénésie de propreté avait saisi la Familie. Dès 6 heures, sur tous les feux des fourneaux, dans tous les récipients imaginables, l'eau bouillait. À travers les fumées, buées et vapeurs, on tentait de charmer la cuisinière, encore une louche, mon fils est fiévreux. Puis commençait la mêlée, la course dans les couloirs, l'attaque de l'escalier, la guerre pour chaque marche, le gong des brocs renversés, le cri des brûlés, le gémissement des foulés, le rugissement des mères. Une fois d'estoc et de taille la salle de bains conquise, le calme durait peu. À peine le temps de raboter la couche de sel et d'écailles qui couvrait la peau et déjà la porte vibrait, plus vite, plus vite, le bruit de tambour enflait, tu n'es pas seul au monde, et l'on bâclait son hygiène.

On afficha des horaires.

|  | Salle de bains | Lavabo du second étage |
|---|---|---|
| 9 h 00-9 h 30 | Claire et sa descendance | Edmée et sa descendance |
| 9 h 35-10 h 05 | Marguerite et sa descendance | Madeleine et sa descendance |
| 10 h 10-10 h 40 | Blanche | Hélène et sa descendance |

Et l'on devait attendre son tour dans sa chambre, assis sur des fauteuils. Les lits étaient déjà faits.

La pluie durait. La vie rétrécit : personne ne sortait, on campait au salon. Même les bonnes, installées dans l'entrée pour le temps de l'averse, entre les portemanteaux et le coffre à jouets (de leurs vrais fourneaux, séparés de la salle à manger par une petite cour, les frites arrivaient plus que molles, clapotant dans l'eau, malgré les parapluies). Les murs commencèrent à sentir l'ail, l'huile chaude, le court-bouillon refroidi.

– C'est un test, dit Louis Arnim à Bénédicte, on va voir si tu aimes vraiment la vie de famille.

– Ou plutôt, si j'aime vivre parmi les foules, se dit Bénédicte.

La foule par alliance, les cousins-cousines qu'elle connaissait à peine, la foule des regards qui la jaugeaient, en cette occasion voyons ce qu'elle va faire, la femme de Louis, la foule des souvenirs dont elle était exclue, la foule des villes qu'elle ne connaissait pas, Lyon, Quimper, Avignon dont on donnait sans cesse des nouvelles, les allées Locmaria sont sens unique maintenant, oh exactement, comme le pont de la Feuillée, la foule des familles, dans ces villes, dont les aînés passaient ou manquaient le bac, dont les aïeuls décédaient ou ne valaient guère mieux, la foule des enfants, aussi, qu'elle aurait pu vêtir à tant tricoter...

Tu sens cette chaleur ? demandait Louis Arnim à Bénédicte. Cette fois, je crois que la greffe prend. Ils m'ont réconcilié. Et si tu acceptais de sourire plus souvent, je suis sûr qu'ils t'adopteraient aussi pour de bon. Je sais bien que tu n'as pas l'habitude des grandes familles, mais prends sur toi. Et tu verras, nous reviendrons l'été prochain. Et tous les étés suivants. Je ne serai plus jamais seul. Tu es heureuse ?

La date de l'enlèvement fut choisie avec soin : 15 août (jour d'Assomption, piété, repas de fête, somnolence). Et les opérations menées avec la plus extrême précision.

Dès le début de l'après-midi, Clara (l'appât) quitta discrètement l'île.

Charles tua une demi-heure dans la kermesse paroissiale, le temps de deux cartons à la neuf millimètres, plus un chamboule-tout, plus un spectacle d'avant-garde :

Une exclusivité dans votre ville,
la plus petite femme du monde
LA LILLIPUTIENNE
spectacle unique
M<sup>me</sup> ANGELINA
est une vraie poupée vivante,
âgée de 38 ans, 60 cm de hauteur, poids 13 kg 500.
Na manquez pas d'aller l'applaudir dans ses danses modernes.
Elle n'a rien des naines que vous avez pu voir
dans les cirques ou au théâtre.
Entrée continuelle et permanente.


Puis il se rapprocha du stand de pâtisseries que tenait sa famille. Les veuves caquetaient autour du recteur. Comme c'est gentil d'être venu nous voir, essayerez-vous nos clafoutis, l'abbé Pierre est-il un prêtre ouvrier ? Bénédicte saupoudrait de sucre le toit des mille-feuilles. Sans espoir : le vent emportait tout.

Charles la tira par le coude.

– Clara est partie.

– Qu'ai-je fait au bon Dieu ? dit Bénédicte.

Et ils coururent vers le port. Clara venait de prendre la vedette.

– Qu'ai-je fait au ciel, mon Dieu, répéta Bénédicte tout au long de la traversée.

Elle avait toujours à la main le paquet de sucre fariné. On avait vu Clara dans le car de la correspondance (bateau-train de Paris). Le chauffeur du seul taxi présent devait porter la Vierge à la procession de Kerity, dans un quart d'heure.

– Accrochez-vous, dit-il, nos intérêts convergent.

Au moment même où ils se rangeaient le long de la gare, les mains moites, un peu saoulés de peur, l'air emmagasiné dans les poumons convalescents du chef

Douarinou quatre étoiles pénétrait dans la tuyauterie du sifflet réglementaire. Derrière une vitre, Clara lisait.

Le train partit.

– Et voilà le travail !

Charles et Clara se congratulèrent, plus tard nous serons agents secrets.

Bénédicte regarda un moment l'estuaire du Trieux, la vase, les genêts, murmura merci, j'étais prisonnière, et s'endormit.

# Les marronniers
# de Matignon

C'était un train pour rien. Vide. Une aberration du service public. Qui voyage les jours de fête ? Il entra par Vanves dans la capitale, freina dur sous la verrière et s'arrêta juste, tampons contre butoir, avant les tables de la buvette. J'ai trente ans, je renais, les pensées solennelles de Bénédicte furent avalées par la fumée, le vacarme des haut-parleurs. Elle prit par la main les deux vestiges de son existence antérieure, Clara l'ensommeillée, Charles le chantonnant, descendit trois marches de fer puis des marches de marbre et, place Bienvenue, pénétra dans sa vie nouvelle. Une vie pour l'instant sans bagage d'aucune sorte ni plan de carrière, salie par les escarbilles du voyage et bordée d'hôtels. De Brest, d'Odessa, de Rennes, des Bains, de Namur... Bénédicte chipotait.

– Vous comprenez, dit-elle, ce sera ma première chambre de femme libre. Je voudrais un beau nom. Il faut soigner ses débuts.

Charles hocha la tête. Clara voulait dormir.

L'ex-famille Arnim hésita longtemps entre le Miramar, boulevard de Vaugirard et le Trianon, rue Bourdelle. D'un côté le Nouveau Monde, mâtiné d'espagnol, de l'autre l'Ancien Régime. La mère et le fils soupesèrent longtemps les deux poids symboliques. Quand leur décision fut prise (le Miramar), on affichait partout complet. Un passant leur conseilla le Victoria, rue Blaise-Desgoffe.

Dès le lendemain, surgirent les hyènes.

Prévenues, on se demanda par qui. Attirées sans doute, comme toujours, par l'odeur d'une vie qui change.

Arriva d'abord, trottinante, dans la salle du petit déjeuner, une nurse intérimaire, la soixantaine bleu marine, pour garder les enfants durant les démarches qu'impliquent, hélas, vos projets de divorce, madame. Bientôt rejointe par une psychologue, son chef analyste et son adjointe esthéticienne, bilan de l'âme, lifting auto-critique, masque au concombre antirancœur. Suivirent les avocats, ils entouraient la table, il fallut distribuer des numéros d'ordre, quelle bonne idée, madame, de divorcer en automne, nous passerons devant le juge en plein cœur de l'hiver et plus il fait froid dehors, plus le taux des pensions monte, n'hésitez plus, signez là, je me charge de tout séparer. Un jeune homme rougissant, habile dans les consolations immobilières : un époux de perdu, un quatre-pièces de trouvé, vous serez installée enfin comme il vous plaira. Quelques corps de métier, prenons date pour la plomberie, juillet cinquante-cinq vous irait ? Des forts des Halles spécialisés dans les déménagements conflictuels. Des anciens amants, des frôleurs permanents autrefois sans espoir, des amours second choix : il paraît que maintenant tous tes dîners sont libres… ?

Et d'autres hyènes encore, ennemies des précédentes, la belle-famille Arnim, les amies de toujours, pié-gées dans un mariage morne, jalouses de cette liberté soudaine, qui conseillaient de ne rien décider, laisse agir le temps, la passion dicte mal. Louis n'était pas si mauvais mari, infidèle peut-être mais quel homme ne l'est pas ? et pourquoi défaire ce que Dieu a uni ?

Les deux meutes se croisaient dans l'escalier, les divorceurs et les vicaires, les hyènes payantes, les hyènes gratuites, les impatientes à décrocher le marché et les prêcheuses de résignation.

Bénédicte, certains jours, s'étonnait de voir autant de monde penché sur les morceaux de sa vie. Elle se sentait soudain comme un grand peintre mort, scrutée par les professionnels et découpée en périodes : rose, bleue, fauve, cubiste. Puis on la poussait devant une porte. Voici le futur, entrez, madame. Une foule l'attendait déjà, dans le noir. Sans rien y voir encore elle entendait des bruits, des promesses, des tarifs. Jamais elle n'avait reçu autant de preuves de sa réalité. De son existence indiscutable parmi les choses. Elle s'endormait flattée.

Au contraire, d'autres jours, tous ces regards, ces appétits sur elle la dévoraient. Il lui semblait nourrir une couvée de piranhas, allaiter un peuple entier de sangsues. Pauvres enfants, pensait-elle, pauvres Charles et Clara, leur mère devient squelette, ils vont me quitter pour une plantureuse. Alors, histoire de reprendre confiance, elle consultait la liste des hyènes qui l'entouraient, choisissait la plus bénigne, la plus gentille, toujours la même, le rougissant agent immobilier et se faisait inviter à déjeuner. Tantôt c'était la Bûcherie, en face de Notre-Dame. Tantôt la Closerie, sur l'Observatoire.

Cette hyène-là avait la passion du dévouement. Au lieu de faire la cour comme toutes les autres hyènes masculines, elle répétait oh je voudrais vous aider, vous mettre sur de bons rails et se lançait dans un interminable discours sur l'utilité de son métier.

– Si vous saviez, madame…

– Je crois que maintenant vous pouvez m'appeler Bénédicte...

– Si vous saviez à quel point un destin dépend d'un appartement. Telle adresse, telle humeur quotidienne. Telle superficie, tel équilibre psychique. Tel mode de chauffage, telles habitudes sexuelles, si vous me permettez, Bénédicte. Il faudrait noter toutes ces correspondances. Ne louer, ne vendre qu'à parfait escient...

Bénédicte s'ennuyait. Elle reprenait du pouilly. Elle regardait au loin, de l'autre côté de la table, barboter l'agent immobilier dans un étang d'idées tout à fait banales et de charités tout à fait complexes. Va-t-il enfin me prendre la main ? Entre la salade et les fromages ? Perdu. Entre profiterolles et doubles cafés ? Reperdu. Va-t-il un jour s'arrêter, rougir très fort, et me parler d'hôtel ? Est-ce que les agents immobiliers connaissent aussi les hôtels ? Je devrais changer de hyène.

– ... Vous par exemple Bénédicte, j'ai tout de suite deviné qu'il vous fallait Versailles. Un site idéal pour une vie de famille désunie. Vos enfants grandiront à l'ombre du château. La présence de l'Histoire les intimidera. Ils seront sages. Ils n'auront qu'à peine besoin d'un père...

Pour ces moments-là, lorsqu'on la prenait timidement en charge, lorsqu'on lui parlait doucement de son avenir, sans lui demander tout de suite de payer, Bénédicte était prête à subir l'ennui d'une infinité de déjeuners, elle oubliait sans regret ses fanfaronnades, ses rêves de solitude et d'absolue liberté.


C'est à peu près vers l'époque de son dix-septième rendez-vous avec l'agent immobilier (il ne prenait toujours pas la main de Bénédicte, mais lui racontait son enfance, les débuts de sa vocation, lui expliquait par le menu son projet de chef-d'œuvre, un répertoire psycho-foncier dans lequel à chaque appartement libre de Paris correspondraient un profil caractérologique et une ébauche de biographie probable ; je commence par le VIIᵉ arrondissement mais les transactions, ventes et locations se déroulent si vite, je ne peux pas suivre, disait-il), c'est à peu près vers la mi-décembre que les enchères débutèrent.

Il avait été convenu, dès l'ouverture des hostilités, que Bénédicte garderait Clara. Maintenant que le divorce allait bon train, que craquait la famille comme banquise au printemps, Charles devait choisir. Paris ou Versailles. Un père ou une mère. Une sœur ou rien. Et bien d'autres absences encore.

Le premier cadeau offert par M. Arnim fut une montre de plongée noire, incrustée de chiffres verts, résistant à quinze atmosphères. Avec elle, tu pourras nager sous cent cinquante mètres d'eau, sans cesser de savoir l'heure, dit l'ingénieur.

Bénédicte répondit par un costume trois pièces de flanelle grise, comme en portent les ministres, expliqua-t-elle au vendeur d'Old England. Madame, nous n'en faisons pas pour de si jeunes garçons. Qu'importe, coupez-le sur mesure. Et tandis que Charles était lardé d'aiguilles, Bénédicte lui racontait des épisodes de la Libération, des promenades en Jeep la nuit, dans le bois de Boulogne. Le tailleur levait les yeux au ciel, désapprobateur, grognait, tenez-vous tranquille, s'il vous plaît, monsieur.

Puis une bicyclette, la collection complète de *Tintin*, un abonnement à *Miroir-Sprint*, une machine à ramer, les timbres de Monaco depuis 1860, date de l'indépendance philatélique de la Principauté. Aujourd'hui Charles se souvient précisément de tous les pots-de-vin qu'il a reçus, à cette époque, l'hiver cinquante-quatre. Mais il a oublié qui lui a donné quoi. Il ne se souvient que d'une frénésie, commune à son père et sa mère, exactement semblable chez ses deux parents : la même croyance touchante et désespérée dans le pouvoir séducteur, quasi adhésif, des choses.

Noël passa, inaperçu dans cette surenchère. Charles ne parvenait toujours pas à choisir. Bénédicte sortit son joker le 31 décembre en l'emmenant visiter Versailles. Il faisait froid. Les graviers des allées du parc et même le marbre des escaliers, le parquet des salons crissaient sous leurs pas comme de la neige. Quand elle eut fini de grelotter, Bénédicte prit la main de son fils et l'entraîna dans l'Histoire de France. Elle s'était préparée depuis la fin novembre. Avait avalé près du tiers de Saint-Simon, en prenant des notes ; et aussi le guide vert Michelin des environs de Paris. Elle savait tout, la passion de Louis XIV pour le billard, la taille du lit de M$^{me}$ de Maintenon, la place des boissons dans le salon de Vénus les soirs d'« appartement », le nom des signataires du traité de Versailles, le 28 juin 1919, au milieu de la galerie des glaces…

– Tu habiteras tout près d'ici, mon Charles. Tu pourras venir chaque jour. Il y a des tarifs pour les habitués. Maintenant que tu connais la politique, il te faut augmenter ton ambition et ne t'occuper plus que d'Histoire…

Bref, Charles aurait penché définitivement du côté de sa mère si le surlendemain, 2 janvier, M. Arnim n'avait appelé l'hôtel Victoria.

– Viens, Charles, j'ai une surprise.

Ils marchèrent rue de Babylone, jusqu'au numéro 33,

montèrent au troisième étage, M. Arnim tira une clef, entre et regarde, dit-il, tu es chez toi. De l'autre côté des vitres, au bout d'un jardin effeuillé par l'hiver et arpenté par six gardes républicains, se dressait Matignon. M. Arnim tendit des jumelles et un livret : « Lecture labiale, comment lire à distance en 14 leçons », par le docteur L. Noulens.

– Bonne année à vous aussi, Bettencourt.

Telle fut la première de toutes les phrases déchiffrées par Charles, avec effort, en ânonnant, sur les lèvres de Mendès France.


Clara,

Le temps de m'accoutumer à ce nouveau mode de lecture, grâce aux recettes et aux croquis du bon docteur Noulens, le temps d'acheter deux puissantes lunettes et de me ruiner en papeterie (car rien ne peut apaiser la frustration du voyeur sinon l'érudition, la manie du classement ; Saint-Simon, le pauvre, ne disposait que de plumes d'oie, papiers rugueux et chandelles pour écrire l'hiver et la nuit tandis que le guetteur d'aujourd'hui se trouve pris de vertige lorsque sitôt poussée une porte, généralement de verre, il débarque dans l'infinité des fiches, des boîtes, des pastilles de couleurs, des trombones, des chemises et sous-chemises, des teintes d'encre, des gommes, taille-crayons, cartouches, agra-feuses, et pour monsieur, ce sera, le monsieur balbutie, je ne savais pas que tant d'ordres étaient possibles, il imagine les morceaux de la vie rangés sagement sur des étagères comme le peuple des livres à la Biblio-thèque nationale, répertoriés dans les meubles, résumés sur microfilms, la vie ne l'effraie plus, il redresse la tête, toise doucement la vendeuse, louées oh louées soient ces boutiques, officines de la revanche, entrepôts d'armes pour timides), le temps, donc, Clara, d'être prêt, la Chambre avait renversé Mendès.

Je regardai Mendès ranger ses dossiers, serrer des mains, s'en aller. J'arrivais trop tard. La différence entre Fabrice del Dongo et des gens comme Moïse et moi est claire : d'un côté le charme, de l'autre la besogne. Il se promène entre les corps d'armées sans rien comprendre. Moi, j'apprends tout de Grouchy, la petite enfance de Blücher. Mais lorsque je parviens en Belgique, Waterloo s'achève. Edgar Faure entra dans le bureau. Convoqua immédiatement Palewski (ministre délégué à la présidence du Conseil). Ensemble ils travaillèrent à la déclaration d'investiture. De temps en temps un huissier apportait deux bols de chocolat chaud. Je passai la nuit l'œil collé à mes objectifs. Lisant de loin sur les lèvres, là-bas, de l'autre côté du jardin, la conversation. Bien sûr au sens strict je n'entendais rien. Entouré de voix *blanches*, comme plongé dans un livre. J'appris seulement le soir quand la radio diffusa le discours (« le véritable choix n'est pas entre les idéaux, c'est le choix entre les moyens. Le mauvais choix des moyens est le seul véritable choix contre l'idéal. Choisir les moyens n'est-ce pas ouvertement gouverner ? »), qu'Edgar Faure zézayait.


Charles,

– Je commencerai ma vie nouvelle en m'engageant dans la Contraception, a juré Bénédicte, dès le premier jour.

Alors, durant des mois, nous avons labouré Paris. À la recherche d'adresses qui n'existaient pas encore. Connaissez-vous un Comité pour la Contraception ? Avez-vous entendu parler d'un Mouvement près d'ici pour le Contrôle des Naissances ? Les concierges secouaient la tête, non je ne vois pas, non je n'ai personne de ce genre dans mes étages. Ou bien elles regardaient le ventre de notre mère, c'est un bébé que vous voulez faire passer, hein, avouez, c'est une fabrique d'anges que vous demandez, quelle honte, riche comme vous avez l'air et devant votre fille, le bel exemple, si vous restez une seconde de plus sur mon paillasson, j'appelle la police, parfois, souvent, elles lançaient leurs roquets à nos trousses, il fallait courir.

Après chaque rebuffade, nous entrions dans un café. Un thé citron, une grenadine. Bénédicte buvait à petites gorgées.

– Ouvre tes yeux, ma Clara, plus tard tu raconteras, nous vivons les ultimes moments de la préhistoire des femmes.

Nous l'aurons sillonnée, du nord au sud, de Javel aux Buttes, cette préhistoire, du matin 9 heures jusqu'au soir, la nuit vraiment noire. Les seuls indices étaient des rumeurs, des on-dit d'amies d'amies, des conseils murmurés à voix basse, les joues pourpres, on n'étale pas volontiers ces choses-là dans la France d'aujourd'hui, comme tu sais.

Après bien des semaines passées dans le métropolitain à courir d'un faux domicile à l'autre de la contraception, et après une interminable enquête (subsidiaire) sur les exhibitionnistes, leurs habitudes, leurs mensurations, la teinte de leurs imperméables, les variantes de leurs shows, une piste nous fut offerte : Dorothy, interprète simultanée à l'ambassade américaine, divorcée, joueuse de golf, handicap 9 selon les renseignements, et membre du PPFA[1]. Elle nous donna rendez-vous place de la Concorde, à l'angle Rivoli-Saint-Florentin, vers 6 heures, dans le dreadful vacarme des voitures, nous pourrons parler sans que personne n'entende. Elle arriva, blonde, géante, ponctuelle, les yeux gris et le regard inquiet.

– Moi, je vous conseillerais, murmura-t-elle, de joindre le docteur L.

La géante prononçait curieusement les consonnes. Bénédicte lui demanda de répéter.

– C'est une femme. Vous la trouverez dans l'annuaire. Vous croyez que je risque d'être expulsée ? Au revoir.

C'est ainsi qu'a recommencé, hier, la vie de notre mère. J'entends à nouveau tourner les roues de l'engrenage.


Clara,

Le 9 avril, hier, au beau milieu de l'éclaircie, donc peu après midi, le temps de tourner la tête, de consulter une fiche (Edgar Faure recevait Palewski), les marronniers de Matignon se sont couverts de gros insectes ou de bourgeons, je ne connais rien aux habitudes végétales, on dirait des hannetons géants, élytres bruns repliés, ils luisent comme à chaque printemps, je pressens une catastrophe.

1. Planned Parenthood Federation of America.

Clara,

Le 14 avril, depuis ce matin, en dépit du temps plutôt gris, du vent coulis presque froid qui passe rue de Babylone, les élytres bruns s'entrouvrent, du corps des hannetons géants sortent lentement des feuilles, toutes les heures je dois déplacer ma lunette, j'ai du vert dans le champ, je ne vois presque plus Matignon.

Clara,

Au matin du 16 avril, j'ai rusé avec la lumière du jour, étiré, étiré mes rêves, je ne suis sorti du sommeil qu'à reculons et contrecœur. Après l'alternance climatique de la veille : soleil, pluie, soleil, les bourgeons avaient déjà dû céder à l'amicale pression du printemps, l'irréparable était sûrement commis. Alors, rideaux fermés, j'ai tué deux bonnes heures à d'obscurs travaux de secrétariat : recopier sur mes fiches les détails biographiques collectés la semaine précédente, une anecdote significative de la jeunesse de Pierre Pflimlin, une manie assez bénigne du général Koenig. La routine. Un coup d'œil sans illusion enfin jeté, vers midi, de l'autre côté de la rue de Babylone me confirma dans mes craintes. Matignon avait disparu. J'ai dardé ma lunette. En pure perte. Mes regards, même les plus tortueux, butaient contre la frondaison des marronniers.

Dorénavant, l'Histoire de France se déroule sans moi, de l'autre côté des feuilles.

Clara,

Ce même jour, 16 avril, une locataire de notre
immeuble a déménagé, la vieille dame du second. Enfin
elle portait des valises lorsque je l'ai croisée dans l'escalier. Je l'ai aidée à charger dans le taxi ses bagages : peu
d'affaires personnelles, ni boîte à chapeaux ni l'étui d'une
guitare, surtout une machine à écrire et des magnéto-
phones. Une fois assise, elle a baissé sa vitre.

– À novembre prochain, m'a-t-elle dit. J'imagine
que, comme moi, vous détestez les feuilles. Ne craignez
rien, l'été passe vite.

Quand la 404 noire est partie, j'ai agité la main.
Puis je suis remonté, j'ai rangé mes fiches et pour
la première fois de ma vie, je me suis senti fatigué
par mes pièges, araignée lasse de tisser, désireux de
prendre des vacances.

Clara,

Ce même 16 avril vers la fin de l'après-midi, Louis
Arnim m'a emmené voir *la Fureur de vivre*, au Gaumont
Rive-Gauche. En dépit des protestations de notre père,
nous avons été refoulés : je n'avais pas l'âge requis.
Sur le chemin du retour, nous n'avons abordé que des
sujets graves : l'existence, la peur de la mort, l'immensité de l'Amérique. Je jouais mon rôle d'enfant ébloui
d'entrer dans le monde adulte. Je clouais la scène dans
ma mémoire, à grands coups, je frappais fort pour que
mon père entende et se dise : il gardera le souvenir de
cette conversation toute sa vie. Une fois passé la rue
du Cherche-Midi, Louis Arnim tira sa montre, mon
Dieu, Béatrice va nous attendre. Je dînai vite.

Clara,

Plus tard dans la nuit du 16 au 17 avril, de l'autre côté de la cloison, j'entendis notre père tester la première candidate.

Charles,

— Vous comprenez, je voudrais recommencer ma vie en militant pour le contrôle des naissances, répéta plusieurs fois notre mère.

Le docteur la regarda. L'air sévère-gentil. Longtemps. Puis lui posa quelques questions. Simples, faciles, j'aurais pu répondre. Quels sont les inconvénients de l'interruptus ? En quelle matière est construit un stérilet ? Du stade anal et du stade oral, lequel précède l'autre ? Tu vois, le tout-venant. Eh bien notre mère s'est révélée richissime de bonne volonté et affligeante d'ignorance. J'avais honte. J'étais restée près de la fenêtre, je ne la voyais que de dos, aux tremblements de ses épaules j'ai deviné qu'elle s'était mise à pleurer.

Le même jour, nous sommes allées chercher des formulaires d'inscription à la Sorbonne, à la Faculté des sciences, à l'Institut de psychologie. Presque toute la nuit, nous avons rempli les dossiers, je me chargeais des chiffres, elle des lettres, il me manquait toujours quelque chose, le numéro de la Sécurité sociale, le deuxième prénom de son père, trois fois quatre portraits d'elle quarante sur quarante millimètres, essaye de trouver un Photomaton ouvert après une heure du matin.

– Ma Clara, tu crois que ça suffit ? répétait-elle. Une licence de psychologie, un certificat de biologie, un diplôme de sociologie, une psychanalyse ? Avec cet amour, j'ai perdu tant de temps. Réponds-moi franchement, Clara. Tu ne connais pas d'autres endroits où je pourrais m'inscrire aussi ?

Depuis, je l'accompagne à toutes les séances. Et j'installe mon pliant juste devant les portes : portes marron battantes des amphithéâtres, portes blanches des salles de travaux dirigés, triple porte armée de cuir du docteur analyste. Au début, il a voulu me chasser, prétextant je ne sais quoi, un flux télépathique entre Bénédicte et moi, néfaste, soi-disant, malgré le cuir, à la bonne marche de la cure. J'ai résisté. Il a négocié. D'accord mademoiselle vous restez sur votre pliant contre ma porte mais M$^{me}$ ex-Arnim paiera double tarif puisque je vous soigne en même temps toutes les deux. Nous avons finalement traité, lui et moi, sur la base de 25 % d'augmentation. En attendant notre mère, je lis et relis Dumas (dans l'édition Nelson). Tu te souviens du papier bible ? et du viol d'Andrée de Tavernais ?

Clara,

– D'abord le cadre, avait dit Louis Arnim en janvier.

Vers la mi-mai, il a parcouru des yeux l'appartement, le canapé-lit, les deux fauteuils de cuir pâle, les bacs plantés d'arbrisseaux, la cuisine ranch, les lampes de tous watts et se jugeant enfin installé, lui aussi il a recommencé sa vie.

Le stratège né que je suis le regarde accumuler les erreurs, les maladresses, surtout les immenses efforts inutiles : une suite touchante de solécismes biographiques.

Je l'observe, avec tendresse, avec tristesse. Mais j'ai décidé de ne pas intervenir. De laisser notre père seul responsable de sa seconde vie puisque la guerre, comme il dit toujours, lui a gâché la première et que nous serons là, n'est-ce pas Clara, quoi qu'il arrive, pour l'aider dans sa troisième tentative.

Presque chaque soir, de l'autre côté de la cloison, je l'entends accueillir les candidates, chère Hélène, chère madame, puis orienter pas à pas le dîner vers l'une des deux directions possibles :

– l'avenir (nous pourrions nous marier en septembre, avoir un enfant dès juin 56) ;

– ou le présent immédiat (les ressorts du canapé, lorsqu'on le change en lit, grincent).

Parfois dans la même soirée se bousculent le présent et l'avenir. Tantôt, ainsi qu'il est normal, l'avenir prolonge le présent : après quelques soupirs de l'ex-canapé, notre père et la candidate échangent des cigarettes, envisagent paresseusement l'éventualité d'une régularisation. Tantôt c'est l'inverse, de l'avenir naît le présent : au terme d'une méticuleuse comptabilité des avantages comparés de la solitude et de l'épousaille, si pour fêter la tombée du bilan vous quittiez votre robe, propose Louis Arnim, en substance.

Durant le premier mois de prospection, j'imaginais dans ma chambre, je m'acharnais à deviner les lèvres, les cheveux, le regard des candidates. Au détriment de mon sommeil, ma mine blanchit, notre père s'inquiéta, se prit un après-midi la tête au creux des mains, trouva le remède, un trou minuscule percé dans le mur, juste sous le Vasarely, habillé d'un judas. Oh, le Vasarely, s'exclament-elles presque toutes en entrant, elles s'approchent et tandis qu'elles scrutent les ronds, les lignes, enfin l'œuvre d'art, incognito je les dévisage.

Puis je vote. Un coup sourd contre la porte veut dire : bonne impression. Deux coups, c'est un veto. Généralement, la candidate s'exclame :

– Mais nous ne sommes pas seuls ?

– Voyons ma chère, pour qui me prenez-vous, il doit s'agir de l'ascenseur.

Le dimanche, nous nous promenons en compagnie des candidates qui ont traversé avec succès les épreuves de la semaine. À l'Orée du Bois, l'habituel lieu du rendez-vous, midi et demi, elles me présentent leur progéniture, je suis sûre que vous allez très bien vous entendre. Le déjeuner traîne. Après les éclairs, la famille provisoire s'en va marcher. Louis et moi, chacun dans notre classe d'âge, nous séduisons. Je parle aux petits garçons du tour de France, aux petites filles d'Errol Flynn-Robinhood. Les maîtres d'hôtel de l'Orée, les gardes du jardin de Bagatelle qui nous voient passer chaque dimanche, mon père et moi, avec une femme, avec une mère, avec des frères et sœurs différents, s'interrogent, ricanent ou rougissent, selon leurs caractères.

Un jour, le 28 août, nous avons préparé le champagne, nous avions trouvé l'idéale, Christine. Glorieuse à montrer, douce à embrasser, prompte à écouter, brûlante au lit si tu savais, disait mon père. Ne restait plus qu'une formalité, l'opinion de l'oncle Arnim gynécologue. Vers 5 heures, le téléphone sonna.

– Hélas, mon vieux Louis, un seul enfant, tout au plus. D'autres maternités la tueraient.

Ainsi passa l'été cinquante-cinq. De temps en temps, le hasard d'un coup de vent d'orage écarte les feuilles. Matignon surgit. À son bureau, Edgar Faure téléphone.

Charles,

J'ai d'abord cru qu'avec tous ses acharnements, toute cette agitation, notre mère chercherait à sortir de son amour.

Mais à la réflexion, sortir n'est pas le mot juste.

Il faudrait dire : hacher, hacher menu. Bénédicte se hache elle-même et hache son amour en autant de petits morceaux qu'il lui est possible. C'est la raison pour laquelle ses études la passionnent : elle découvre la liste infinie des ambiguïtés, des mondes étanches que l'on peut distinguer dans une femme. La plupart du temps, elle sort rayonnante de ses cours et m'annonce, tout sourire aux lèvres, sans même penser à rougir, sans prendre garde à mon jeune âge, une série de bonnes nouvelles : Clara, les femmes modernes dissocient très bien le plaisir et l'amour, Clara, en ce qui concerne le plaisir, d'ailleurs, une femme peut jouir de deux manières et la seconde est aussi complète que la première, quant à l'amour lui-même, ma Clara, il y faut évaluer la part relative de l'attachement proprement dit pour l'amant, de l'image du père et du rêve enfantin d'un prince charmant… Et plus ses professeurs hachent, plus elle est heureuse, plus elle me redit le soir, vive les sciences humaines, c'est bon, tu sais, Clara, de sortir de la préhistoire.

La vie de notre mère, tu ne la reconnaîtrais pas aujourd'hui. Elle ressemble à ces greniers, tels quels trop vastes, que l'on découpe en studios, trop grands pour être rentables, où l'on case une suite de duplex. On dirait qu'elle emménage en elle-même. Elle s'y installe une sorte d'appartement, étrangement complet, avec des murs partout, avec des chambres à peine construites qu'elle s'empresse de clore, avec des sanitaires pour se laver les idées, évacuer la nostalgie, avec des sas pour que tous les recoins gardent leur chaleur propre, avec des judas creusés dans toutes les portes pour regarder sans avoir besoin de rien quitter.

J'assiste à ces travaux. C'est triste une mère qui se met un beau jour à imiter les cellules et n'arrête plus de se diviser. Si tu voyais le nombre de corps de métiers qu'il faut réunir pour réduire peu à peu un amour… (Il faut avouer que l'amour Arnim n'était pas gai non plus.)

Charles,

À la fin septembre ou au début d'octobre, j'ai voulu la prévenir de ma rentrée des classes. Et puis je l'imaginais, sortant seule de ses salles de cours, sans personne sur un pliant pour l'accueillir, personne à qui raconter les divisions, avec qui discuter d'autres inscriptions, tu ne penses pas Clara qu'une maîtrise de sociologie, qu'un diplôme de graphologie, qu'un stage d'acupuncture m'aideraient… Elle flotte encore dans sa nouvelle vie. Rien ne lui est encore assez donné, elle doit tout bâtir elle-même, si tu comprends ce que je veux dire.

Alors j'ai pris son écriture pour avertir la directrice d'école : ma fille Clara semble entrée dans le cycle des maladies contagieuses. Hélas il me surprendrait que vous la revoyiez avant l'été…

Jamais notre mère ne s'est étonnée de ma présence perpétuelle à ses côtés. D'ailleurs de nous deux, c'est maintenant moi la plus maternelle, je lui caresse les cheveux, je lui prêche la patience. Ce renversement des rôles suit l'ordre du temps. Je continue ma vie, elle vient d'en changer, elle repart à zéro. Donc j'ai plus d'âge qu'elle.

# Pampa II

Louis Arnim s'avança jusqu'au bout du quai. Avec l'envie de faire des signaux au paquebot pour qu'il ralentisse et n'entre pas trop vite, ni trop fort dans la hideur. Après tant d'Atlantique, qu'il s'habitue peu à peu. Qu'il prenne son souffle avant de s'y amarrer.

Le Havre, ville nouvelle, reconstruction modèle, architecte M. Libert. Et l'ingénieur se demanda : au fond, que change la hideur d'une ville dans l'existence de ses habitants ? Qu'est-ce que la hideur tue d'abord : le goût de flâner, la manie de sourire pour rien ? A-t-on « la ville triste » comme l'on dit du vin ? Comment résiste-t-on à la hideur, par plus de mémoire ou plus d'indifférence ? S'ouvre-t-on plus aux êtres vivants lorsque les pierres et les perspectives sont laides ? Etc.

Bref, l'ingénieur Louis Arnim projeta de comparer le bonheur de deux jumeaux mariés à deux jumelles exerçant deux mêmes métiers, l'un logé ici, à l'embouchure de la Seine (rive droite) et l'autre locataire à Venise. Un projet scientifique d'une telle ampleur, comme d'habitude, lui fit rêver au prix Nobel et, comme d'habitude dans ces cas-là, il se tança de n'être pas plus ambitieux.

Derrière lui, Charles et Clara se disputaient :

– Tu ne m'écris jamais, disait l'imbécile, et sa voix muait étrangement.

– Si tu crois que j'ai le temps, avec les études de maman et notre lutte pour la contraception…

Plus loin, assise sur le seul banc et habillée gaiement, ensemble canari, chapeau vert pomme, Madeleine attendait.

Le *Rio de la Plata* écarta les mouettes et se rangea le long du quai. Comme en 1948 et 1952, Louis Arnim étira, étira sa bouche en forme de sourire visible à distance et balaya des yeux les bastingages. Les passagers débarquèrent. Puis les bagages des passagers. Puis l'équipage. La douane ferma. La nuit tombait. Alors un petit homme chauve descendit la passerelle, en compagnie du commandant.

– J'ai bien l'honneur de parler à M. Luis Arnim, ingénieur de l'École centrale ?

– Exactement.

– Alors, monsieur Arnim, je me présente : Enrique Marcorella, notaire à Montevideo.

– Enchanté.

– Hélas, sûrement pas, sauf votre respect, monsieur l'ingénieur, vu la nouvelle dont je suis, hélas, porteur. Autant vous l'annoncer tout de suite : le señor Gabriel-Auguste Arnim est mort. Acceptez les condoléances d'un compatriote par adoption de votre père, doublé d'un véritable ami.

– Et quand est-ce arrivé ?

– Hélas, en février dernier.

– Mais pourquoi n'ai-je pas été prévenu ?

– Votre père l'avait expressément défendu. C'était le plus délicat des hommes, Dieu ait son âme ! Il ne voulait pas vous déranger. « Vous embarquerez mon corps sur le bateau, nous a-t-il dit, mon fils a beaucoup à faire avec son usine mais il est toujours fidèle au rendez-vous de septembre. »

– Alors, le cercueil est dans la cale ?

– Hélas, monsieur Luis Arnim, en février chez nous, voyez-vous, c'est presque le plein été, chaque jour quarante à quarante-cinq degrés Celsius, et nous disposons de peu de morgues réfrigérées. Les anciens décédés doivent laisser la place aux nouveaux. Dès l'heure de sa mort, nous avons lutté, croyez-moi, soudoyé le concierge, pris contact avec « Le Froid montevidéen », meilleure entreprise de la ville (capitaux anglais). Chaque matin, on nous livrait dix pains de glace, il fallait sans cesse donner le change aux voisins, inventer de nouvelles excuses, el señor Arnim adore les sorbets, el señor Arnim est à la recherche du gel perpétuel, el señor Arnim se recrée chez lui l'hiver français (etc.). Ils nous regardaient de plus en plus soupçonneux, le señor Arnim est malade ? pourquoi ne sort-il pas ? Avec la chaleur, tous les pneus de sa Jeep ont éclaté, il n'a pas entendu ? Nous voyions se rapprocher septembre pas à pas, nous ne voulions pas nous embarquer plus tôt, vous comprenez, Gabriel-Auguste nous avait fait jurer de ne pas vous importuner, mais hélas, hélas un après-midi de malchance, mes troisième et quatrième clercs qui montaient la garde se sont endormis, un voyou en a profité pour se glisser dans la chambre. Quand il a redescendu l'escalier, les jambes à son cou, poursuivi par mes deux imbéciles de clercs, la rue tout entière l'attendait pour lui poser une foule de questions :

« Alors, alors ?

– C'est une chambre comme une autre.

– Mais encore ?

– Avec un miroir, des livres, des tableaux, une infinité de photos d'enfants, je n'ai pas pu compter.

175

– Vas-tu parler ?

– Il y a des parfums qui brûlent aux quatre coins, comme à la messe.

– Tiens, tiens, et sur le lit ?

– Sur le lit…, il faudra payer pour savoir. Merci, merci, encore cinquante pesos et je vous raconte. Voilà, sur le lit est un tas.

– Ne te moque pas de nous !

– Un tas à trois étages : au sommet sont les mouches. Les mouches grouillent sur la glace et sous la glace dort une longue boîte d'acajou…

– J'en étais sûr ! Quelle infection ! Il faut interdire l'Uruguay aux Français !

– Il va nous flanquer la peste !

– Mon fils a déjà l'impétigo ! »

Durant un mois, cher monsieur Arnim, nous avons déchiré les pétitions, résisté aux expulsions, corrompu les alguazils, payé les astreintes. Nous combattions de toutes nos forces, on l'adorait votre père, vous comprenez ? Il nous avait si souvent parlé du cimetière de Montparnasse, le long de la rue de la Gaîté, n'est-ce pas ? Et du boulevard Edgar-Quinet où se tient un marché les jeudis et samedis, n'est-ce pas ? toute l'étude s'était juré de l'y conduire en septembre, nous aurions fermé, le temps de l'aller-retour. Nous avons tenu jusqu'au 23 mai, très exactement. Et puis les élections approchaient. Le maire de Montevideo ne voulait pas prendre de risques. Les carabiniers, un matin, ont sonné. Nous leur avons remis un faux cercueil (votre père était debout, bien au froid, dans l'armoire). Hélas, ils sont vite revenus. La rue applaudissait et nous lança des pierres. Pourtant l'odeur de Gabriel-Auguste Arnim restait très discrète, je vous l'assure. J'avais honte de mon pays. Mais que voulez-vous, nous devons le comprendre. Il lui faut s'en tenir à des règlements stricts. Nous sommes cernés par toute l'anarchie de l'Amérique du Sud.

– Comme la Suisse par l'Europe, murmura l'ingénieur, en une sorte de réflexe.

– Exactement ! Vous connaissez l'Uruguay, monsieur Luis Arnim ? Non ? Mais l'on devine les lieux à distance lorsque quelqu'un qu'on aime y vit, n'est-ce pas ? Ne craignez rien, l'enterrement a été beau, chaleureux. Votre père est descendu lentement dans les alluvions de la Plata entouré d'une affection générale. Le vice-président du Yacht-Club a prononcé quelques mots : Ô terre d'Uruguay d'où surgirent Lautréamont, Laforgue, Supervielle, accueille aujourd'hui non seulement le commerçant de génie mais aussi l'ami cher. Tous les enfants du disparu pleuraient et leurs mères venues en train des quatre coins de la Pampa et qui n'arrêtaient pas d'arriver, nos chemins de fer, hélas, n'ont pas d'horaire… Et les curés disaient : tout ce monde et pas même une vraie famille. J'en suis sûr, à ce moment-là, votre père a souri.

Charles, Clara et Madeleine, peu à peu, s'étaient approchés. Louis prit le bras de sa mère, qui pétrissait l'épaule droite de Charles, qui murmurait à Clara : plus tard, pour être écrivain, j'habiterai une mansarde à Montevideo ou Buenos Aires et laisserai toujours ma fenêtre ouverte.

Le lendemain, en marchant vers l'étude, en montant l'escalier, dans la salle d'attente marron, Louis Arnim ne cessait de harceler Marcorella :

– Pourquoi mon père n'est-il jamais venu ?

– Il avait peur de l'armée rouge.

– Et après la mort de Staline ?

– Il avait peur du successeur.

– Parlait-il souvent de moi ?

– Chaque fois qu'il avait bu.

– En quels termes ?

– « La différence entre mon fils et moi est simple : j'aime les enfants, je déteste les familles. Luis, c'est l'inverse. Voilà pourquoi nous serons toujours malheureux. En amour, il faut prendre la chaîne entière ou rien. »

– Et encore ?

– C'est tout.

Immédiatement après l'arrivée de Madeleine (tu te rends compte, ils font les deuils en une nuit, elle montrait son ensemble hier canari, aujourd'hui ébène, elle pleurait), ils furent introduits. Me E. Vatteville possédait tout Buffon, tout Restif et le journal intime d'Amiel. Une fois réglés l'enterrement et ses annexes, Gabriel-Auguste ne laissait rien.

– Je vous le rappelle, c'était le plein été, voici les justificatifs, dit Me Marcorella.

Louis jeta un coup d'œil : glace 10 000 $, corruption de fonctionnaires 100 000 $, gardes du corps, deux équipes de deux clercs par quarts de six heures durant trois mois 63 237 $, voyage Montevideo-Le Havre aller-retour, prime de roulis incluse : 3 542 $, etc. Il hocha la tête, remercia, pour tout, si, vraiment messieurs, de votre délicatesse. Et, sa mère à son bras, prit congé.

Avertie on ne sait comment (l'annonce du décès ne devait paraître que dans un *Figaro* ultérieur), la famille Varenne déferla sur la laide ville nouvelle. Et Madeleine fut embrassée, choyée, fêtée comme fille prodigue : ainsi tu venais au Havre, chaque septembre en cachette, ainsi tu t'échappais pour l'attendre, mais nous te pardonnons et sois la bienvenue parmi les veuves.

– Ne vous inquiétez pas, dit le prêtre à Louis Arnim, je dirai la même messe que pour les disparus en mer. Vous verrez, on oublie très vite l'absence du corps.

Les purs Varenne et les apparentés, 47 personnes compta l'orphelin, s'installèrent du côté gauche de la nef. Soudain Bénédicte surgit. Le bedeau lui demanda son degré de parenté avec le défunt, et l'air méprisant, la conduisit du côté droit au deuxième rang, derrière une lointaine cousine Arnim. Enrique Marcorella, le consul d'Uruguay (Juan Jaime Onetti) et le maître d'hôtel du *Rio de la Plata* étaient restés dans le fond, entre la porte et la boutique (cierges, médailles, presse pieuse, opuscules d'aide au mariage…).

À un moment, Louis Arnim eut envie d'interrompre la cérémonie pour rappeler à l'assistance qu'il s'agissait de la mort de *son* père. Il lui sembla que l'émotion très réelle sous la voûte de l'église Saint-Joseph, les larmes aux yeux des hommes, les sanglots sous les mantilles, avaient pour base une escroquerie, un hold-up. Personne ne regrettait Gabriel-Auguste. Chacun songeait à sa propre mort. Ou à la mort en général, la fragilité de notre destin. Une cérémonie des Trépassés. Un 2 novembre comme chaque année. Un deuil impersonnel. Quoi qu'en dît le prêtre, la présence d'un cercueil était nécessaire, pour canaliser la tristesse, guider les murmures. Mais la colère de Louis Arnim lui parcourait le corps, lui brûlait le bout des doigts, lui écrasait le plexus sans monter jusqu'à sa bouche, sans qu'il osât parler. Il eut bientôt la certitude que tous les mots qu'il n'avait pas le courage de dire se déposaient le long de ses artères, comme la nicotine des fumeurs. Un jour, le sang ne pourrait plus passer. Et il mourrait. Je devrais être écrivain ou prédicateur. En attendant, il avait laissé filer la messe. La plupart des Varenne et Bénédicte et Marcorella étaient déjà sur le parvis. Comme si de rien n'avait été, l'ingénieur remercia chacun d'être venu, distribua les quelques poupées qui se trouvaient dans son coffre (quelle sorte de péché est-ce, véniel ou mortel, d'accepter un présent d'un homme divorcé se demandèrent ? *in petto* les Varenne) Bénédicte reprit possession de Clara et le faux enterrement de Gabriel-Auguste Arnim quitta l'embouchure de la Seine en cortège.

# Les marronniers
# de Matignon
(suite)

Clara,

Mercredi, 12 octobre 1955, Champs-Élysées, numéro 91, un hebdomadaire fêtait son passage au quotidien. Étant abonné je m'invitai, poussai la porte, tendis ma carte à l'aboyeur, figure de style, en fait c'est un mouvement de foule qui m'entraîna au cœur des petits fours, baise-main, chère amie, cancans, ma chérie, Lollobrigida s'accrochait à Jacques Becker, Jacqueline Auriol fumait des Camel, Camus fuyait la gloire, Louis Armand parlait des caténaires, le père Avril gâtait sa robe, Mitterrand piquait des fards, Carmen Tessier agitait son Parker vide, qui me prête une cartouche ? Renaud minaudait, Lazareff invitait, dimanche, venez donc à Louveciennes, Mauriac chuchotait à Mendès des confidences, aujourd'hui même j'ai soixante-dix ans, René Julliard tendait, tendait, tendait l'oreille, un jour Clara, tu verras, je te présenterai le Tout-Paris. Et j'y errais, bousculé (un mètre trente n'est pas la taille idéale pour un cocktail) incognito. Soudain la maîtresse de maison s'approcha, jupe bleu nuit et main tendue : merci d'être venu, cher monsieur Arnim, mon journal aura bientôt besoin de votre compétence. Elle vous est acquise, chère madame. En courbant l'échine, toujours civil, Charles

Arnim. Auquel s'adressaient désormais une centaine de sourires, charmeurs et crispés, qui donc est cet enfant prodige ? Aura-t-il du pouvoir dans ce nouvel organe ? Serait-ce le futur critique littéraire ? Le manitou de politique intérieure ? Ménageons-le (les surdoués sont fragiles, affectivement). Et Charles Arnim fendait maintenant le monde, sans effort, il avait faim, il marcha vers les œufs de lumps, on s'écartait sur son passage.

Jeudi, 13 octobre, 1 heure du matin, des cris éclatèrent, il est né, le voilà, longue, longue vie au quotidien. Pour attraper les premiers exemplaires (Pierre Poujade à la une), ce fut l'émeute, on se battait dans l'escalier, le buffet fut renversé, quelques épouses, un prix Renaudot s'évanouirent, sans l'aide des maîtres d'hôtel Charles Arnim aurait péri, renversé sur des tessons de magnum Mumm, foulé par l'élite. Une fois le calme un peu revenu, on applaudit, oh maître le beau bloc-notes, cher PMF comme vous avez raison, la France mérite la vérité. Lazareff enchaînait les moues : il trouvait le papier trop gris et la mise en pages terne. La foule reflua vers les Champs-Élysées, attendit les taxis, les voitures de fonction. Le quotidien, c'est tous les jours, remarqua un sénateur radical. L'air entendu, les abonnés hochèrent la tête.

Clara,

Sous le porche, le temps d'allumer la minuterie, Charles Arnim songea : lire un nouveau journal, c'est comme sortir d'hôpital, on croit qu'une autre vie commence. Être capable de telles pensées m'emplit toujours de fierté ; lorsqu'elles me traversent, ces lourdes pensées, elles enfoncent en moi, encore un peu plus, le clou de la vocation artistique, elles me confortent dans ma certitude : mon avenir littéraire sera brillant. Donc je sifflotai. La lumière jaillit.

Au même moment, s'approcha le cliquetis caractéristique d'un moteur diesel G7. Coup de frein, grincement du compteur, pièces de monnaie tintinnabulantes, la porte s'ouvrit, apparut la locataire du second, une valise dans chaque main.

– Bonsoir, jeune homme, on voit déjà Matignon ?

– Il reste des feuilles, mais le bureau d'Edgar Faure est dégagé.

– Dieu soit loué. Mon petit doigt me dit que nous allons assister à un bel automne.

Je l'aidai. Depuis avril, rien n'avait changé, ses bagages étaient toujours aussi lourds. Elle sortit sa clef.

– Entrez donc un instant. Vous aimez l'armagnac ? Il faut fêter l'ouverture de la saison politique.

Elle me tendit des cigarillos, poussa deux fauteuils près d'une lampe mandarine. Et nous papotâmes. Elle adorait comparer les républiques. Voyez-vous, jeune homme, je préférais la III<sup>e</sup>, les manigances étaient plus lentes, on les sentait venir, mûrir, on prenait le temps de banqueter, et puis, vraiment Herriot avait une autre allure que Pleven. Je dois avouer, chère madame, oh appelez-moi Geneviève. Avouer, chère Geneviève, que j'ignore tout de la France avant quarante-cinq. Mais la IV<sup>e</sup>, sans forfanterie, j'en connais tous les recoins, essayez, posez-moi des colles, les plus difficiles, je veux que vous m'admiriez. Bon. Quel était le sous-secrétaire d'État à la marine marchande dans le ministère Bidault ? Facile, Chastellain, indépendant. La mort du maréchal Pétain ? 23 juillet 1951. La défaite de Cao Bang ? Première semaine d'octobre cinquante. Bravo, jeune homme. Je m'appelle Charles

185

Arnim. Charles, si vous deveniez mon secrétaire ?
Nous serions complémentaires, ce régime-ci me lasse
un peu. Et j'aurais bien besoin de vos yeux pour
guetter proprement Matignon…

Au travers du plafond, on entendait Sinatra :

– C'est mon père. Quand je suis là, il n'ose pas
jouer les vrais séducteurs. Mais dès que je m'absente,
il sort le grand jeu.

J'expliquai à Geneviève que je ne pouvais rentrer
chez moi. Pour atteindre ma chambre, il faut traverser
le salon. Je vais les déranger.

– Restez dormir ici. Demain matin, nous serons à
pied d'œuvre. Edgar Faure se lève tôt.

Tel aura donc été mon premier métier : documenta-
liste politique. Geneviève tient une chronique chaque
matin à la radio. Tu ne l'as jamais écoutée : « Parlant
hier avec Jules Moch, j'ai appris… », « Rencontrant
hier Foster Dulles, j'ai appris… », « En week-end chez
Bao Dai, j'ai appris… ». Nous écrivons la nuit, elle et
moi, sur fond de Sinatra.


Clara,

La feuilletoniste avait engagé l'imbécile juste à
temps : bientôt elle tomba malade. Charles Arnim,
toutes les heures, quittait des yeux Matignon, descendait un étage, bonjour, vous n'avez besoin de rien ?
Il poussait le chauffage, il ouvrait aux infirmières, la
fesse gauche aujourd'hui, mademoiselle, hier vous avez
piqué la droite, il époussetait les bibelots, les jades, les
saxes, la centaine de photos, Herriot, Laval, Poincaré,
Blum, Salengro, Paul Reynaud, Kerillis, l'*Histoire de*

*France* dédicacée, pour Geneviève, avec mon amitié (signature illisible, on devinait Georges Mandel), en souvenir… votre Édouard Daladier. Il préparait des jus d'orange, il refermait les fenêtres.

Outre ces travaux ménagers, lorsque sa patronne devint trop faible, il commença de rédiger lui-même les chapitres du feuilleton :

« Ayant scruté tout au long de cette semaine le visage d'Edgar Faure, j'ai appris : le président du Conseil songe à une manœuvre… »

« Ayant déjeuné mardi, fort bien, avec le médecin de la Chambre, j'ai appris : la tension monte chez les députés… »

Sitôt calligraphié le point final, Charles Arnim s'approchait du lit, prenait Geneviève dans ses bras (elle sentait le tilleul). D'une main, il retapait ses oreillers. Puis il lui tendait un verre d'armagnac et le texte à lire. Il tournait les boutons « on » et « record » du magnétophone. À vous, madame.

« Téléphonant l'autre soir aux États-Unis, j'ai appris : Gallup donne Eisenhower vainqueur et le futur vice-président, Richard Nixon, admire le général de Gaulle… »

Épuisée, Geneviève s'endormait. Je courais à la radio porter la bande.

L'imbécile était heureux. Pour la première fois, il vivait près d'une véritable vieille dame. Madeleine passait toujours en coup de vent, hantée par l'Uruguay ; et les Arnim appartenaient l'un et l'autre à la secte des Fanatiques Bâtisseurs d'Avenir, si tu veux des souvenirs, disaient-ils à leur fils, puise au Moyen Age ou dans la Grèce antique, les temps qui nous ont directement précédés furent tellement laids, si tu savais, mon pauvre petit… C'était doux, un grand âge près de soi. Charles avait l'impression de cheminer dans une forêt, entre le fouillis des racines et l'ombre des feuilles, bien au tiède, comme nagent les poissons.

Clara,

La première commande arriva le 3 décembre, lendemain de la dissolution, vers 11 heures du matin. Le téléphone sonna. Charles abandonna non sans regret sa lunette. Là-bas, de l'autre côté de la rue de Babylone, au fond des jardins de Matignon, le président du Conseil réconfortait le ministre délégué, allons Palewski, un portefeuille de perdu, dix portefeuilles de retrouvés. Le téléphone insistait.

– Très cher monsieur Arnim, ici la directrice du journal que vous savez. (À la forme des mots, on devinait un sourire charmeur, là-bas, derrière la grille de bakélite, à l'autre bout du fil, 91, Champs-Élysées.) Très cher monsieur Arnim, vous ne l'ignorez pas, l'Assemblée est dissoute. Pour les élections prochaines, nous souhaitons constituer un front de soutien à Pierre Mendès France.

– Excellente idée.

– Hélas, depuis hier, tout le monde se déclare mendésiste.

– J'ai compris. Vous me demandez de trier pour vous, n'est-ce pas ? Je vous rappelle.

Charles descendit chez la feuilletoniste. Ils consultèrent leurs fiches. Même pour des experts politologues, le comportement des radicaux reste une énigme. Comme si le monde politique était quadrillé de microclimats : chaque girouette valoisienne indiquait un vent différent. Au bout d'une nuit d'efforts, Geneviève et l'imbécile avaient construit leur filtre. Une jolie chicane. Les députés qui avaient voté :

1) non à Laniel le 13 mai 1954 (Diên Biên Phu)

2) oui à Mendès le 10 décembre 1954 (Problèmes d'Afrique du Nord)

3) oui à Mendès le 6 février 1955 (Question de confiance)

4) non à Faure le 2 novembre 1955 (Projet d'élections anticipées)

pouvaient être considérés comme de véritables mendésistes.

– Bravo, dit la voix souriante de la directrice à l'appareil. Bravo, c'est ingénieux et imparable, mais vous oubliez une chose. Comment s'y reconnaître, parmi ceux qui n'étaient pas députés ?

– Il faut juger cas par cas.

– Parfait, je vous attends. Pour transporter vos notes, vous aurez besoin d'un petit camion, j'imagine. Il sera chez vous avant une demi-heure.

Dans le hall du journal, deux mille candidats attendaient en pépiant leur label Mendès. Un peuple d'enseignants tout calibre, des médecins, des avocats, des journaleux, des éducateurs, des publicitaires (chemises roses), quatre femmes, deux industriels, un ancien ouvrier (qualifié), ils tremblaient, tels des apprentis bacheliers avant l'épreuve de maths, il soufflait un air de fronde, on échangeait des rumeurs :

– Tout de même, à notre âge…

– Nous ne sommes plus des enfants…

– Peut-être mais ils nous tiennent.

– Pas de leçons à recevoir.

– Mais sans macaron PMF, nous ne serons jamais élus.

– Il paraît que l'interrogatoire est sévère…

– Ils remontent jusqu'à l'adolescence…

Avant de traverser cette foule, l'imbécile s'enfonça sur le crâne un béret basque. Il marchait au bras de la feuilletoniste qui portait penché son chapeau gris à fruits verts. Personne ne les reconnut. Derrière eux, les quatre malles d'archives se frayaient lentement un passage. La directrice et le directeur (soixante-trois ans à eux deux) leur souhaitèrent bienvenue et les conduisirent dans une pièce plutôt grande, garnie d'une secrétaire, M$^{lle}$ Laurence, d'un clavier et d'une sorte de machine d'où sortait en hoquetant une bande ininterrompue de papier blanc.

– Il s'agit d'un télex intérieur, une invention américaine, expliqua le directeur l'air gourmand. Je veux moderniser la politique. Les examinatrices vous enverront sur ce télex le nom des candidats. Vous dicterez à mademoiselle Laurence votre verdict. Lequel ressortira imprimé, trois secondes plus tard, dans la salle des interrogatoires. Vous avez compris ? Naturellement ? Alors, bon courage.

La sélection dura deux jours et trois nuits (c'était une autre manie, dans ce quotidien par ailleurs sympathique : on ne dormait pas). De temps en temps, l'une ou l'autre des examinatrices accordait un label d'office. Geneviève et Charles se regardaient en souriant : ah ces femmes, le cœur les gouverne ! Parfois, un recalé protestait. Il hurlait : Je suis le plus mendésiste du Lot (ou de la Côte-d'Or ou d'Ille-et-Vilaine). Charles et Geneviève relisaient leurs fiches. M$^{lle}$ Laurence tapait la réponse suivante : cher monsieur Cordorniou, pourquoi, le 12 avril 1945, avez-vous soutenu Pleven lors d'une réunion publique ? D'après des témoins vous auriez même ajouté : Décidément, Mendès est trop janséniste pour la France. Cher monsieur Boulet-Sautel, vous souvenez-vous d'un article écrit par vous en 1936 ?

Il était ridicule, d'après vous, de boycotter les jeux Olympiques de Munich. Rappelez-vous, Mendès, alors, était d'un avis contraire. Etc. Et les cris s'apaisaient. Les cancres baisaient la main des deux examinatrices et s'en allaient, la tête basse. Un matin, vers 4 heures, M<sup>lle</sup> Laurence s'évanouit de fatigue. Charles ouvrit son corsage, pour la faire respirer. En janvier, le front mendésiste gagna les élections. Toujours perspicace, le président Coty choisit Guy Mollet. Avec les honoraires que leur versa le journal, l'imbécile et la feuilletoniste achetèrent une lunette à infrarouge. Pour guetter Matignon même la nuit. L'année prochaine, se dirent-ils, nous augmenterons nos tarifs.

Clara,

L'été cinquante-six passa lentement, comme tous les étés vides, sans politique, sans lettre de toi, sans même un Tour potable, gagné au hasard par un inconnu au nom de footballeur polonais : Walkowiak. Je me sentais inutile, calfeutré, tel un paysan durant la saison des neiges. Parcourant toute la journée des catalogues de vente par correspondance, Manufrance, Jack London. Jamais les feuilles des marronniers n'avaient été si vertes, si pleines, si épaisses et nombreuses. Matignon avait sombré corps et biens dans la chlorophylle. Je songeais avec envie aux catastrophes qui frappent parfois les arbres. Hélas la foudre parisienne tombe sur des paratonnerres. Hélas les feux de forêt épargnent le nord de la Loire. Hélas, trois fois hélas, les sauterelles n'aiment dévorer que les pays vraiment pauvres.

Un jour, enfin, à force de le leur répéter, les mois

chauds comprirent qu'ils gênaient. Ils cédèrent la place.
Dès le début d'octobre, le cœur de Charles battit plus
fort. L'ennui disparut. Vite remplacé par les cour-
batures : l'œil droit de l'imbécile restait fixé sur les
frondaisons officielles tandis que de son oreille gauche,
collée contre le plancher, il tâchait de deviner si la
feuilletoniste était rentrée de vacances. Au premier bruit,
il bondit dans l'escalier, indexa violemment la sonnette.

— Bonjour, vous m'engagez à nouveau ?

— Remonte immédiatement guetter. J'ai entendu
parler d'un conflit sur le Nil.

Le soir même apporta la confirmation. Trois mots à la
sauvette, au coin d'une porte, « les Israéliens attaqueront
d'abord », Charles n'était pas sûr d'avoir bien lu les
lèvres du ministre de la Défense, Bourgès-Maunoury.

Alors se posa le problème moral suivant : la feuilletoniste et son adjoint avaient-ils le droit de toucher
les dividendes de cet immense secret ? En d'autres
termes, pouvaient-ils, sans rougir, se lancer dans la
spéculation, acheter illico des tonnes d'étain, de zinc,
de sucre (par exemple) pour les revendre plus tard (le
bruit des bombes fait toujours monter les prix) ? Qu'en
penses-tu, ma Clara ? Geneviève y était opposée :

— S'il te plaît, Charles, restons de purs amateurs.

Je développai deux lignes d'arguments contraires :

1) D'accord, la politique est notre hobby. Mais
regardez les écrivains : ils n'aiment qu'écrire et
touchent néanmoins pour leurs fantaisies d'énormes
(m'a-t-on dit) droits d'auteur. Pourquoi nos passe-
temps ne seraient-ils pas incrustés de petites surprises
pécuniaires ?

2) Quittons le stade artisanal, modernisons notre
passion, il faut faire avec son époque, vous savez,
Geneviève.

Nous nous débarrassâmes de nos matières premières (30 % tungstène, 25 % cacao, 45 % cuivre) au meilleur moment, le 6 novembre vers midi. Les parachutistes français et anglais venaient d'investir Port-Saïd ; la nuit d'après, 7 novembre, 0 heure, la guerre cessait, ordre de Washington. Avec mes gains, j'achetai chez Fred, rue Royale, une broche panthère, le corps est en or et le grouin d'émeraude, Geneviève avait les larmes aux yeux. En outre, nous avons loué, pour nos guets d'été, deux appartements. L'un se trouve place du Palais-Bourbon, au coin de la rue de Bourgogne, cinquième étage ; de la terrasse on voit toute la cour de l'Assemblée. L'autre, tu l'as deviné, est sis rue du Faubourg-Saint-Honoré, numéro 38, en face de l'Élysée. Bons sports d'hiver, ma Clara, ton frère l'imbécile flotte dans cette couleur entre vert et jaune qu'en chinois on nomme « fragile aquarium » et en russe blanc « douceâtre exil ». Je veux dire le bonheur.


Charles,

Toi qui aimes les étapes, en voici une : notre mère est licenciée. Si tu veux des précisions, il s'agit d'un diplôme moderne récompensant trois années d'études panachées : littérature du XVI$^e$ siècle, ethnolinguistique, psychanalyse générale et théorie des probabilités (cours optionnel).

Le lendemain des résultats, les enseignants avaient organisé un pique-nique « pour en finir avec l'anonymat et réfléchir ensemble au troisième cycle ». Quand nous sommes arrivées au carrefour convenu, dans le parc de Saint-Cloud, toute la promotion était assise sur l'herbe, sans cérémonie et l'on se passait des assiettes souples d'où dégoulinait la vinaigrette. Bénédicte fut accueillie par des bravos.

– Ah, madame Beaussant, enfin, dit le professeur titulaire, venez donc vous installer près de moi, votre copie m'a ébloui.

Ils ont parlé d'articles à écrire, chère madame Beaussant, je puis vous appeler Bénédicte ? je vous aiderai, Bénédicte, puis la thèse, un poste d'assistante peut-être un jour, il se trouve que je suis également divorcé, j'habite sur la Seine, rue du Cloître-Notre-Dame, quelle chance vous avez, oh n'étaient les touristes, les cars d'Allemandes surtout…

Après les cerises,

– Chère madame Beaussant, pardon chère Bénédicte, pourriez-vous nous expliquer, nous expliquer à tous (le silence se fit) les recettes de votre fécondité critique. Je donne presque chaque année à commenter un sonnet de Du Bellay et notamment le « France, mère des Arts… ». C'est la première fois qu'on me propose autant d'interprétations différentes. Dix-sept, n'est-ce pas, si j'ai bien compté.

Bénédicte rougit, baissa les yeux, se mordit le bout d'une mèche et murmura :

– Oh, monsieur le professeur, j'ai été jalouse. Et quand on devient jalouse, très jalouse, on prend la manie de tout interpréter.

Le corps enseignant bondit.

– Elle a raison, la sémiologie est sœur jumelle de la jalousie !

– Exactement, la jalousie est la forme, adolescente, brutale, archaïque des Sciences Humaines !

– Absolument, sitôt l'Amour en allé, sitôt la souffrance disparue, il ne reste que le pur souci scientifique !

– Précisément, tel est notre métier, interpréter tous les signes, fournir des grilles au monde !

– Décidément, l'Histoire joue chez nous, dans les Sciences Humaines, le rôle de l'amour dans la Jalousie !

– Pour y voir enfin clair, il faudrait se déprendre de l'Histoire.

– Et oublier la lutte des classes, ça vous arrangerait bien, n'est-ce pas Chomel ?

– Je vous en prie, Bertin, nul n'est plus soucieux que moi d'intégrer la Diachronie !

– Parce que, pour vous, la Diachronie épuise l'Histoire ?

Et cætera, jusqu'au soir, la sonnette des gardiens, le parc ferme, le parc ferme.


Clara,

Vers le 15 septembre, nos amies divorcées, jeunes veuves, célibataires, disparurent. Soudain, comme elles étaient venues, sans laisser de traces. Le peuple des candidates un beau jour s'évanouit. Il paraît qu'à l'époque, j'ai fait grise et humide mine, je ne me souviens de rien. Mais ce bref accès de sensiblerie me semble assez plausible : j'aimais l'air de catalogue en couleurs qu'avait notre vie d'alors.


Clara,

Les banquiers sont arrivés dès le lendemain. Enfin le premier banquier, le banquier de septembre puisque jusqu'à Noël notre père a changé chaque mois de banque. Bonsoir, mon cher Arnim, je passais, je me suis dit montons, un bureau est trop froid pour bien s'entendre, surtout lorsqu'il faut accorder ses violons, n'est-ce pas mon cher Arnim. Au fur et à mesure, de semaine en semaine, de l'autre côté de la cloison les violons se sont accordés de plus en plus mal. À force j'ai appris tous les mots d'accordeurs : traites, comptes courants, créneaux, bons de caisse, découverts, mévente, échéance...

À partir de novembre, quand les feuilles de marronniers sont tombées, notre père m'a présenté :

– Voici mon fils, Charles. Il est fou de politique. Tenez, vous voulez voir Matignon, collez votre œil à cette lunette.

Et tandis que le directeur de la succursale BZ cassé en deux, les paupières gauches closes, pénétrait dans l'Histoire de France, Louis Arnim murmurait d'habitude d'un *in petto* très perceptible : décidément une telle passion, si jeune, il ne m'étonnerait pas que Charles occupât un jour le bureau de Guy Mollet.

Hélas le banquier de décembre ne s'est pas laissé intimider par mon avenir. Sur le palier il a répété :

– Nous sommes donc bien d'accord, mon cher Arnim. Si les ventes de Noël ne sont pas bonnes, je serai contraint de vous couper les vivres. Bonne chance tout de même, Arnim.


Clara,

Le 6 décembre parut dans *Spirou, Match, la Semaine de Lisette, Mickey, Marie Claire* l'encart publicitaire polychrome annonçant le coup de grâce :

Bonjour !
Je viens d'Amérique et je suis ta nouvelle amie
Je m'appelle **BARBIE**
Je mesure 29 cm
Je tiens toute seule debout
Je suis tellement articulée que tu pourras me demander
tous les gestes et m'habiller comme il te plaira
de l'une de mes 21 robes.

Dès le 7 ou le 8 décembre, celles qui croyaient au Père Noël et celles qui n'y croyaient pas, toutes les petites filles de France, Navarre, futurs Dom et Tom changèrent de souhait, résilièrent leurs vœux, déposèrent partout des lettres de contrordre dans l'âtre des cheminées, dans les boîtes PTT rubrique étranger ou directement sous l'oreiller des parents :

*Annulez commande précédente de poupon celluloïd*
*25 décembre, livrez Barbie.*

À partir de ce moment-là, les montagnes de poupées Arnim amoureusement érigées depuis la fin novembre dans les grands magasins ne bougèrent plus. Pétrifiées. Pas un seul bébé vendu. Bien au contraire. Les familles prévoyantes, les mères méticuleuses, qui achètent les cadeaux dès octobre, assiégeaient nos stands. Pour rendre la production Arnim. Ma fille n'en veut plus. Pourriez-vous m'échanger ce baigneur contre une Barbie ? Impossible madame, répondaient les vendeuses. Le ton montait. Il fallait engager des gardes du corps. De rage, certaines mamans déchiquetaient nos poupées. Et semaient les morceaux un peu partout : une tête dans une armoire, rayon d'ameublement, une jambe

197

au milieu des dessous, panties et culottes de nylon. D'horreur une partie de la clientèle hurlait, l'autre s'évanouissait. Il fallut embaucher des détectives. Aux frais de la Société Arnim, traites à sept jours. Étant donné les circonstances, je ne puis faire plus, cher monsieur Arnim.

Charles,

Assez vite, Bénédicte s'est lassée des ronronnements universitaires. Les commentaires de textes, les promenades dans l'inconscient la distrayaient. Sans plus. En tout cas sans remplir suffisamment sa vie. La pratique de la jalousie donne de mauvaises habitudes d'emploi complet du temps.

Alors un beau jour, j'étais allée au palais de Glaces, à mon retour les tableaux que tu connais avaient disparu des murs, envolée la chaumière d'après Vlaminck, évanouie la marine de Sevaguen. Remplacées par une photo de Malraux (toujours lui) à l'époque de sa condition humaine, et une vue des Champs-Élysées août 1944.

Bénédicte est devenue gaulliste. Par haine de la IV<sup>e</sup>, république de mensonges et d'adultères, dit-elle, mais tu sais comme elle aime vulgariser.

Depuis, la France est son interlocuteur privilégié, une sorte de divinité domestique qu'elle prend sans cesse à témoin, à tout propos, un plombier qui ne vient pas, une pomme de terre gelée, une tache de rouille qu'elle remarque sur la tour Eiffel, pauvre, pauvre France, gronde-t-elle, il n'est que temps de changer d'État, comment ton malheureux père aurait-il pu me rester fidèle dans ce climat de décadence ? Et tu verras, Clara, dès son retour au pouvoir, le Général favorisera la contraception. Cet homme-là aime les femmes. C'est lui qui nous a donné le droit de vote, souviens-t'en, ma Clara…


Clara,

Pendant qu'à Saint-Gervais tu détestes le ski, t'évanouis de vertige dans les bennes et de froid sur les remonte-pentes, essaies de deviner le matin à quelle heure de la nuit est rentrée notre mère et tâches l'après-midi de prendre ton air le plus vieux, clignes de l'œil aux grands bruns, sirotes ton chocolat comme un whisky (j'ai bien deviné ?), ici tout disparaît.

Le 26, Poupées Arnim SA a cessé ses activités.

Le 27, un syndic gris, gros fumeur et diligent a négocié la vente des locaux. L'acheteur exige une usine vide dès le 1$^{er}$ janvier.

Le 28, six camions jaune et noir Grospiron Déménagements sont venus prendre les machines, direction Montlhéry, au-delà des jardins de curés, en bordure des bois, un terrain désert, soi-disant garde-meubles, à peine un fil de fer plus rouillé que barbelé. Nous sommes allés chercher des bâches près d'Orsay, des sandows géants vers Bures, notamment. Et nous avons passé la journée à emmitoufler. Le soir, notre énorme paquet de meubles, de tours, de presses, de fraiseuses, ressemblait à une baleine.

Le 29 et le 30, diverses œuvres charitables ont pioché dans le stock de poupées : l'abbé Pierre, des religieuses, les Visiteuses d'hôpitaux, les Orphelins d'Auteuil, les Amies de Sainte-Anne qui préféraient les baigneurs en pièces détachées, pour nos chers schizophrènes, excellent exercice de rééducation, comprenez-vous ?

Notre père recevait, je servais le café. Tout autour de nous, l'usine reposait, comme une morte.

Dans la nuit du 30 au 31, avec quelques intimes, nous avons formé la chaîne, de l'entrepôt au fleuve il n'y a qu'une vingtaine de mètres. Après quelques minutes d'apprentissage, les enfants de celluloïd sont passés très vite de main en main jusqu'à notre père qui les jetait dans l'eau, j'étais l'avant-dernier, les pieds dans la boue, juste à côté de lui, pour m'empêcher d'avoir froid il m'expliquait des choses, sur l'autre rive tu vois la colline, c'est la Défense, en Amérique une faillite est normale, on appelle mariniers l'équipage d'une péniche. Vers 2 heures du matin toute la cargaison de l'usine flottait sur la Seine, dérivait lentement vers les écluses de Chatou.


Clara,

Des feuilles ou du Général, qui arrivera d'abord à Matignon ? Après le bombardement du village tunisien de Sakhiet, 75 morts, 100 blessés, tu te souviens, j'ai cru l'affaire entendue. Félix Gaillard démissionnait. Gouvernement de Salut Public. J'étais aux premières loges pour le grand Retour. Et puis rien. La IVᵉ continue. S'il tarde encore, je vais tout manquer. D'autant plus que la fin de l'hiver est douce. Je les connais maintenant mes marronniers, dans une semaine ils seront couverts de bourgeons, dans un mois, tout au plus, Matignon disparaît.

Clara,

Le 15 avril, Félix Gaillard est tombé. Nous avons assisté à son retour de la Chambre. D'extrême justesse. Les feuilles commençaient à cacher son bureau. Je lisais les phrases sur ses lèvres avec beaucoup de difficulté, comme on regarde une télévision qui saute.

— Soyons beau joueur, Claparède[1], disait-il, je n'ai que trente-huit ans, je reviendrai.

Puis la feuilletoniste a fait ses bagages :

— Demain, le rideau vert sera tiré.

— Mais il nous reste la rue de Bourgogne, le faubourg Saint-Honoré.

— Tu sais bien qu'on n'y voit rien. Il faudra songer à nous en débarrasser.

Et comme je pestais, une fois encore, contre la lenteur à venir du coup d'État, elle m'a consolé :

— Que veux-tu, Charles, ce n'est pas notre faute, l'Histoire de France dort l'automne et l'hiver, ne se réveille qu'au printemps : 14 juillet, juin 48, mai 71, été 14, juin 36, juin 40 (etc.).

J'avais des contre-exemples : 18 brumaire, février 48. Mais je me suis tu. Elle m'a embrassé. Souhaité bonne saison chaude.

— À bientôt Charles, en octobre, prépare tes fiches. Il sera là.

— Vous croyez qu'il y aura dans la V\ :sup:`e` République autant à guetter que dans la IV\ :sup:`e` ?

Elle ne m'a pas répondu.

1. Secrétaire d'État à la présidence du Conseil, chargé de l'Information (gauche démocratique).

# Premier Amour

Pour oublier Matignon, Charles parcourut Paris, essaya d'autres loisirs. Le course par course de la rue de Clignancourt, l'académie de billard avenue de Wagram, les timbres du carré Marigny, les croquets et l'école d'apiculture du Luxembourg.

Pressentant de multiples déménagements dans les années à venir et vu la lourdeur des livres, il entreprit même de construire une « bibliothèque de voyage », long cahier noir où il recopiait par ordre alphabétique, les premières phrases de ses romans favoris :

*« Ayant entrepris de décrire les événements étranges qui se sont déroulés récemment dans notre ville, où, jusqu'ici, il ne s'était jamais rien passé de remarquable, mon inexpérience m'oblige à remonter assez haut en arrière et à donner quelques détails biographiques sur Stépane Trophimovitch Verkhovensky, un homme très respectable et de grand talent. »*

*manque (rares sont les grandes histoires qui com-
mencent par la lettre B).*

*« C'est donc ici que les gens viennent pour vivre ? »*

*« Dans une des moins importantes préfectures de
France, au centre de la ville, au coin d'une rue est
une maison ; mais les noms de cette rue et de cette
ville doivent être cachés ici. »*

Etc. (La plupart des romans s'ouvrent par L.)

Hélas, les premières phrases ne suffisent pas à la
mémoire. On a beau se prendre la tête entre les mains
et connaître par le menu les épisodes, au bout d'un
moment l'attention s'évade, on rêve, on invente, on
change insensiblement de ton, on quitte un climat
pour un autre, on glisse de Flaubert à Stendhal, de
Dickens à Tolstoï.

Aussi, en guise de garde-fou, pour baliser les souvenirs, Charles notait-il également dans sa bibliothèque
portative quelques mots tirés du milieu des livres :

*Nous savons, par exemple, que le préjugé de l'exis-
tence de Dieu a pour origine le tonnerre et les éclairs,
intervint de nouveau l'étudiante en dévorant pour ainsi
dire Stavroguine des yeux.*

*J'ai prié pour retrouver mon enfance, et elle est*

*revenue, et je sens qu'elle est toujours dure comme autrefois et qu'il ne m'a servi à rien de vieillir.*

*Ah ! disait-elle, ce ne serait pas ce cher charmant petit Félix de Vandenesse, si fidèle à madame de Mortsauf qui se permettrait une pareille scène : il aime, celui-là.*

Quant aux dernières lignes, rassemblées pêle-mêle en une annexe, l'imbécile prévoyait ne les utiliser que rarement, seulement dans ses jours de manie classificatrice, lorsqu'il souhaiterait savoir à quel moment précis s'arrêtait chaque livre, lorsqu'il voudrait découper en tranches exactes un flot, autrement ininterrompu, de « lecture rêvée ».

Plus l'imbécile avançait dans le mois de juin, mieux il se sentait, heureux, joyeux, extrêmement consolé de manquer l'Histoire. Il ne comprit qu'un peu tard, vers le 15, les raisons de ce miracle, de cette gaieté dans l'air : jour après jour, les rues se vidaient d'hommes. La population mâle de la ville ne sortait plus, demeurait calfeutrée dans les appartements, rivée aux radios-télés. Quelque part en Scandinavie, la France n'arrêtait pas de gagner, deux à un contre l'Écosse, quatre à zéro contre l'Irlande. On entendait par les fenêtres, de l'autre côté des volets fermés, le bruit des victoires, les rugissements, les Marseillaises.

Dehors, il ne restait que des femmes, une foule de passantes.

Plus tard, après la défaite, cinq à deux face au Brésil, la ville redevint normale, mixte et triste. On s'arrachait les costumes de bain. On préparait les vacances. Devant les lycées on se disait au revoir et que feras-tu cet été ? L'amour bien sûr.

Charles prit son courage à deux mains, s'approcha d'un groupe d'élèves de Buffon particulièrement fanfarons, pardonnez-moi mais, en rougissant, il demanda des adresses. Sans hésiter on lui répondit l'Angleterre.

Charles ouvrit la portière. L'odeur de train disparut. Dieppe sentait la crevette grise, le faux muscadet, l'ambre solaire. Il y avait foule et fête sur le quai, une sorte d'été 1914, d'été 1939, gare de l'Est, fleur au fusil ou trac au ventre, le départ des conscrits. Les uns bombaient le torse, criaient victoire, Brighton nous voilà. Les autres boudaient, les Anglaises n'étaient pas leur type ou bien ils ne voulaient pas quitter l'enfance. Autour d'eux les familles s'agitaient, leur tapotaient la joue, allons, allons, tu verras comme elles sont belles et gentilles et rien ne sert plus de nos jours qu'une langue étrangère, on tendait des mouchoirs, organisait des parrainages, instituait des couples, un timide-un séducteur, pour qu'ils fassent équipe, les douaniers tamponnaient les passeports, l'œil égrillard, alors, jeune homme, d'attaque ?, des vendeurs proposaient des sandwiches, des cacahuètes, faites provision, on mange si mal sur l'autre rive...

Charles regardait les adieux. Avec ce mélange de tendresse, de fierté et de honte qu'on appelle patriotisme (« C'est ça la France »). Il aurait préféré plus d'incognito, un peu de gravité dans le voyage. Il songeait aux premières fois des générations précédentes : les gloussements de la soubrette, lit de fer et porte close, escalier de service, ampoules nues, sixième étage ; ou les soupirs et les satins d'une amie de la mère ; voire la chambre à miroirs d'un bordel. Mentalement, il soupesait. D'un côté, la nostalgie. Mais de l'autre, la modernité.

Coup de sirène. Marée haute. Heure du départ. Il fallait embarquer. Les groupes se scindèrent. Les pères prirent leurs fils une dernière fois par l'épaule, leur glissèrent à l'oreille sûrement des souvenirs, d'ultimes conseils, les mères pleuraient. À l'époque, elles n'arrêtaient pas de traverser la France, elles passaient leurs vacances à conduire leurs enfants jusqu'à bord d'un bateau : l'aîné à Marseille pour la guerre d'Algérie, le puîné en Grande-Bretagne via la Normandie pour apprendre l'anglais.

La France disparut très vite, Charles s'étonna un moment qu'un pays puisse s'évanouir ainsi corps et biens et cède à la brume sans protester. Il sentit décliner son patriotisme tout neuf et, pour se changer les idées, partit visiter le bateau. Les bars venaient d'ouvrir. Les conscrits se ruaient à l'assaut du whisky, libre de taxes, à peine le prix du lait. On n'entendait parler que d'Anglaises. Deux anciens donnaient des conseils, surtout ne pas les embrasser (la plupart mâchent du chewing-gum) mais la main directe sous le shetland. Les débutants ne voulaient pas y croire. Les anciens mimèrent à nouveau leur technique de coup de foudre, how do you do et hop. On applaudit. Charles marcha jusqu'à un salon. Et referma la porte derrière lui.

Des femmes étaient assises, çà et là, sur les banquettes. Frileuses, le manteau relevé jusqu'aux oreilles. Et les doigts crispés sur une petite valise ; de celles que l'on emporte en week-end ou pour une opération légère. Rien que des femmes, entre trente et quarante. Le regard fixe, les yeux rougis. Charles leur sourit. La plus grande politesse qu'il attendait d'une femme, c'était de pleurer. Alors tout devenait possible, l'aborder, lui parler, lui caresser les doigts et la ramener doucement vers la gaieté. Il avait remarqué que l'autre race d'hommes, ceux qui séduisaient les rieuses, les entraînaient immanquablement vers les larmes. Enfin, il se rassurait ainsi, se répétant que les timides rendent les femmes plus heureuses. Il s'approcha d'elles :

– Pardon, madame, voulez-vous que je vous apporte quelque chose du bar ?

Quelques-unes acceptèrent, puisque vous le demandez si gentiment, un whisky, un cognac, un thé bien chaud. Elles commencèrent à se parler, à mots couverts, à cause de Charles.

– Vous y allez pour ça ?
– Eh oui, j'ai failli mourir en France, la dernière fois.
– Où était-ce ?
– Une impasse dans le XIII$^e$.
– Madame Rose ?
– Quelle coïncidence !

Il leur demanda, lorsqu'il eut fini ses va-et-vient, puis-je m'installer près de vous. Elles s'exclamèrent mais oui bien sûr et lui firent place ou plus exactement se rapprochèrent, quittèrent leur coin-fenêtre pour s'asseoir toutes ensemble, autour de lui. Elles avaient beau prendre des précautions, maquiller leurs réponses, Charles devinait bien qu'elles étaient malades.

D'ailleurs, à part Bénédicte et Clara, il croyait toutes les femmes secrètement contagieuses. Et sa lecture récente des *Trois Mousquetaires* l'avait conforté dans son opinion : sitôt que paraît M$^{me}$ Bonacieux les catastrophes s'enchaînent ; pour un regard de Lady Winter, d'Artagnan, le sagissime Athos, Lord de Winter, le doux Felton et même le jeun abbé, frère du bourreau de Lille, ruinent leurs vies, perdent les sens. Cette fois-ci l'heure a sonné, se disait Charles, au revoir ma sœur, adieu ma mère, finis les préparatifs, les répétitions, je pénètre dans la jungle féminine, que va-t-il m'arriver ?

Rien. La traversée se déroula sans drame. Pas le moindre naufrage. Le temps de ressentir quelques penchants pour trois ou quatre de ses compagnes, l'Angleterre était là.

Il inscrivit les prénoms sur son carnet (forte proportion de Françoise), tint ouverte la porte du salon en souhaitant à chacune bonne anesthésie (c'est ça l'important) et fut le dernier à débarquer. Il posa le pied sur le quai avec précaution. À quoi ressemble le sol d'un pays qui détient le quasi-monopole du premier coït et de certaines chirurgies secrètes ? Il ouvrit son carnet et nota : « La consistance de l'Angleterre paraît normale, ferme et plutôt froide. » Puis, après un examen bâclé de ses bagages par les douanes, « la frontière de l'Angleterre n'existe pas ». Quelques groupes derrière les barrières s'obstinaient à attendre : des familles, un *Daily Express* sur le cœur, sans doute en signe de reconnaissance, et deux infirmiers, un grand carton à la main.

---

## Melody Clinic

---

Charles s'approcha
– I am the last passenger, dit-il.
Ils remercièrent
– O thank you so much
et s'en allèrent.

Il lui fallait maintenant reconnaître ses hôtes. M. Arnim avait minutieusement préparé la rencontre, craignant que son fils ne se perde (j'ai déjà si peu d'enfants).

Une nasse aux mailles serrées était prête. Du bateau Charles glissait directement dans la famille Arronsmith. « Vous vous installerez devant la sortie. Voici la photo de Charles. » Il disposait, lui aussi, d'un portrait, une sorte de tableau vivant : M. Arronsmith portait un œillet blanc, M$^{me}$ Arronsmith était blonde et plutôt boulotte, Pamela Arronsmith jouait avec une raquette Slazenger (light medium) et James n'avait pas pu venir, retenu à Trinity College (Cambridge). De plus, M. Arronsmith tenait de sa main droite la main gauche de Pamela, son autre main (la gauche) pétrissait l'épaule droite de Margaret (M$^{me}$ Arronsmith).

De loin, la coïncidence était déjà troublante. Mais au fur et à mesure que l'imbécile traversait le hall et se rapprochait de la sortie, il se rendait d'abord les pieds puis les poings liés à l'évidence.

– Are you the Arronsmith ? demanda-t-il, tout de même anxieux (son hobby, la politique, l'avait habitué aux facéties de ladite évidence).

– Yes.

Pamela était plus jolie que sur la photo. M$^{me}$ Arronsmith présenta les excuses de James, consigné à Cambridge (Trinity College). Ils télégraphièrent à M. Arnim « le piège a fonctionné, Charles est dans la cage, from Folkestone with love ». Ils sortirent très gais de la gare maritime et décidèrent de gagner le « cottage » en marchant, pour vous faire connaître la ville, dear Charles.

Ils visitèrent, dans le jour déclinant, tous les hauts lieux de Folkestone, le port, l'église, le donjon du XII$^e$ à l'entrée du golf, et le magasin de shetlands. La famille Arronsmith demandait gentiment, n'est-ce pas merveilleux, do you like it ? L'imbécile murmurait du bout des lèvres des yes, yes réticents, et n'en croyait pas ses yeux, s'inventait des excuses : peut-être est-ce la langue, étrangère, qui me brouille le regard ? Ou la fête ne commence-t-elle que la nuit venue ? Il avait imaginé la côte anglaise comme un long Pigalle, une rue Saint-Denis ouverte sur la mer. Avec aux pieds des falaises une suite d'hôtels ininterrompue de Douvres à Cornouailles. Et des filles sur le seuil, en haut de la plage, corsages ouverts et jupes fendues, attendant l'arrivée des ferries, la saison des novices. Il avait rêvé l'Angleterre tendue de velours rouge et des miroirs à tous les plafonds, peuplée d'épouses un peu vieilles, la trentaine, délaissées par leurs maris marins, espérant les vacances des lycées parisiens dont, depuis le temps, elles savaient par cœur le nom. Buffon, Janson, Carnot. Il avait tremblé d'être aspiré, sitôt débarqué, dans une farandole d'étreintes, et d'épuiser en un seul été tous les trésors d'aventures qu'une femme recèle, par-devant, par-derrière, dans la bouche, sur les yeux. En trois semaines de séjour, peut-être même apprenait-on à caresser les hommes, à saillir les animaux domestiques et les mots.

Pour l'instant l'imbécile marchait entouré d'une famille, au milieu d'une petite banlieue de maisonnettes blanches. Le jour tombait dans un ciel gris mais il n'allait pas pleuvoir. On entendait comme à Dieppe le crissement des galets bousculés par la marée montante. De part et d'autre de la rue on saluait les Arronsmith. Et chaque Arronsmith à tour de rôle répondait, bonsoir Mrs Caldwell, hello Mark et présentait l'imbécile, un jeune Français venu pour apprendre. Ils entrèrent dans un univers de tapis et de meubles laqués blanc. La télé était ouverte. Il faudra que vous la regardiez souvent, dear Charles, c'est le meilleur moyen pour attraper l'accent. On lui montra sa chambre, sans radiateur. Il attendit l'heure du dîner allongé sur un lit mou. Pamela revint plus tard. Il y a une fête ce soir. Il hésita à se laver. Il savait tout de Clara. Mais rien des femmes comme on l'a vu. Et Clara détestait l'odeur du savon.

Pamela, dans la nuit, avait les doigts frais, un parfum très honnête, presque français, un rire gloussé des plus attrayants et, malheureusement, cette agitation perpétuelle qui dépare souvent les gaies et glace les amateurs d'amour un peu grave. L'imbécile décida de passer sur ce défaut somme toute mineur. Quand ils arrivèrent au lieu du rendez-vous, le magasin de shetlands, ils étaient quasi fiancés. Des bravos les accueillirent. Charles très à l'aise distribuait des sourires.

Deux compatriotes (natifs de Neuilly, précisèrent-ils dès le début pour dissiper toute équivoque sociale) brisèrent net l'épisode pamélien des passions de Charles. Ils prirent à part l'amoureux, l'entraînèrent dans un coin calme, propice aux débats d'idées.

– Tu habites chez elle ?

L'imbécile acquiesça.

Suivit alors une description minutieuse des mœurs et pudeurs locales d'où il ressortait que vouloir séduire à domicile entraîne immanquablement les pires ennuis. Comme on l'imagine, Charles n'était pas de cet avis. Mais le moyen de développer une subtile théorie de l'inceste, un lundi soir à Folkestone, lorsque toute une troupe piaffe car il est l'heure d'aller danser ?

Pamela fut hissée sur un banc.

– Qui veut faire l'échange ?

L'imbécile hérita d'une Bianca, irrégulière de traits mais lourde, et c'était l'argument majeur de la transaction, très lourde de seins derrière le corsage vert.

Il eut l'impression de rentrer dans la musique comme on passe à la douche, obligatoirement, avant la piscine. Comme on boit de l'huile, avant la vodka. Pour se protéger. Des brûlures. De la nuit. Bill Haley, Brenda Lee, Elvis Presley.

Ses oreilles bourdonnaient. La surface de sa peau était agitée de petits spasmes.

Il jugea l'anesthésique suffisant.

La plupart des couples étaient sortis.

Les disques tournaient pour une salle vide.

Il entraîna Bianca. Au geste qu'elle fit d'un bras, il devina qu'elle avait trouvé le temps long. Ils butèrent deux fois sur des corps allongés et finirent par s'asseoir dans l'herbe à l'extrême bord de la falaise. Elle n'avait pas jeté son chewing-gum et regardait droit devant elle. Il déboutonna son corsage vert. Il ne parvint pas à forcer l'ouverture du soutien-gorge. Il tira sur les bonnets. Mais très peu d'espace restait entre la chair et la dentelle. Il s'escrimait. Bianca tantôt ruminait, tantôt soupirait. Enfin l'armature glissa vers le haut. Charles saisit la masse de gauche. À cet endroit-là, Clara était au moins six fois plus petite. Il faisait froid. Au bout d'un moment, il changea de côté. Il entendait la musique au loin, vers la lumière, les rires dans l'herbe, et les coups sourds de la mer, tout en bas, et les bruits de chewing-gum contre son oreille. Il jugea les préliminaires achevés et tenta une main sous le kilt. Sa compagne se retourna vers lui, complètement offusquée, prête à le pousser dans le vide. Alors il rabaissa le kilt et remit la main sur le premier sein, le gauche. À nouveau Bianca fixait la mer. L'orage était passé.

Une bonne heure s'écoula. Décidément, cette aventure lui laissait des loisirs. Il résolut d'en profiter pour dresser, instant par instant, l'inventaire de ses sensations, les progrès de son amour. Il entraîna sa compagne vers la lumière, un réverbère à la croisée de trois chemins. Et, toujours sans changer sa main droite de place il tira son carnet, tendit l'oreille et inscrivit : « Folkestone, 14 juillet 1958. En ce moment (1 h 35) voilà ce que saisit mon ouïe : gloussements, mots de flirts polyglottes, cris de vertus et, d'un groupe à l'autre, demandes de vocabulaire (comment dit-on enceinte ? – pregnant – ah oui, pregnant merci). » Puis l'imbécile huma l'air : « Incontestablement marin, mais porteur d'autres senteurs, notamment le tabac navy cut de Players, la chlorophylle des chewing Hollywood et l'odeur pharmaceutique, éther, alcool, des cliniques de la colline, lorsque le vent change. » Il darda ses yeux vers la nuit « toujours des lueurs de cigarettes, à droite, à gauche, de plus en plus nombreuses, tout au long de la falaise, jusqu'aux phares. Et au-delà. Je ne suis plus seul. Ce soir, de la Cornouaille à Douvres, des milliers d'adolescents attendent comme moi, la main sur un sein de jeune fille autochtone que quelque chose arrive. Elle est bien étrange la manie qu'ont les classes d'âge de s'aligner, brusquement, dans un paysage : septembre quatorze, les tranchées (de Fécamp à Metz) ; juin trente-six, les défilés (de la Bastille à la République) ; hiver quarante, le terrier (de Sedan à Strasbourg) » …

Soudain, des cris interrompirent ces notations autobio-historiques.

– Les Mods !

– Les Rockers !

On entendait, encore lointaines, montées de la plage, des rumeurs de bataille ; cris et cliquetis. Et la rage aiguë d'une meute de motos. Dans la prairie, les ombres allongées se dressèrent, les apprentis coïteurs se rajus-

216

tèrent vite, vite, comme ils purent et coururent vers la ville. Charles fut informé, chemin faisant, jambes à son cou, de la situation. L'essoufflement de ses voisins hachait le rythme des conversations. Il s'agit de deux bandes hun hun rivales mais elles se réconcilient toujours hun hun et se retournent contre nous ah bon et que risquons-nous hun hun des coups de chaîne sur le crâne, des talons de botte dans le vagin, des cigarettes allumées éteintes sur les paupières, des épingles de sûreté au travers du sexe ou poussées dans l'oreille, des troupeaux de Norton te passent sur le ventre ou bien ils t'attachent le nez contre l'échappement des gaz (etc.).

À peine la porte du 18 th Mildred Terrace refermée, les motos arrivaient. L'imbécile les écouta longtemps tourner dans les rues désertes. Cette idée de péril lui servit d'oreiller. Il se blottit contre elle. Et s'endormit.

Le lendemain, il s'éveilla lentement, tous freins serrés. Craignant la catastrophe dès qu'il ouvrirait les yeux. Il la devinait, rien qu'à renifler l'air de la chambre. Le vent de l'aventure n'y soufflait plus. Oubliés, les périls de l'amour. Évanouis les loubards.

Folkestone sentait le bacon. Il finit par écarter timidement les paupières. La déception était là, penchée sur son lit, telle une Carabosse doucereuse. L'Angleterre avait repris son allure et ses mines de villégiature : un vrai musée de la vie quotidienne.

L'imbécile y visita successivement :

1) la salle des breakfasts, étalées sur une table les différentes manières de commencer la journée, porridge ou corn-flakes, jus d'orange ou d'ananas, une cuillère ou deux de sucre, dans le thé… ;

2) la rue décor : des ménagères frisées y devisaient, d'une maison à l'autre sur le pas des portes, leurs pieds

serrés entre des bouteilles de lait vides et saluaient au passage le jeune Français, hello… ;

3) la promenade et le port : une marée de mortes-eaux montait, couleur opale, de courtes jeunes filles rougies se dirigeaient vers la plage, déjà luisantes de pommade, pour le soleil, s'il se levait, et leurs doigts tachaient la couverture glacée des rocks magazines, aucun ferry n'était au quai, les petits chalutiers s'en allaient, leurs filets déployés entre les mâts avaient exactement la teinte du ciel, gris, comme pour un camouflage, une pêche dans l'air, un piège à mouettes… ;

4) l'avenue principale, l'artère industrieuse et bour-donnante de la cité ; qu'ils s'y déplacent pour raison de profession, de loisirs, ou d'emplettes, les habitants de Folkestone ne coururent pas. On les dirait installés dans le temps, complices de l'écoulement, résignés à prendre, chaque jour, en marchant, un peu d'âge, prêts à chasser (gentiment, mais sans faiblesse) le premier révolutionnaire (nez pincé, pâlichon, lèvres minces) qui leur parlerait de changement, le premier pasteur-ouvrier qui leur proposerait autre chose que la vie éternelle.

Un groupe de Français remontait de la plage, sur l'autre trottoir.

Il traversa.

– Je peux me joindre à vous ?

– Aura-t-il le culot, se demandèrent-ils entre eux. Et puis, allez viens (il semblait prêt à tout pour s'ennuyer moins).

Devant le magasin de shetlands, on distribua les rôles.

Tandis que les deux habitants de Neuilly accaparaient la caissière, tandis que l'international de tennis (élève à l'école des cadres) séduisait la vendeuse, tandis que le petit rouquin philatéliste faisait le guet, l'imbécile s'enfonça entre les rayons. Il se dirigea vers une cabine d'essayage, déposa son imperméable. Et enfila son premier shetland. Prévoyant il l'avait choisi petit, 8-10 ans, taille 28. Il dut forcer, pour faire passer la tête.

– Manifestement, il ne me va pas, dit-il tout haut.

La vendeuse et la caissière se retournèrent, surprises par sa présence, lui proposèrent de l'aide.

– Non, non merci.

Les complices redoublèrent de charme pour effacer cette mauvaise impression.

Et l'imbécile enfila sur le premier shetland un deuxième shetland bleu pâle 10-12 ans, taille 30.

Il se regarda dans la glace.

– Celui-là m'oppresse aussi, remarqua-t-il, toujours aussi fort.

Mais l'habitude était prise, personne ne songeait plus à lui.

Les vendeuses, les deux natifs de Neuilly et l'international de tennis continuaient leur conversation hésitante, ponctuée de rires et de trous (comment dit-on fiancée – engaged – ah oui engaged). Des clients entraient, choisissaient, payaient. La cloche de la caisse et la sonnerie de l'entrée résonnaient l'une après l'autre. L'imbécile continuait. Un col roulé poil de chameau 14/16.

– En tout cas, celui-là plisse.

Un cardigan de femme vert émeraude (taille 38).

– Jamais je n'oserais porter une telle horreur.

Un ras du cou blanc, façon irlandaise (homme 1).

– Mais il est lourd, sans mentir, il me pèse aux clavicules.

Un jacquard, manches courtes, à dominante double violet et rouge (homme, taille maximum).

– Oh, d'un vulgaire…

L'imbécile eut bientôt tous les âges de la vie sur le

dos. De l'enfance à l'obésité, itinéraire homme et itinéraire femme. Avec les variantes essentielles : la richesse ou la pauvreté (cachemire ou synthétique), la bohème ou la banque (col roulé ou col en V), la pêche, la chasse ou la partouze (couleur ocre, olive ou n'importe). Il compléta le catalogue par deux écharpes, l'une écossaise (clan McLeod), l'autre unie grise passe-partout. Grâce à d'habiles et silencieuses contorsions, il parvint à se glisser dans son imperméable. Il jeta un coup d'œil à la glace devant lui, ébloui par la masse de l'ensemble : voilà se dit-il l'ampleur minimum d'un homme qui ne se refuserait aucune existence. Il éteignit la lumière du salon d'essayage. Et sortit du magasin sans s'arrêter. Majestueux. Jetant au passage vers le groupe de bavards :

– Décidément, aucune de vos tailles ne me plaît vraiment.

Des instants après, revenus de leur surprise, le rouquin philatéliste, les deux pupilles de Neuilly et l'international de tennis se lancèrent à sa poursuite.

– Tu oublies le partage, on dirait.

L'imbécile ne sentait pas les mains menaçantes qui lui malaxaient les épaules et l'avant-bras (c'est l'avantage d'avoir plusieurs vies, remarqua-t-il).

– Pour le moment, j'ai froid. Je vous les rendrai tous ce soir.

Ils protestèrent, mais le montant du butin leur cloua net le bec : 31 pièces, diverses par la couleur, la forme et la matière, plus deux écharpes.

– Montre-nous, supplièrent-ils.

L'imbécile ne voulut rien savoir, laissa clos l'imper et sans plus rien ajouter se dirigea vers les cliniques.

220

– Vous tous, les Arnim, à force de tirer sur la corde, vous m'enverrez au sana, disait Bénédicte les soirs d'accablement lorsque Clara Arnim avait passé l'après-midi à pleurer, lorsque Charles Arnim était plongé dans une histoire des alliances du parti radical, ne relevait plus la tête, ne répondait pas aux questions, lorsque Louis Arnim ne rentrait pas…, d'ailleurs j'échangerais volontiers, oh que oui, ma vie parmi vous contre une existence de malade. Dorlotée au soleil, emmitouflée de couvertures, une vraie croisière dans les Alpes, enfin on s'occupera de moi, ne serait-ce que pour les statistiques de guérison. Je ne vous mens pas, tenez :

et elle ouvrait au hasard (toujours les mêmes phrases) le deuxième plus gros livre de la bibliothèque, après *les Misérables, la Montagne magique* du Nobel Mann :

*« En bas sinuait le chemin du sanatorium par lequel il était arrivé la veille. Des gentianes étoilées, aux tiges courtes, croissaient dans l'herbe humide de la pente. Une partie de la plate-forme, entourée d'une clôture, formait jardin. Il y avait là des chemins de gravier, des parterres de fleurs et une grotte artificielle au pied d'un superbe sapin. Une terrasse couverte d'un toit de tôle, sur laquelle étaient placées des chaises longues, s'ouvrait vers le Midi, et auprès d'elle se dressait un mât peint en rouge-brun, le long duquel montait parfois, en se déployant, un pavillon : un drapeau de fantaisie, vert et blanc, avec l'emblème de la médecine, un caducée, en son milieu. »*

Charles et Clara hochaient la tête. Notre mère a raison. Le destin d'une tuberculeuse est plus doux que celui d'une épouse Arnim.

– Et je ne m'ennuierais pas, écoutez comme le temps, là-bas, sait passer, continuait Bénédicte :

« *Il était donc 4 heures lorsque l'assistante se retirait brusquement sur le balcon. Tout d'un coup, avant qu'on s'en fût avisé, ou était au plein de l'après-midi qui d'ailleurs, sans tarder, tournait peu à peu au soir : car le temps de prendre le thé, en bas et au numéro 34, il était déjà presque 5 heures, et lorsque Joachim revenait de sa troisième tournée de service et reparaissait chez son cousin, il était si près de 6 heures que la cure de repos jusqu'au dîner se bornait de nouveau à une heure, et c'était un adversaire facile à vaincre, pour peu que l'on eût quelques pensées dans la tête et tout un orbis pictus sur sa table de nuit.* »

Charles et Clara en tombaient aisément d'accord. S'il s'agit de dissoudre et ronger le temps, nul doute que la phtisie vaille la jalousie. Décidément, ce M. Mann est riche de bonnes recettes. Pourquoi ne veux-tu pas continuer ta lecture ? Ça nous changerait de *Sans Famille*.

– *La Montagne* n'est pas un livre pour enfants. Et puis vous avez déjà trop de hobbies.

Tels étaient les souvenirs de Bénédicte et les rêves de maladies lentes qui roulaient, d'un bord sur l'autre, dans la tête de Charles, comme il montait vers les cliniques. Elles s'alignaient sur une colline en retrait de la mer, une sorte de banlieue blanche en dessous de l'horizon. Plusieurs taxis le hélèrent. En dépit des trente et un shetlands qui lui tenaient plus que chaud, notre héros préféra marcher le mile et demi, arriver peu à peu.

Une armée de cars l'avait précédé. Charles en traversa deux pleins parkings avant d'entrer dans la banlieue blanche, des bus de toute l'Europe, España, Portugal, Nederland, canton de Vaud, Hellas, Grand-Duché… noyés dans une mer de coaches autochtones, Great

Britain (Sussex), Great Britain (Somerset)… des slee-
pings, des longs courriers, des simili greyhounds aux
vitres teintes, air conditioned, lavatory inside, musi-
cal atmosphère, de vrais wagons, des morceaux de
train, des bouts de couloir d'hôtel avec les chambres,
de chaque côté, et aussi quelques pataches de plus
médiocre allure, anciennes Ford ou Citroën, peintes
et repeintes comme les vieux bateaux et comme eux
piquetées de rouille à travers les couches, et surmontées
d'une sorte d'impériale miniature, une galerie pour les
valises, cet entrelacs serré d'autocars on aurait dit le
mont Saint-Michel un joli jour d'août ou minuit sur
les Champs-Élysées, la sortie du Lido, les conducteurs
s'invitaient de monstre à monstre ou devisaient de la
Coupe du monde ou tapaient le carton ou sirotaient
des canettes, en tout cas, perdaient patience, lorsque
arrivaient de nouveaux convois ils applaudissaient,
criaient bienvenue, la route a-t-elle été bonne, moins
fort messieurs protestaient les policemen, vous vous
trouvez au milieu d'hôpitaux, des hôtesses guidaient
les voyageuses vers l'Accueil, courage mesdames, il
vous faudra sans doute attendre, nos chirurgiens sont
débordés par l'affluence…

Charles laissa passer deux groupes d'Allemandes
et s'approcha du guichet francophone, reconnaissable
à un petit drapeau fixé sur la vitre, juste au-dessous
des trous de l'hygiaphone. Sans rechigner le moins du
monde, la bilingue abandonna son tricot et consulta ses
fiches, le visage éclairé par un grand sourire.

– Ce n'est pas si fréquent de voir un homme ici,
d'habitude les dames viennent seules. Voilà. J'ai retrouvé
vos amies. Un peu plus vous les manquiez. À l'heure
qu'il est, elles doivent finir leur cure de repos.

– Mais elles ne sont rentrées qu'hier.

— Et alors, vous croyez que nous les gardons des mois ? Ces maladies-là cicatrisent de plus en plus vite. Bon. Vous prenez le chemin, derrière vous, la quatrième clinique à main droite, c'est la bonne. Vous demanderez le dortoir Queen Victoria.

— Et Arnim Bénédicte ? prononça soudain l'imbécile.

— Je n'ai personne de ce nom sur mes listes.

— Et Arnim Clara ?

— Rien non plus. Mais attendez. Peut-être sont-elles déjà parties. Heureusement que nous avons nos archives. Bénédicte Beaussant, épouse Arnim, voilà, trois séjours : janvier cinquante-quatre, octobre cinquante-six et de nouveau octobre cinquante-sept. Quant à Arnim Clara tiens, vous auriez pu la croiser. Elle est venue le mois dernier. Bon. N'oubliez pas, quatrième clinique, dortoir Victoria.

Il poussa la porte.

Elles dormaient ou bavardaient à voix basse, quelques-unes lisaient, la couleur du mur avait déteint sur les visages, vert pâle, une lumière d'hiver descendait de la verrière, soleil gris, vitres grises, au bout de la salle un homme tenait la main d'une femme et lui parlait à l'oreille, toutes les autres étaient seules, leurs valises au pied du lit, selon l'horloge on approchait de midi.

Charles fut accueilli avec des cris de joie.

– Je vous ai apporté des cadeaux.

– Oh ! quel amour (etc.).

Il leur demanda de choisir sur lui le shetland, le cachemire, le camel hair, la lambswool qu'elles voulaient. Il ne lui resta bientôt plus sur le dos que les grands patrons, les tailles de gros adultes qui bâillèrent et plissèrent, comme s'il avait soudain maigri, comme si, entre la naissance et la vieillesse, on lui avait retiré tous les âges intermédiaires.

La distribution achevée, Charles s'informa des états de santé.

– Alors tout s'est bien passé ? Est-il vrai que la guérison vienne si vite ?

Elles se déclarèrent, en résumé, ravies du personnel médical et fort satisfaites d'avoir échappé aux aiguilles à tricoter d'antan. L'imbécile sourit finement, pour donner le change, mais soyons franc, il n'avait pas saisi l'allusion, il doit s'agir de quelque tradition typiquement française, j'enquêterai, se dit-il. Vois-tu Charles nous nous sentons certes un peu lasses et cependant si contentes de n'avoir plus en nous-mêmes que notre propre vie. Cette fois, l'imbécile acquiesça en connaisseur, il avait souvent remarqué le caractère encombrant des microbes, tel un locataire mathématicien polonais que l'on n'arriverait plus à chasser d'une chambre du fond.

Midi sonna.

Une escouade d'infirmières surgit, poussant sur des chariots d'autres femmes aux joues plus vertes encore. À y bien réfléchir, c'était peut-être la couleur des visages qui déteignait sur les murs.

– Allez, mesdames, vous n'avez plus besoin de lit. Votre convalescence est finie. Il faut laisser la place. La Société des cliniques de Folkestone a été très heureuse de vous accueillir. Elle espère que son équipe médicale vous a donné entière satisfaction. Sans oser souhaiter vous revoir bientôt en ses murs, sachez qu'elle se tient prête à vous aider encore si la nature vous joue un nouveau tour. Vous avez juste le temps pour le ferry.

Un haut-parleur appela l'autocar navette.

Et c'est ainsi qu'ils s'en allèrent d'Angleterre, l'imbécile au milieu, les convalescentes autour (pour le protéger de ses complices).


Sur le ferry HMS Winston Churchill Folkestone-Boulogne (ou Calais), le 15 juillet 1958, effet de l'été ou simple coïncidence, tous les passagers ne pensent qu'à l'amour, à l'un ou l'autre des stades, des visages ou des prix de l'amour.

D'autorité, les adolescents se sont accoudés aux bars et rêvent d'idylles banales : jeux le jour et slows chaque soir. Les couples d'âge mûr font mine de s'intéresser aux vols de mouettes, aux lignes d'un livre ; en fait, ils s'acharnent : l'iode et le soleil de la Côte d'Azur aidant, nous réussirons nous réussirons nous réussirons à recommencer, toi et moi. Les très vieux Britanniques assoupis sur les transats du pont-promenade fouillent plus avant encore dans la cendre et rament en songe vers un lointain souvenir d'Italie. Quant aux amies de Charles, les convalescentes, elles se jurent de vivre sans homme, dorénavant, au moins jusqu'à l'arrivée en France de la fameuse pilule américaine presque au point, paraît-il, mais qu'est-ce qu'un amour sans conséquence, s'interrogent les plus catholiques d'entre elles, penchées sur le bastingage. L'imbécile s'efforce d'oublier les informations, les dates fournies par la bilingue de l'Accueil, il n'a pas encore compris, mais il devine qu'un pot aux roses se tient là, au centre d'une région névralgique, il sent se refermer sur lui, lentement, une tenaille, il voit s'approcher une étiquette avec des chiffres, le prix à payer, la note de son amour pour Clara, il se répète, hébété, tiens je croyais l'amour d'une sœur gratuit, tiens je croyais l'amour d'une sœur seulement complice, non passible des tarifs, des douleurs applicables aux autres amours.

Certains passagers pleurent, d'autres sourient aux anges, rougissent, soudain, pâlissent, s'effondrent dans les fauteuils, des cœurs tachycardent, le HMS Winston Churchill est silencieux, on n'entend que le grondement des machines, personne ne se parle, mais quelle cargaison avons-nous donc aujourd'hui, se demande l'équipage, pourtant la mer est d'huile.


Charles fut raccompagné rue de Babylone par une accorte Louise qui conduisait vite et logeait non loin de là, au 21 bd de La Tour-Maubourg. Ils s'embrassèrent devant la porte. Charles attendait debout, sans rien dire. L'attente parfois se ramasse, devient dure, précise, aiguë comme une pierre. Le feu passa au vert. Un camion klaxonna. Oh ! là là, je bloque, 18 secondes plus tard l'Alfa disparaissait place du Président-Mithouard.

La concierge lui tendit une lettre qu'il lut et relut en montant les trois étages. Régulièrement la minuterie s'éteignait.

*Mon fils,*
*Les heures filent, je viens de fêter (seul) trente-cinq ans : trente-cinq années pour (seulement) deux enfants !*
*Comme tu le sais, je ne conçois la vie qu'encombrée. Une plaine sans fils, sans filles installées çà et là m'effraie.*
*Puisque l'Europe me refuse une famille à ma taille, je pars*

*signé ton père Arnim Louis.*

*PS : Le bail s'achève le 31 août. Ta mère t'attend le lendemain, 78, rue d'Anjou, Versailles (Seine-et-Oise).*


Il est dur en été de trouver des magasins de valises ouverts. Et de caser dans des bagages pratiques à porter les éléments d'un début de biographie. Charles Arnim s'y affaira 15 jours en juillet, août entier, la fin du bail.

# Une ville d'eaux

# 1

## *Sevrage*

Le dernier jour d'août, il composa sur le cadran un numéro de code PEL 2222, trois taxis s'il vous plaît. La standardiste, d'évidente ascendance antillaise, crut à une noce :

– Ne me dites rien, monsieur, j'ai deviné. Vous voulez un véhicule de fête pour les mariés et deux voitures plus neutres pour la suite.

Il n'eut garde de la détromper.

Elle lui souhaita bonne chance (« je vous envoie mes meilleures 404 ») et de nombreux enfants. Il entendit, derrière le grillage de bakélite, comme le début d'une berceuse de là-bas, sans pouvoir en jurer.

7 minutes plus tard, trois Peugeot se rangèrent ensemble le long du trottoir. Sans trop rechigner, les chauffeurs chargèrent les malles, les fichiers, l'attirail et par Sèvres gagnèrent Versailles. Entre-temps la nuit tombait, l'air devint noir, les taxis prirent peur, croyez-nous jeune homme, depuis la guerre d'Algérie, la banlieue pullule de rasoirs, pour un rien hop ils s'ouvrent et d'une oreille à l'autre on se retrouve un grand sourire rouge à la place de la gorge. Charles et son équipage furent débarqués vite.

La rue d'Anjou était déserte. Ni chat ni passant, rien que des plaques commémoratives aux murs.

Arrivé dans cet hôtel
en 1872
le maréchal Lyautey y a préparé l'école de Saint-Cyr
et vécu ses premières années d'officier.

Depuis le milieu de l'après-midi, Bénédicte courait.
Sans répit, d'une pièce à l'autre, d'un invité à l'autre,
d'une fenêtre à l'autre dont elle écartait nerveusement
les rideaux, comme on rejette de la main une mèche qui
empêche de voir. Elle regardait sa montre, elle cassa
trois verres à pied, elle n'écoutait plus les phrases, elle
répondait les yeux brillants mon fils arrive, vous vous
rendez compte, après quatre années, il avait choisi son
père, à cause de la rue de Babylone, vous savez la vue
qu'on a sur Matignon... Quand retentit la sonnette, elle
sursauta et fondit sur la porte.

L'étreinte fut longue.

Bénédicte embrassait, embrassait. Elle entendait dans
son âme un grand remue-ménage. Les meubles y changeaient de place et de taille. La contraception et le
général de Gaulle qui avaient occupé tout l'espace rétré-
cissaient, s'amenuisaient, se blottissaient dans un coin.
Au contraire, l'amour-d'une-mère-pour-son-fils, qu'elle
avait rangé durant toutes ces années chaque matin avec
rage dans un tiroir, n'arrêtait plus de se dilater, battait
en elle, irradiait, circulait tel un second sang dans un
réseau neuf d'artères et de canaux. Charles, par-dessus
l'épaule de sa mère, guettait Clara. Clara lui souriait.
C'est tout. Les yeux plissés, la bouche étirée. Comme
dans n'importe quel sourire.

— Charles, mon chéri, mais où sont tes bagages ?
demanda Bénédicte vers la fin de l'étreinte.

— En bas sur le trottoir.

– Mon Dieu, et moi qui te serrais dans mes bras sans y penser !

Les invités se proposèrent, pour aider. Tout en descendant, Bénédicte fit les présentations. Tu vois, Charles, j'ai de nombreux amis. Une gynécologue, trois conseillers généraux, deux stagiaires de l'ENA, du plus menu fretin et André Malraux qui devait venir en voisin, tu sais, Charles, qu'il habite tantôt Verrières tantôt Versailles mais il s'est excusé. Dis-moi Charles, que penses-tu de mon idée : ouvrir ici une sorte de salon littéraire et politique ?

L'ascension commença. Ponctuée de soupirs, de gémissements, faut-il que ce soit pour votre fils, ma chère. Dès le premier palier, les déménageurs s'assirent sur les marches, reprirent doucement haleine.

– Sans être indiscret, mon petit Charles, demanda l'une des énarques, une myope aux cheveux jais, que transportez-vous dans ces caisses ?

– Des livres.

– Bien sûr, avec la mère qui est la vôtre, où avais-je la tête ? Laissez-moi deviner. Vous semblez précoce. Barthes ? Lévi-Strauss ? Tocqueville ? Aron ?

– Oh non, mademoiselle, rien que des mémoires d'hommes politiques et des romans.

Alors un silence gêné s'est abattu sur Versailles et Bénédicte m'a pris le bras et nous avons monté l'escalier jusqu'à la porte demeurée grande ouverte de son appartement, laissant là, installé tant bien que mal sur les marches, Clara, les membres du salon, les trois malles. Tu es chez toi. Nous sommes entrés. Dans sa chambre, elle m'a montré le lit. Assieds-toi, s'il te plaît.

Elle est restée debout. Elle a pris un air solennel que je ne lui connaissais pas. Et pourtant j'avais l'habitude des visages sérieux de ma mère, j'en savais toutes les nuances, la gravité, la tristesse, la panique, la choquée, l'humiliée, la jalouse, haineuse ou lassée. Cette fois, c'était un air inédit, joyeux en surface, acharné par en dessous, l'optimisme forcené d'une convalescente.

– Charles, mon chéri, Clara a dû te dire, j'ai ma licence. De Gaulle est revenu, tu es là, il s'agit d'une vie nouvelle.

Justement, je voulais la féliciter.

– N'y pensons plus Charles. Je devais me reconstruire. Maintenant je suis née. Je recommence. Et dans ma nouvelle vie, je ne veux pas d'histoires. Pas de mensonges. Seulement la vérité. Alors, si tu peux t'en empêcher, arrête pour moi Charles, arrête de lire des romans...

Nous nous sommes embrassés et j'ai regardé autour de moi, la chambre. Et plus la vie nouvelle me paraissait ressembler, comme une sœur jumelle, à l'ancienne, même propreté, même moquette claire au sol, même toile bleue aux murs, mêmes primitifs flamands, une annonce faite à Marie, un paysage de neige, et moins je voyais de différences et plus j'ai embrassé ma mère et plus Bénédicte me semblait petite, malhabile et plus mes bras poussaient, ils l'entouraient, j'allais la protéger.

J'ai cédé sur tout. Je me débarrasserai des romans. Et de la IV$^e$ République. J'aimerai ma sœur calmement. J'accepterai même d'aller au collège.

Nous sommes redescendus, main dans la main.

Le salon applaudit les bonnes résolutions et se lança dans des propos civilisationnels (*sic*). Comment vous lisez encore des romans à votre âge je croyais que les esprits brillants d'aujourd'hui préféraient les essais notre promotion de l'ENA s'est jetée dans les sciences humaines par exemple ne trouvez-vous pas une ressemblance entre les recherches littéraires actuelles et notre souci de moraliser la politique vous voulez dire la Vᵉ République et le nouveau roman pour ma part je préciserais mais vous avez raison il existe des convergences entre le structuralisme et la compétence économique de Gaulle serait alors le dernier romancier là-dessus je vous suis nous serons la génération qui rangera l'Histoire au musée de la même manière que les nouveaux romanciers se libèrent de l'anecdote ne s'intéressent qu'à la trame linguistique la science progresse la passion de comprendre c'est bien réconfortant en ce cas les énarques sont des nouveaux romanciers ou l'inverse les années qui viennent seront palpitantes tous ces efforts dans le même sens la psychanalyse apporte de l'eau à mon moulin quel dommage l'absence de Malraux (etc.). Les stagiaires parlaient, parlaient. Les conseillers généraux hochaient la tête. Le menu fretin suivait difficilement. Bénédicte fit servir le café dans l'escalier. Elle savait l'inspiration fragile, revenir dans l'appartement pourrait casser le charme.

– Vous verrez, les romans ne serviront bientôt plus qu'aux enfants pour apprendre à lire, aux malades pour les changer d'idées et aux vieux puisqu'ils ne sont déjà plus de ce monde.

Charles ne quittait pas Clara des yeux. On redescendit les malles. L'imbécile avait rangé ses livres par ordre alphabétique : les trois conseillers généraux purent aisément se les partager. Merci chère Bénédicte, pour cette soirée. Et vous, mon petit Charles, pour ce don. Électoralement parlant, je ne vous le cache pas, vous nous aidez.

L'Hospice de Plaisir reçut les romans de A (Aragon

Louis : *Anicet*) à G (Giono Jean : *le Chant du Monde*),
l'hôpital des jockeys de Maisons-Laffitte accueillit les
romans du milieu (Thomas Hardy : *Jude l'Obscur* à
Paul Morand : *l'Homme pressé*). Mais seul l'Institut
interdépartemental T. Roussel de Montesson envoya
une lettre de remerciements : les romans de N à W,
Nabokov Vladimir (*la Vraie Vie de Sébastien Knight*)
à Woolf Virginia (*Vagues* et *la Promenade au Phare*),
avaient beaucoup plu quoique un peu intrigué.

Durant les semaines qui suivirent,
Charles Arnim devint irritable,
Charles Arnim tourna des jours entiers dans sa
chambre,
Charles Arnim avait toujours faim,
Charles Arnim se rongea les ongles,
Charles Arnim prit du poids.
Charles Arnim restait longtemps sorti, il rôdait autour
des librairies, tirant au sort, interminablement, pile je
pousse la porte, face je rentre à la maison, peut-être
pourrais-je me permettre un chapitre de roman chaque
dimanche, après le déjeuner, il n'est sûrement pas bon
pour l'organisme de s'arrêter d'un coup, mais non, je
n'ai pas le droit, j'ai fait la promesse à ma mère. Et
Charles Arnim demanda des conseils aux fumeurs repen-
tis : comment avez-vous fait ? On lui parla de volonté,
de chewing-gum, de petites pilules, d'acupuncture à
l'oreille. Il se ruina. Sans succès. Malgré tous ces traitements il ne guérissait pas ; happant toujours avec la
même voracité les historiettes qui passaient à sa porte.
Ainsi, il se ruait sur *Elle*, dès sa sortie. Bénédicte ne
s'en inquiétait pas : mon fils entre dans l'âge ingrat.

Mais, sous couvert de guigner les soutiens-gorge, il dévorait la nouvelle des dernières pages.

À cette époque remonte sans doute sa manie d'écrire : il commença de fabriquer le matin des récits dont il se nourrissait le soir. Un tel onanisme littéraire implique de la souplesse et de l'humilité : sitôt un épisode imaginé il faut l'oublier, pour ménager au lecteur (soi-même) la fraîcheur de la surprise. Après quelques jours d'exercices et d'efforts, Charles Arnim parvint assez bien à ouvrir et fermer des portes dans son cerveau, à clore sa mémoire dès qu'il se mettait à rêver.

Il redevint d'humeur égale et retrouva sa ligne (cinquante kilogrammes pour un mètre soixante).

Et Bénédicte répétait à qui voulait l'entendre : l'âge ingrat de mon fils n'a duré que sept semaines.

# 2

Versée au guichet d'une banque ou d'une Caisse d'épargne, quelque part entre Caracas et Buenos Aires, la pension de Louis Arnim n'arrivait plus jusqu'à Versailles. Perdue en chemin, avalée par le pot-au-noir. Pour aider au train de vie, Clara s'était jetée dans la carrière du tourisme. Elle proposa un matin à Charles de devenir son assistant-garde du corps.

– Pourquoi, il faudra te défendre ?

– Tu verras bien.

Clara abordait les clients sur la place d'Armes. Elle laissait s'ouvrir les cars, s'éteindre les gros soupirs d'air comprimé lorsque se replient les portes, elle aidait aux débarquements des enfants, elle indiquait l'entrée du château. Une fois les excursionnistes consciencieusement installés sur les rails, lancés à l'assaut de la galerie des Glaces, ou des jupons de la Bergère Antoinette, elle s'occupait des autres, ceux qui restent à rôder dans les parkings car ils détestent les choses à voir, haïssent les villes historiques, ceux qui ne sont venus que pour leur femme et regardent sans cesse leur montre : mais quand finiront donc ces vacances ? Elle leur proposait avec un sourire yeux baissés d'écolière :

– The secret life of Louis the fifteenth

ou

– Versailles erotico

ou

– Erotikei zoï stis Versailles (ses connaissances en grec étaient plutôt sommaires) ou

– Das erotische Leben des klassischen Zeitalters.

Le temps de réunir suffisamment d'amateurs, de s'accorder sur les tarifs et les modalités de règlement, Clara prit la tête du petit groupe et s'en alla vers le quartier Saint-Louis. Tout en marchant, les clients fixaient la queue de cheval blonde, le corsage blanc aux courbes honorables pour l'âge de la Cicérone et les mollets arrondis par la mode d'alors, jupe verte au-dessous du genou et ballerines plates. Plus on longeait d'hôtels et plus leurs pupilles s'écarquillaient. Charles serra le revolver d'alarme que lui avait donné Clara. Plus vite, disait-elle, plus vite sinon je ne pourrai pas tout vous montrer. Les subjugués augmentaient docilement l'allure.

Premier arrêt au numéro 4 de la rue Saint-Médéric.

Clara attendit que les « clients » reprennent leur souffle.

– Ici même, Louis XV acheta sa première maison de rendez-vous. Pour une jeune fille de quinze ans, Louison Morphy.

Clara fit passer le portrait de la pensionnaire, allongée sur le ventre, exhibant une croupe des plus blanches et rebondies (tableau de Boucher, pinacothèque de Munich). Ah, ah songèrent les clients, début prometteur.

Et l'on poursuivit par le 14 de la rue Saint-Louis, le 9 de la rue Borgnis-Desbordes, le 17 de la rue du Hazard…

Chaque fois, Clara sortait une carte postale « ici

aussi le roi Louis XV... », outre le français en quatre langues, anglais, espagnol, grec et allemand.

Lorsqu'elle sentit s'impatienter sa clientèle, Clara éclata soudain en sanglots.

– Vous vous rendez compte de l'ignominie des rois ? Ils achetaient à leurs mères des fillettes plus jeunes encore que moi. Et même des garçons. Et la Pompadour, elle-même, vous vous rendez compte, devint pourvoyeuse.

Il faut avouer que ce spectacle de larmes n'eut pas l'effet escompté. Bien au contraire. Le soleil et l'ennui aidant, tous les promeneurs présents auraient volontiers déboursé pour Clara quelques francs (devise faible). D'ailleurs, elle ne semblait pas si jeune.

Les touristes se rapprochèrent, caressèrent le corsage blanc, frôlèrent la jupe verte. Charles se demandait à quel moment, dans ce cas, il convient de brandir le colt : trop tôt, la menace est ridicule, archaïque, voire sicilienne (voulez-vous laisser ma sœur) et trop tard, comment, sans pousser la gâchette, peut-on stopper net la lubricité d'une dizaine de voyageurs patibulaires, par une chaude après-midi de septembre, dans la pénombre d'un porche où l'audace a tendance à se nourrir d'elle-même, où les gestes s'accélèrent, soudain les mains fouillent, dégrafent, remontent du genou vers la cuisse, allez ma jeune fille, Louis XV we don't care, nous vous voulons nue, bref, le coup de feu partit. Les passants dans la rue d'Orient et les locataires de l'immeuble hurlèrent. La clientèle s'éparpilla, jambes à son cou, ach, by Jove, madre de Dios, Clara se rhabillait encore lorsque surgit la police. Ni le pistolet tout fumant, ni la collection de cartes lestes n'impressionna favorablement le brigadier.

– Vous vous expliquerez au poste.

Clara était furieuse contre Charles.

– Avec quoi allons-nous vivre maintenant, si l'on m'interdit le tourisme ? Décidément tu n'as aucune autorité naturelle.

Les enfants Arnim croyaient qu'en déclinant leur hérédité, nous sommes les fils de M^{me} Beaussant, dirigeante gaulliste du département, le scandale s'étoufferait.

Hélas c'était compter sans les contradictions de l'époque. Certes Bénédicte appartenait à l'entourage du pouvoir et pesait d'un certain poids du côté du manche. Mais ses propositions contraceptives avaient choqué Versailles, cité lente à changer de morale. En outre, le flou du Général, quant à l'Algérie, inquiétait plus d'un commissaire de Seine-et-Oise. La résultante de ces diverses forces historiques fut la suivante : un empressement très paresseux à libérer Charles et Clara. Ils sommeillèrent plus de 9 heures derrière des grillages. De temps en temps ils entendaient sonner dans la pièce voisine le téléphone.

– Malheureusement, non, madame Beaussant, toujours aucune nouvelle de vos enfants... C'est vrai, j'oubliais, vous n'en avez que deux, alors je comprends votre inquiétude... Bien sûr, madame Beaussant. Bien sûr au moindre élément neuf je vous appelle... tous nos services sont sur les dents... au revoir, madame Beaussant... Ah, ah, ah.

# 3

V. est une ville pour timides. Les passants y sont affables, souvent des religieuses ou des retraités généraux d'infanterie. Les voitures s'arrêtent aux carrefours. Les très vieux policiers ont des gestes lents. Les touristes s'agglutinent contre les grilles du château. Jamais ils ne s'aventurent plus loin que la place d'Armes. Périodiquement les commerçants du centre s'en plaignent. Les cafés s'appellent le Petit Marquis, la Civette, la Jeune France, la Brasserie du Musée. Il y a trois gares pour Paris, Rive Droite, Rive Gauche, Chantiers. Et des mini-cars VW qui passent par Suresnes. Quant aux taxis, ils acceptent rarement un aussi long parcours. On peut se faire interdire le train (comme d'autres se font chasser à vie des casinos). Il suffit d'en exprimer la demande à la Mairie par le biais d'un discret formulaire. Ainsi l'on protégera ses enfants des pièges de la métropole. Ou soi-même, de la récidive. Apparemment les chambres à la journée n'existent pas. Même le concierge du Trianon Palace ne ferme pas les yeux sur l'adultère, dit-on. Le dimanche, on rame sur le Grand Canal. À l'angle des rues de la Paroisse et du Maréchal-Foch, les installations du Marché datent de 1715. Il paraît que les sociologues du Vatican mesurent la déchristianisation d'une cité au nombre de pâtisseries qui ferment près des églises. Quant à V., Dieu et Jean XXIII dorment tranquilles. Guinon, Aux Délices, Pelisson prospèrent. Le dimanche vers midi, chères sont les places de parking, rue Hoche. Les habitants de V. supportent avec flegme les calamités naturelles (neige, grêle, pluie). Ils songent peut-être aux deux grands réservoirs d'eau potable que remplit la tourmente. Le lycée de jeunes filles (La Bruyère) est réputé pour son hypokhâgne et sa directrice, bien jolie avant-guerre, affirment ceux qui l'ont connue. La bibliothèque en brique de la rue de l'Indépendance-Américaine est toujours pleine. Une véritable foule d'historiens amateurs, de tous âges, sexes et conditions, vient chaque après-midi vérifier tel ou tel détail du Grand Siècle. Certains jours, des rixes feutrées se produisent entre deux lecteurs partisans de cabales opposées, M$^{me}$ de Maintenon contre Monseigneur, par exemple. À V. plus qu'ailleurs, on se nourrit du passé, on sent le poids du temps ; tellement que l'on pourrait oublier qu'il passe. On dirait plutôt qu'il tombe, s'évapore et retombe, comme la pluie. D'où, peut-être, cette impression permanente d'humidité, ces marques sur les murs, cet étonnement, fréquemment entendu, que V. ne soit pas ville d'eaux. Beaucoup de visiteurs regrettent, au bord de l'étang des Suisses, l'absence d'un casino. Un tel climat donne à V. la réputation d'une ville de droite. En tout cas, les conversations dans la rue, les magasins, sont claires ; l'immense majorité des habitants souhaite garder l'Algérie.

Charles glanait peu à peu ce genre d'informations, et d'autres tout aussi inutiles. Il avait le temps de regarder, de remarquer depuis qu'il n'était plus ni assistant ni garde du corps. Illico renvoyé par Clara après l'épisode du coup de feu.

– Tu n'es pas en cause, Charles chéri. Mais j'ai professionnellement besoin d'autorité naturelle près de moi, tu comprends. Si tu veux m'aider, Charles chéri, va donc fouiller dans les archives et rapporte-moi autant d'histoires que tu pourras, celle qui plaisent à ma clientèle, croustillantes et *véritables*, n'invente rien, je te fais confiance et j'ai raison, n'est-ce pas, Charles chéri.

Charles retrouva ses habitudes de voyeur, replongea dans l'érudition. Avec frénésie, mais sans illusion. Comme on se plonge dans un journal pour éviter un importun, sachant qu'il vous a déjà remarqué et qu'il s'approche. Il fréquenta les sociétés savantes, les « Amis du vieux V. », le club d'« Urbanisme ésotérique », le club « Curiosités historiques », le club « Histoire et libertinage ». On l'accueillait d'abord froidement. Pour un enfant de cet âge, un tel sujet d'enquête étonnait (« Les mœurs du quartier Saint-Louis »). Mais la rigueur de ses méthodes, l'acharnement de ses recherches, sa modestie, sa gentillesse lui concilièrent vite toutes les faveurs. On lui ouvrit des dossiers secrets, des cartons poussiéreux où tout était, les noms, les lieux, les dates, les prix et les manies. On lui livra la liste des hôtels de passe (la Providence, la Colombe, la Croix de Lorraine, le Puissant Vin, le Cheval Noir, la Clef de Fer, A Sainte-Catherine…), l'adresse des meublés (plusieurs dans chaque rue), le nombre des chambres à la journée (elles pullulaient), le taux des rotations (honteusement élevé disait un rapport du vicaire général).

Il sut qu'après Louison Morphy au 4 de la rue Saint-Médéric, avaient habité sa sœur Brigitte, car le roi, dit d'Argenson, aimait aller de sœurs en sœurs, puis une demoiselle Robert, une demoiselle Fouquet, une demoiselle Hénaut. Il apprit que la maison de loisirs tenue par la Pompadour s'appelait l'Ermitage. Et qu'au 78, aussi, le roi avait ses habitudes…

On murmurait autour de lui que, parti comme il l'était, si son application ne faiblissait pas, il parviendrait au chef-d'œuvre absolu : un calendrier des débauches du siècle de Louis XV, heure par heure, maison par maison et seigneur par seigneur. On le surnommait Saint-Simon bis ou Saint-Simon leste. On s'apprêtait à lui octroyer des crédits pour financer l'usage d'un ordinateur…

La vie passait. Biographie morne de métronome. 8 h 30 : lever de Charles, ablutions. 9 heures-midi : mise à jour, recoupements, rédactions. Puis déjeuner familial, nouvelles du gaullisme, discrètes évocations de l'ingénieur absent (« en Amérique latine, l'été commence aujourd'hui 22 décembre » ou « avez-vous vu, les enfants, ce projet d'abandonner Rio et de créer une capitale au plein cœur du Brésil ? »). 2 heures-6 heures : bibliothèque municipale, place n° 23, près de la fenêtre, flânerie dans les polissonneries historiques. Le soir, au café touareg de l'Étoile d'Or (coin des rues E.-Charton et d'Anjou), Charles classait ses fiches, établissait le programme d'enquêtes du lendemain.

C'est là qu'il rencontra M. Goldfaden. Orfèvre sans épouse, sans mère ni père, ni frère ni sœur (disparus en Allemagne), ni fils (partis pour Israël) ni clients (« c'étaient pour la plupart des relations de ma famille »).

– J'ai pris l'habitude de finir chaque journée devant un pernod léger, expliqua-t-il à Charles. Et comme vous, jeune homme, si j'ai bien deviné, je ne chéris rien tant que le calme.

Progressivement ils échangèrent de plus en plus de phrases.

Au bout d'un mois on pouvait dire qu'il s'agissait d'une véritable conversation. M. Goldfaden racontait des histoires de quiétude. L'aventure de Zemyock, par exemple. Dans tous les villages alentour, les Polonais pogromaient. À Zemyock, rien, pas le moindre crachat, cent années de morts naturelles pour les rabbins. Et après les cent années ? Oh les Polonais se souvinrent qu'il existait un village du nom de Zemyock, de l'autre côté des sapins, où les habitants avaient le nez pointu et taillaient d'arrache-pied le cristal. Et alors, Zemyock fut rasé mais vous vous rendez compte, jeune homme, deux fois cinquante années de morts naturelles !

En comparaison, l'existence de Louis XV manquait d'intérêt. Charles se sentait honteux, déroulait ses récits à contrecœur. Pourtant continuez, continuez, disait M. Goldfaden, il avait l'air de beaucoup s'amuser. Pour la Saint-Sylvestre, Charles lui prêta le Cahier des Premières Phrases, sa bibliothèque portative. Quelques jours plus tard, M. Goldfaden avoua sa préférence pour Barrès :

*« Le jeune homme et la toute jeune femme dont l'heureuse parure et les charmes embaument cette aurore fleurie, la main dans la main s'acheminent et le soleil les conduit. »*

Vers cette époque, le quartier Saint-Louis de Versailles cessa de ressembler au Zemyock du temps de l'accalmie.

La violence se glissait sous les portes, à travers les serrures, entre les moellons, les pierres de taille, apportée par le vent, diluée dans la pluie d'orage, attisée par la chaleur ou aiguisée par le froid, réveillée par les fureurs à l'œuvre de l'autre côté de la Méditerranée. L'imbécile était distrait de son travail de recherche ou réveillé la nuit par des cavalcades, des séquences pugilistiques à dix contre un dans les coins sombres. Le 11 novembre 1958, des jeunes gens s'invitèrent au café de l'Étoile d'Or, conseillèrent retourne chez toi aux consommateurs de thé à la menthe, saccagèrent tout, renversèrent les tables, piétinèrent les fiches du « Calendrier des Débauches ». Il fallut presque un mois à l'imbécile pour s'y retrouver à nouveau dans les locataires du 4 rue Saint-Médéric.

– Était-ce un pogrom ? demanda Charles.

– Oh non, mon jeune ami, une journée particulièrement douce en Pologne, tout au plus.

Le 8 mai 1959, une troupe d'apprentis saint-cyriens, juste revenue du défilé de la Victoire, encercla la gare routière, avança en bon ordre. Et frappa. Quelques froussards parvinrent à s'enfuir vers les ruelles du quartier.

Au beau milieu du bal, le 14 juillet suivant, un hurlement rompit le charme de la java bleue, un long cri de femme. La porte du 7 rue du Marché-Neuf s'ouvrit. Deux, peut-être trois légionnaires s'enfuirent. On applaudit vive la légion. Quelqu'un cria l'hypocrite était voilée. La java reprit dans les rires. L'imbécile apprenait à danser. De semblables interruptions éprouvent les nerfs d'un débutant.

Plus tard, en automne, une colonne militaire en route pour le camp de Satory eut la bonne idée de vérifier au passage si l'ordre régnait. « On nous a signalé des meneurs fellouzes. » Des sous-officiers (pris de boisson, dira l'enquête ultérieure) descendirent des Jeeps et distribuèrent quelques gifles aux passants basanés, histoire de savoir s'il s'agissait de subalternes ou de meneurs.

La vérification fut négative, et la colonne repartit, sans autres brutalités.

Chaque fois, Charles s'enquérait. Pogrom ? M. Goldfaden secouait la tête : désolé, Charles, pas encore, mais ne perds pas espoir, nous sommes sur la bonne voie.

Au cours de l'hiver, un événement littéraire interrompit, le temps de quelques semaines, les rendez-vous à l'Étoile d'Or. André Schwarz-Bart reçut le Goncourt. Immédiatement M. Goldfaden, du fait de son air pâle, de sa solitude et de sa barbe noire fut reconnu « Juste » par une foule de journalistes bien informés des généalogies mystiques. « Nous avons retrouvé le successeur du Dernier des Justes » titrèrent *Match* et *Toutes les nouvelles* (journal local). Mais l'orfèvre fuyait tant les flashes et les bruits qu'on changea de Juste. D'ailleurs le barrage de Malpasset, une nuit, soupira, lâcha prise : 400 morts le 2 décembre. Les rédactions quittèrent à l'instant l'ancien pour le nouveau scoop. Le 3 décembre M. Goldfaden finit sa journée, comme avant le Goncourt, calmement, devant un verre de fenouil fortement arrosé d'eau.

Je ne voudrais pas donner une image de moi trop noble, jeune homme seulement préoccupé de querelles vastes et généreuses, scrutant dans l'inconscient français les braises rougissantes, les nouvelles métamorphoses de l'Éternel Raciste. À dire vrai, ma douleur principale était de taille moyenne, un mètre soixante environ, cheveux blonds, teint pâle sauf les pommettes souvent écarlates, démarche assurée, prénom international : Clara. Presque chaque jour, je la voyais passer devant l'Étoile d'Or, au bras d'une autorité naturelle (généralement quelque brun longiligne) guidant au pas de charge un bataillon d'alléchés. Chaque samedi soir, je la voyais enlacer des ombres, derrière l'une ou l'autre des fenêtres de la ville, s'alanguir en cadence sur fond d'*Only you, Sag warum*. Chaque dimanche tôt dans la nuit, je la voyais défaillir contre des porches, dans des voitures Dauphine, Aronde voire Facel Vega. Et M. Goldfaden suivait en expert le parcours de toutes ces flèches qui se fichaient çà et là dans Charles, puis s'enfonçaient ; s'enfonçaient lentement.

— Vous ne croyiez pas avoir assez de peau pour être piqué si longtemps, n'est-ce pas ? J'ai connu également cette sensation. Vous verrez, nous avons toujours assez de corps pour la souffrance hi, hi, hi, disait M. Goldfaden. Mais si je peux me permettre un conseil, mon jeune, jeune ami, votre existence est trop simple, la vie s'y engouffre, vous êtes là, sur la plage, les bras ouverts, à tout prendre de plein fouet, il vous faut des chicanes, des secrets, il faut vous compliquer, mon jeune, jeune ami, vous compliquer vous-même. Plus une existence est compliquée, plus la vie s'y perd, hi, hi, hi.

C'est ainsi, tant par désespoir amoureux que par stratégie biographique que je rentrai dans l'activisme.

Je surveillai ma conversation, distillai quelques remarques appropriées et un soir en me servant un pernod :

— Que pensez-vous, monsieur Charles, du droit des peuples à disposer d'eux-mêmes ? me demanda le patron de l'Étoile d'Or avec sa préciosité habituelle.

Je répondis comme il fallait.

— Alors je vous préviendrai de notre prochaine réunion.

Un jour de 1954 ou 1955, entre les deux mois habituels de vacances en Bretagne, descendu vers la Méditerranée, sans doute garçon d'honneur de quelque mariage familial. Après le lunch, on courut vers la mer.

C'était, près de Juan, une plage quadrillée de matelas et de tables basses, plutôt minable mais qui, le soir venu, une fois assoupies les odeurs de fritures et de crèmes à bronzer, sitôt les pédalos revenus à leurs chaînes, sentait la pierre chaude et le romarin, le soleil dans les pins, l'envie de caresses, le goût des brûlures.

Le jour tombait. Sur la terrasse, autour de l'imbécile, tout le monde avait ouvert des journaux : la guerre commençait.

– Où c'est l'Algérie ? demanda-t-il.

On lui montra au loin l'autre côté de la mer.

Et il se dit que l'Algérie devait sentir plus encore le soleil, avec des bleus plus francs et des bougainvillées plus roses.

Moins un pays qu'une cinquième saison, plus chaude que l'été.

# Pampa III

À cette époque, arrivèrent rue d'Anjou d'abord un message téléphoné puis un télégramme en bonne et due forme bleue, puis une lettre postée de Familie (Côtes-du-Nord, ses rochers roses, son microclimat) libellés tous ainsi : « Pardon de vous déranger stop Bénédicte stop mais en dépit divorce peut-être intéressée stop Madeleine disparue. »

Bénédicte tergiversa. D'un côté, elle voulait rester fidèle à l'article 1 de toute vie nouvelle : rompre les ponts, et d'abord ceux qui mènent à d'anciennes belles-familles. Mais d'un autre point de vue, Madeleine était une femme et l'article 1 bis, voire un ex aequo, du renouveau bénédictin mettait l'accent sur la nécessaire solidarité féminine. Voilà pourquoi, un beau matin, emmitouflé dans son duffle-coat, étouffé par d'innombrables conseils de prudence, n'accepte ni caramel ni cigarette, voyage la main serrée sur la sonnette d'alarme, Charles Arnim partit à la recherche de sa grand-mère. Sans hésiter il prit le train de 9 h 07, Versailles Rive Droite, changea gare Saint-Lazare, le temps d'acheter *France-Observateur*, bondit dans l'express de 10 h 10, traversa Rouen, sa vallée grise, ses cent églises et parvint au Havre pour l'apéritif. Rapide verre de fenouil place de l'Hôtel-de-Ville. Et le cerveau doucement irrigué d'anis, il descendit l'avenue Foch jusqu'à la pointe ouestissime de la digue nord. Comme prévu, Madeleine Arnim, née Varenne, se trouvait là.

– Bonjour Charles, lui dit-elle, Le Havre est devenu merveilleux, je te raconterai. Mais pour l'instant, si nous allions déjeuner ?

Elle avait ses habitudes au Petit Vatel, rue Brindeau, on l'y appelait par son nom, on lui gardait sa serviette cerclée d'un rond de buis, à l'ancienne. Charles y plut. Après les rougets papillotes, elle choisit de l'île flottante, comme autrefois, posa les deux coudes sur la table, le menton dans ses paumes et donna des nouvelles de la Seine-Inférieure : une fois pansées les plaies des plages, relevés les beffrois, rebâties les villes, les architectes et les bétonnières laissèrent la place aux touristes, mais tu vas voir, Charles, des touristes passionnants, si l'on excepte, bien sûr, les amoureux, par chance Honfleur les hypnotise, ils restent sur l'autre rive (la gauche), si l'on écarte les familles qui viennent chercher un proche au quai des transatlantiques, tu te souviens, Charles, de ton grand-père, si l'on accepte les pétroliers comme un mal nécessaire, d'ailleurs, ils ne s'amusent qu'entre eux, ou presque, et quelques torchères, la nuit, égaient, non je parle d'une autre race, les éditeurs, Charles, tu verras la bonne éducation qu'ils ont. Tiens, par exemple, l'autre matin, ciel couvert, mon lavabo fuyait…

À la dérobée, Charles regarda sa montre.

– Oh ! ne t'inquiète pas, Charles, ici l'on enchaîne, après le déjeuner, le thé, ils ont l'habitude des retrouvailles, nous avons tout notre temps. Où en étais-je ? Oui, moi qui rêvais de me changer en Russe blanche, oh comme je suis heureuse, Le Havre ressemble à Coblenz (1792), à Berlin (après 1917), à New York

(1940), tu vas très vite t'en rendre compte, ici les réfugiés pullulent…

Charles embrassa Madeleine (dans l'intervalle, la journée avait passé, et du dîner, moules marinières, génoise au kirsch, il ne restait plus rien). Il se trouva une chambre non loin, à l'Yport, cours de la République, et s'endormit intrigué : quel est donc ce pays que l'on quitte pour venir loger au Havre ?

La réponse lui vint, peu à peu, le lendemain, lorsqu'il fut présenté.

– Voici mon petit-fils, dit Madeleine.

Les éditeurs hochèrent la tête :

– Aime-t-il le nouveau roman ?

– Oh non !

– Et l'Amérique latine ?

– Oh oui !

– Alors qu'il soit le bienvenu. Enfin un jeune homme sans modernité.

Et les éditeurs regardèrent Charles, levèrent leurs verres, sourirent et continuèrent leur whist. De temps en temps, les serveurs de l'Astoria renouvelaient les Vat ou les Walker, selon les goûts.

– Atout ?

– Pique.

– À quelle date le prochain bateau ?

– Demain.

– D'où ?

– Buenos Aires.

– Alors pas la peine de se déranger, Gallimard raflera tout.

– Comme d'habitude.

– Contrats ?

– Cinq levées pour moi.

– Ah. Pour moi, une.

257

Madeleine se pencha vers Charles et lui murmura :
tu comprends, les Argentins, sitôt le pied posé sur terre,
ils hèlent un taxi, à la henné, herré, heffé, por favor,
como señor, vous ne connaissez pas entoncès, cinco
calle Sebastiano Bottin, toujours Gallimard, impossible
de les faire signer ailleurs.

– Et le bateau d'après ?

– Carthagène.

– Alors nous avons peut-être une chance.

– D'une manière générale, les Colombiens se foutent
de Caillois.

– Ça ne durera pas.

– Atout, cette fois ?

– Sans.

– Quand je pense à l'époque où nous habitions le
cœur de Paris…

– Quel métier, l'édition d'aujourd'hui, camper
au Havre…

Suivit une longue, longue plainte à plusieurs voix,
une infinie séquence nostalgique où les éditeurs émigrés se rappelèrent les heures de gloire, lorsque la
France produisait elle-même des romans, lorsque Martin
du Gard lisait à Pontigny *les Thibault*, lorsque Gide
demandait rougissant ai-je truffé d'assez de suspense
mes faux-monnayeurs, quand on ne mendiait pas encore
des histoires à la descente des paquebots, c'est le
silence qui nous a chassés, oui le silence, et Lévi-
Strauss, oui le silence Lévi-Strauss et Roland Barthes…
Certains émigrés commencèrent à fredonner du Frehel,
du Mistinguett, des refrains de l'âge d'or, d'autres
s'étaient effondrés, pleuraient ou ronflaient déjà, le
Vat coulait toujours, Madeleine et Charles quittèrent la
salle sur la pointe des pieds, songeant mon Dieu, mon
Dieu, comme ils ont l'âme russe, nos amis.

Trois jours après, Charles et Madeleine assistèrent à l'arrivée du bateau de Carthagène. Les éditeurs s'étaient mêlés aux familles, ils s'agitaient, gesticulaient, sautaient pour voir au-dessus de la foule, bondissaient, se grattaient le crâne, se frottaient les paupières, se rongeaient les ongles, tels des paparazzi via Veneto quand passe la Loren, et criaient crois-tu que cette fois il y aura des écrivains, que vaut la littérature colombienne, attention voilà les passagers, guette bien le douanier de gauche, je lui ai donné la pièce, et le gabelou épluchait les passeports et de temps en temps il clignait fort de l'œil, il montrait quelque moustachu du doigt, attention, celui-là sa profession n'est pas claire, diplomate, thésard, stagiaire au musée de l'Homme, il pourrait s'agir d'un auteur déguisé, alors les éditeurs se précipitaient vers le Nobel incognito, stylos décapuchonnés, contrats prérédigés.

— Bienvenue sur la terre de Stendhal !

— Buenos dias, señores.

— Voilà, vous signez ici, pour une mansarde rue du Four, en échange d'un roman dans deux ans.

— Ne l'écoutez pas, je vous offre en plus le petit déjeuner aux Deux Magots tous les matins.

— Et moi, la mansarde, le petit déjeuner et je vous présente Sartre.

— Pero, señores, Gallimard ?

— Gallimard est fini, Gallimard ne connaît personne à la télé, télévision, je vous aurai Desgraupes et Dumayet.

— Muchisimas gracias, señores, pero no soy escritor,

soy medico, et les éditeurs se ruaient vers d'autres jeunes hommes à l'air sombre, au regard hanté, à la démarche hésitante, comme sortis d'un monde lointain, féroce et sensuel, vous avez choisi la calme Europe pour conter les Tropiques, n'est-ce pas, alors que diriez-vous d'une soupente rue Jacob ? Vous me promettez seulement un minimum de quinze personnages, a true saga, you see what I mean ? hélas oui à qui le dites-vous, trois fois, mille fois hélas, honte aux vieux royaumes, la France est devenue stérile, notre sous-sol ne contient plus d'histoires…

Le soir, dans les milieux d'émigration, on sabla le Mumm, la récolte était bonne : un érudissime Cubain qui naviguait depuis déjà de longues années dans la biographie complexe d'un adolescent nommé Farraluque et macrogénital (je veux dire, señores, doué d'un important dard, ah très bien, aux Caraïbes l'érotisme est l'air du temps, je vois déjà la bande, oh le mauvais goût, garçon reversez-nous du Mumm) et qui grâce aux loisirs de la traversée venait de doubler le cap (juste en pénétrant dans votre bel Havre, señores) des huit cents pages. Et un journaliste, natif d'Aracataca, dont le projet s'apparentait à l'ethnologie : décrire la vie de mon village durant les cent dernières années mais, par souci de discrétion, je préférerais baptiser Aracataca Macondo. Accordé, accordé, répondirent les éditeurs, sur ce point le contrat que vous avez signé cet après-midi sur le port vous laisse libre mais souvenez-vous de l'article XIII vous devez commencer dès demain.

Plus tard, dans la nuit, on appela quelques hôtels

de huitième ordre. Bonsoir, pourriez-vous prier René L. F. Durand, Roger Lescot, Laure Guille-Bataillon, Albert Bensoussan, Claude Couffon, Didier Coste… de venir à l'instant nous rejoindre à l'Astoria. Et, dans les rires, on retéléphona toutes les cinq minutes pour presser le mouvement. Au bout d'une demi-heure, une dizaine de silhouettes, pâles, titubantes poussèrent la porte tambour.

– Pardon de notre retard, nous dormions.

– Pour cette fois, répondirent les éditeurs, nous fermerons les yeux.

Puis, s'adressant aux auteurs tropicaux :

– Messieurs, choisissez, voilà vos traducteurs.

Lesquels durent présenter illico leurs références puis enchaîner épreuve de sémantique, test de syntaxe, essai de ponctuation, dictée musicale… Il était bien 4 heures quand on désigna les deux élus.

– Naturellement, vous nous remettrez vos versions au fur et à mesure.

– Comme d'habitude, monsieur.

Les traducteurs, les lauréats et les éconduits rentrèrent se coucher gais. Quand on n'y est pas accoutumé, les vapeurs du Mumm saoulent. L'air de l'aube puis de l'aurore puis du dilucule les dégrisa : après leur départ pour l'Astoria, les hôtels de huitième ordre s'étaient rendormis, d'un sommeil profond, sourd aux sonnettes.

– Quel dommage, mon Charles, que tu partes si tôt, disait Madeleine à l'imbécile, comme le train de Paris s'ébranlait, quel dommage je t'aurais présenté d'autres émigrés, des amateurs de Révolution, des élèves de l'École normale, Charles, mon Charles, quel dommage, enfin… préviens tout le monde… je suis heureuse… je me sens… bien… dans… la… nos… talgie. À trottiner le long du rapide, Madeleine s'essoufflait. Bientôt Charles n'entendit plus les mots, ne vit plus les lèvres ni le visage ni rien du tout de sa grand-mère. Et, avant de se plonger dans le *Singe en hiver*, il eut le temps de songer : dans l'ensemble, je préfère les vieilles dames.

# Une ville d'eaux
## (suite)

# 4

Ainsi, tous les dimanches, Charles quête.

La patrouille financière du FLN, à laquelle il appartient, (cantons de Versailles-Nord et Sud), comprend trois membres :

1) le percepteur, qui s'assoit, peu après 2 heures, sur un banc précis de la rue des Réservoirs, les yeux tournés vers le Château. Pour d'évidentes raisons de sécurité, il change chaque semaine ;

2) l'homme en armes, un grand Noir, un peu plus loin, en haut de la rue face à la Brasserie du Palais qui propose aux touristes des jokaris, des Pschitt orange, des portraits de Marie-Antoinette ;

3) à son tour Charles, le convoyeur de fonds, doit se faire reconnaître grâce à un code discret : fixer longuement les affiches du théâtre Montansier (direction Marcelle Tassencourt), hocher deux fois la tête, en connaisseur, et tenir à la main droite l'avant-dernier numéro de *Match*.

Tout est en ordre. Le cortège s'ébranle, le percepteur puis le convoyeur (Charles), enfin l'homme en armes, séparés l'un de l'autre par une bonne centaine de mètres.

À cette heure-là du dimanche, la ville est déserte. Ils passent devant les églises refermées, les stores baissés des boutiques, les étals dévalisés des pâtisseries.

L'été, ils entendent le bruit des déjeuners de famille. L'hiver, on ferme sans doute trop les fenêtres, ils marchent dans un silence épais seulement troublé par le pas des promeneurs, tous des immigrés, la plupart touaregs. Les opérations s'en trouvent facilitées. Le percepteur aborde l'imposable. Ils discutent quelques instants, tombent d'accord sur une somme que discrètement, au passage, l'imposé glisse au convoyeur (Charles, choisi pour la blondeur de ses cheveux et le nom de sa mère candidat sénateur, deux raisons qui lui garantissent l'impunité et lui évitent des fouilles). Parfois les passants rechignent, évoquant toutes sortes de mauvais motifs pour ne pas payer : je ne suis pas politisé, j'ai déjà donné, je n'appartiens pas au FLN, je me rangerais plutôt parmi les modérés de la tendance MNA… tentant d'engager d'oiseuses conversations pour retarder l'échéance : franchement, que penses-tu de Messali Hadj ? Te considères-tu comme marxiste (etc.) ? Alors le vendeur de jokaris s'approche, entrouvre, tout sourire, son rasoir décapsuleur et Charles touche son dû, impassible, efficace, se gardant de prendre parti dans ces querelles quasi tribales du tiers monde. Une vague d'agacement l'envahit, légère comme l'ivresse du matin après un verre de bière. Ces camarades ne se rendent pas compte qu'en ce moment ils font l'Histoire. L'Histoire du Monde. La Décolonisation. Ils devraient respecter les lieux, se découvrir, montrer plus de dignité, ne pas crier si fort, 50 siècles les regardent. (Depuis le temps qu'il attendait d'agir… Charles gonfle le torse, savoure le danger, se prend très au sérieux.)

Puis le cortège fiscal quitte les artères nobles, plonge dans la frange immigrée de Versailles. L'envers. Les recoins glauques de la boîte à bonbons… Il faut entrer dans les bars, hôtels au mois minables tout confort eau courante de Porchefontaine et Montreuil. Une foule de Touaregs y ruminent lentement leur dimanche, discutent à voix basse. Attendent leurs bras posés sur la toile cirée des tables. Difficile de se faire verser l'impôt ouvertement. Les policiers français, les indicateurs harkis remarqueraient. Alors le percepteur se mêle aux parties, joue aux dés, aux cartes. On modifie les règles pour qu'il gagne très souvent : pique l'atout, brusquement c'est trèfle : tantôt 5 l'emporte sur 1, tantôt l'inverse. Une fois recueillie la somme, le percepteur se retire aux toilettes, il dépose les fonds sur la chasse. Charles récupère. Le vendeur de Pschitt orange protège. La collecte continue.

Un dimanche sur deux durant l'hiver (la saison du football), le Racing-Club de Versailles reçoit. Vers 3 heures, la patrouille gagne le stade Montbauron, comble. Le percepteur se faufile entre les spectateurs dans les tribunes bon marché (virages) et parie. Sans grand risque mais sans arrêt, tout au long des 90 minutes : il va manquer son coup franc, il va réussir son penalty, l'arbitre va bientôt siffler la fin du match. Et l'argent tombe dans l'anorak de Charles. L'été, la promenade dérive vers les forêts voisines : le bois du Cerf-Volant, le bois des Gonards, les Fausses-Reposes… On y taxe les voyeurs, les rôdeurs, les amateurs de chênes et de putes, tous les promeneurs jugés touaregs.

À la fin de la journée, Charles aime caresser l'anorak gonflé de billets. Il fait un bruit de marche dans des feuilles tombées. On dirait l'automne.

Lorsqu'il retrouve la ville pour rentrer chez lui, tard, la peur lui tient au ventre, l'imbécile se croit suivi par toute la meute de ses ennemis : les érudits qu'il abandonne, les Arabes opposés au FLN, les paras, ceux qui le pensent toujours en possession du magot, il entend des pas derrière lui, il voit des hommes menaçants cachés par les arbres, guettant sous les cochères, il sent leur souffle dans son dos. Il a beau se rappeler ses récentes lectures psychanalytiques, se répéter, allons, allons, Charles, il ne s'agit que d'un simple désir de sodomie (refoulé). Il court. M. Goldfaden a raison. L'héroïsme révolutionnaire et la frayeur bâillonnent pour un temps la douleur amoureuse.

# 5

Bénédicte s'impatientait.

Au bout d'un certain temps, militer lasse. Surtout en Seine-et-Oise, où les préaux d'école sont tristes, les distances longues d'une réunion à l'autre, les murs souvent historiques, impropres aux collages d'affiches, aux gribouillages de slogans et les discours, ces années-là, délicats à tenir, voire funambulesques : entre l'autodétermination (thèse officielle du gaullisme) et l'Algérie française (souhait de l'électorat local), le Général piétinait. Aussi Bénédicte fut-elle ravie d'apprendre l'aide qu'offrait Charles au FLN. Dans son orgueil de mère, elle pensait qu'un tel apport serait décisif. Chaque dimanche, elle attendait le quêteur derrière la porte, le cœur battant :

– Charles chéri, as-tu suivi mes consignes, t'es-tu montré prudent, as-tu relevé le col de ton imperméable, as-tu porté penchée ta casquette, chaussé tes lunettes noires ? Bon. Alors, quelle fut la recette ? Trois mille nouveaux francs. Eh bien dis donc, le Front devient de plus en plus fort. Décidément, les négociations secrètes vont devoir s'accélérer. L'idéal serait maintenant une erreur des Pieds-Noirs. Qu'en penses-tu, ma Clara, toi qui connais la droite, tu ne pourrais pas leur conseiller un début de putsch ?

– Je fais mon possible maman, mais c'est dur. On accepte peu les femmes en politique, comme tu sais. Je ne désespère pas, j'ai plusieurs pistes qui m'aiment bien…

Les survivants de l'ex-famille Arnim dînaient de bon appétit. Personne n'évoquait l'Amérique latine. Charles oubliait sa jalousie, demandait à Clara tu me raconteras l'extrême droite. Je te le promets. Bénédicte s'endormait vite (la fierté berce) rêvait du général de Gaulle recevant à l'Élysée Charles et Clara : « En ces deux enfants, disait-il, j'accueille les deux morceaux de la France une fois de plus réconciliés par moi, et vous, madame, je vous élis sénateur, chargé des problèmes de la naissance. »

# 6

Des manigances mondaines de Clara, jamais Charles ne connut le détail ni la manière. Mais les résultats en furent éclatants. Elle poussa sans peine toutes les portes : on l'invitait partout.

Par exemple, le vendredi, Clara se rendait chez le bâtonnier D., boulevard de la Reine. On y passait des petits fours. On y discutait de l'Occident chrétien. On y rencontrait les derniers arrivés d'Oran ou d'Alger, porteurs d'informations fraîches, l'accord Salan-Lagaillarde, la naissance de l'OAS. C'est là qu'elle vécut le putsch, investie d'une mission de confiance : le réglage des cinq postes de télévision disposés un peu partout dans l'appartement. Le Premier ministre parla vers 13 h 20. « Le gouvernement est décidé à faire respecter la volonté de la nation… » L'image était claire. On félicita l'opératrice. Puis un prêtre vint dire une messe pour l'Algérie, sur un autel de campagne. Le téléphone sonnait sans arrêt. Une femme répondait à voix basse, souriait, reposait l'appreil. Pardonnez-moi mon Père. Je vous en prie. Alors elle donnait la nouvelle. Le deuxième régiment de hussards d'Orléans se rallie… La police parisienne ne tirera jamais sur les parachutistes. Et les chars des gardes mobiles de Story seront armés à blanc. Les fidèles applaudissaient. La

messe reprenait. Chaotique. Elle dura jusqu'au soir.
On put joindre Alger, vers 19 heures. La rue Miche-
let était calme. Le dîner fut frugal. Après le café, les
hommes jeunes embrassèrent les femmes, coiffèrent des
bérets, rouges, verts, noirs, dégringolèrent l'escalier et
s'engouffrèrent dans des DS.

– Je veux partir avec vous, dit Clara.
– Tu es trop jeune. Rentre chez toi.
– Je ne peux plus, ma mère est gaulliste.

L'argument fit frissonner.

– Allez d'accord, viens.

Ils rangèrent les DS çà et là dans Rambouillet, le
long des résidences secondaires, entre les magasins
d'antiquités. Cachèrent les fusils de chasse sous leurs
imperméables. Et l'air détaché, chantonnant du Piaf,
je ne regrette rien, mon beau légionnaire, quittèrent la
ville, entrèrent dans la forêt.

– Aimerai-je ce coup d'État ? se demandait Clara.

Le cœur lui battait, comme d'un collectionneur de
papillons qui approche du rarissime *argema moenas*.
Le conservatisme compassé de V. était loin derrière.
Enfin elle allait connaître les vrais rituels de la droite.
D'après les récits enthousiastes de Charles, elle imaginait plus qu'un putsch, une grandissime croisade,
saint Bernard prêchant la guerre sainte, une foule de
veuves en prière à genoux dans les feuilles, aux arbres
des portraits géants de Bonald, Maistre, Maurras, des
régiments d'élite psalmodiant du grégorien, des poèmes
impromptus de Montherlant, « Algérie et Chrétienté »,
« Vézelay ou La Mecque » etc. Bref, Clara tenait son
carnet ouvert, prête à l'épopée, pour tout raconter à
son frère et se faire ainsi pardonner ses incartades.

La déception fut terrible.

La droite n'était pas venue nombreuse. De rares

ombres entouraient les transistors, passaient de Luxembourg à Europe (« Le gouvernement a la situation bien en main ») (« La métropole est calme ») éteignaient rageusement les postes. Qu'on rallumait l'instant d'après. Des chefs passaient de temps en temps « moins fort, les gars, moins fort ». On leur demandait « Vous avez des nouvelles d'Algérie ? L'armée bouge ? » Ils ne répondaient pas. Vers 2 heures du matin, les transistors furent cassés à coups de talon. Alors les conversations abordèrent des thèmes qui ennuyèrent Clara : la virilité, le parachutisme, la gluanteur (*sic*) du con des fatmas, les choix stratégiques (faut-il monter sur Paris à pied, soixante kilomètres, se mêler aux embouteillages du W.E. ou réquisitionner un train). Elle se porta volontaire pour faire le compte des troupes. Le total atteignit 853. Sans garantie. Dans la nuit il est facile de revenir inconsciemment sur ses pas et de compter pour deux un seul puschiste allongé.

Le jour se levait doucement, d'abord à l'horizontale, entre les troncs des chênes. Puis, à travers les feuilles, le ciel s'éclaircit. Le froid devint plus vif. Beaucoup de conjurés éternuèrent. « Retenez-vous, bon Dieu », disaient les chefs. Une voix de haut-parleur éclata soudain, assourdissante, irréelle :

« Le putsch est fini. Vous avez dix minutes pour rentrer chez vous. Passé ce délai, nous tirons. »

On voyait au loin, vers la route, une ligne d'uniformes bleus.

« Le putsch est fini… »

Et de l'autre côté, sur la droite et sur la gauche, la même ligne bleue, pour l'instant immobile.

Les conjurés se regardèrent, blêmes : les mâchoires serrées, tremblantes, et sans qu'aucun ordre ait été donné, ramassèrent leurs fusils et marchèrent vers les uniformes. On n'entendait que les pas dans les feuilles, et la frénésie des oiseaux comme chaque jour à l'aube. Les gendarmes mobiles s'écartèrent pour les laisser passer.


Bénédicte félicita chaudement Clara :

– Cette fois, l'affaire algérienne est entendue.

Et pour fêter l'armistice imminent, les rescapés de feue la famille Arnim appelèrent un taxi : s'il vous plaît, chez Maître Claude, le Maxim's autochtone, rue du Maréchal-de-Lattre. Ils hésitèrent entre les œufs meurette et la viande séchée des Grisons, choisirent pour commencer du meursault blanc et pour suivre le même en rouge. Bénédicte leva son verre, à mes deux merveilles d'enfants, puis se lança dans les confidences, de plus en plus joyeuse à mesure qu'elle s'éméchait. Voilà : j'ai décidé d'entrer en médecine et depuis votre père j'ai eu quatre amants, un docteur, un homme marié, un porte-parole de la présidence et Félix, vous voulez connaître Félix ? Bénédicte se dirigea vers le téléphone. Charles et Clara se regardaient, lèvres et paupières bées. La véritable vie d'une mère est une bouchée plus dure à avaler que l'infidélité d'une femme aimée. Bénédicte revint. Il est ravi de vous rencontrer, où en étais-je, ah oui, l'Histoire de France perd ces jours-ci de l'altitude. Privé d'Empire, le Général va se trouver contraint de porter les yeux vers son désormais petit pays. Tiens, des femmes, dira-t-il. Et que veulent-elles ? La pilule, mon Général. Qu'on la leur donne ! Mais sans éducation sexuelle, qu'est la contraception ? Tels les instituteurs de Jules-Ferry…

Félix arriva pour le café.

La trentaine aimable, quasi chauve, presque ironique, doux ou lâche (impossible de trancher pour l'instant), occupé par l'enseignement de l'économie mais rêvant d'écrire (un jour). Inexplicablement, Clara ne chercha pas à le séduire. Charles en souffrit : est-elle donc à ce point rassasiée ? Félix et lui discutèrent de premières phrases. L'amant de Bénédicte défendait Gide : « *L'an 1890, sous le pontificat de Léon XIII, la renommée du docteur X., spécialiste pour maladies d'origine rhumatismale, appela à Rome Anthime Armand-Dubois, franc-maçon.* » Les deux femmes manifestèrent quelque impatience. On réclama l'addition. Dehors, les badauds fixaient le ciel.

– Que se passe-t-il ?

– Les paras, peut-être.

Félix avait une 203. On promit de passer un prochain dimanche tous ensemble. Puisque, maintenant, les deux vies de notre mère communiquent… La semaine suivante survint le terme.

– Nous n'avons plus un franc, dit Bénédicte.

– Je vais travailler, répondit Charles.

# 7

## *Un modèle médical*

Que faire ? Charles dressa le bilan de ses compétences. À part les manigances de la IVe et les résultats détaillés du tour de France depuis 1946, il ne savait qu'une chose, ne possédait vraiment qu'une seule habileté : tomber malade. Mais existe-t-il un moyen d'être rémunéré pour ses maladies ? Il dragua d'abord dans Saint-Germain, aux alentours de la faculté de médecine, choisissant les vieux jeunes gens, les étudiants avancés.

— Pardon, monsieur, je peux vous fournir une affection entièrement nouvelle, pour votre thèse…

— Monsieur, je vous prie de m'excuser, mais si vous avez besoin d'écrire un article médical, je puis vous servir de modèle…

La plupart des passants ne ralentissaient même pas l'allure, les autres demandaient : combien ? Chez toi, joli voyou, ou bien à l'hôtel ?

Charles changea de tactique, il se rendit dans les hôpitaux, hanta les consultations. C'est là qu'il rencontra Mathilde, Marina, Marylou, Magdeleine… visiteuses médicales.

— Pour quel laboratoire travailles-tu ?

— Je suis indépendant, répondit Charles.

— Ah.

Elles lui apprirent des recettes de salle d'attente, des patiences pour tuer le temps. Surtout Marina. Une ancienne de la profession, qui avait des adresses, cagibis, cuisines, ascenseurs condamnés, lingeries désertes dans chaque établissement, voire des chambres à la journée voisines de l'entrée des urgences. Avec elle, on pouvait quitter les sièges de plastique tressé jaune, s'épanouir (c'était son terme) et revenir s'asseoir feuilleter *Jours de France* en moins de minutes qu'il n'en faut pour lire (hâtivement) un électrocardiogramme. Non qu'elle manquât de générosité, d'ailleurs, elle se donnait très loin mais se revêtait plus vite encore.

Enfin, les yeux d'un interne brillèrent :

– Il me faut justement une thèse-coup de théâtre. Je suis ambitieux, voyez-vous. Et ma femme Françoise attend un bébé. Me garantissez-vous le caractère totalement inédit de votre maladie ?

Charles acquiesça.

– Pouvez-vous opter, grosso modo, pour un domaine ? Moi, par exemple, je m'occupe des poumons.

Charles, derechef :

– Parfait. À propos, mes honoraires s'élèvent à deux mille nouveaux francs.

– J'emprunterai. Une chaire vaut bien des dettes ! Quand comptez-vous commencer l'incubation ?

– À l'instant.

– Donnez-moi jusqu'à demain, le temps d'annuler quelques engagements, d'acheter un carnet, un Bic, un Kodak, un flash et des ampoules. Vous n'aurez qu'à vous installer chez moi, je suivrai vos progrès plus à mon aise. Vous souhaitez un acompte ? Je m'appelle Michel.

Coup d'essai, coup de maître. Cette première tentative dépassa les espérances : l'imbécile tomba fol amoureux de Françoise dont l'époux obtint par acclamation le titre de médecin et dans la foulée le clinicat. Sa thèse *Des communications entre les fonctions pulmonaires et rénales, description d'une mycose interne généralisée* bouleversa nombre d'idées reçues. Les manuels la citent encore aujourd'hui lorsqu'ils veulent mettre en garde les étudiants contre un scientisme exagéré : jeunes gens attention nous venons de vous présenter les pathologies « normales » mais si vous souhaitez un tableau plus véritable des facéties de la nature, consultez la recherche du docteur Michel S. (Hermann éditeur)…

Bref, Charles refusa bientôt des clients et tripla ses tarifs. Il mima successivement :

– Un infarctus pubertaire (octobre 1961) ;

– un saturnisme aigu avec liséré de Burtón[1] (décembre 1961) ;

– un syndrome de Banti[2] prolongé d'un double gigantisme organique : splénomégalie, hépato-mégalie. À propos de cette affection, on employa le terme qui plus tard devait faire florès « aqua cirrhose » (février 1962) ;

– un Guillain-Barré[3], doublé d'une allergie de type cheilite[4] au poumon d'acier (mars 1962).

Comme on le remarque, l'imbécile ne choisissait que des maladies à noms d'hommes (Banti, Barré, Burtón, Guillain). Un tel stratagème lui rendait le travail plus

1. Intoxication au plomb.
2. Atteinte du système nerveux portal.
3. Polyradiculonévrite.
4. Inflammation des lèvres.

facile. Il avait ainsi l'impression de s'être lancé dans le théâtre et d'enchaîner les rôles.

Très vite, les sommités, les mandarins se doutèrent de quelque chose. Leurs élèves écrivaient de trop belles thèses. Les affections décrites étaient trop baroques, trop soigneuses. Les mandarins, les sommités enquêtèrent, reniflèrent. Et découvrirent le pot aux roses.

Un jour, comme Charles sommeillait dans le studio de son nouveau client, Alice U., externe des hôpitaux de Paris, on frappa à la porte.

– Oh, monsieur le professeur, dit Alice.

Il s'agissait d'un assez long vieillard aux yeux doux. Il examina Charles en hochant plusieurs fois la tête, remarquable, remarquable, répétait-il. L'imbécile, cette fois, avait choisi une maladie de peau : son mollet, d'abord parsemé d'abcès, s'était bientôt creusé et rempli d'eau ; non l'habituelle eau croupie des blessures mais une liqueur presque pure, on y voyait, au fond, la clarté des os.

– Alors nous sommes d'accord, mademoiselle, dit le professeur, je vous signe votre certificat de thèse et vous me cédez monsieur Arnim ?

– Oh merci, monsieur le professeur, balbutia l'externe Alice.

C'est ainsi que l'imbécile emménagea rue de l'Université. Un appartement riche de lustres, cuivres, tapisseries grand siècle et marines flamandes. Tous les matins et toutes les nuits, la sommité venait s'asseoir de longs moments près du lit.

– Courage, mon petit Charles, le procès d'homologation se prépare. Je crois que votre maladie va nous rendre très célèbres tous les deux. Je suis heureux.

– La médecine est donc bien routinière ?

– Si tu savais… Cinquante années de pédiatrie, enfin un mal nouveau.

La première partie du procès, l'*Originalitas*, ne fut qu'une formalité. Quatre infirmiers malgaches vinrent chercher Charles rue de l'Université pour le porter, à deux pas, rue des Saints-Pères, siège de la Faculté, sur la scène du Grand Amphithéâtre. Ils avançaient lentement, les yeux fixés sur un niveau d'eau incrusté dans la civière. Tu te rends compte, se disaient-ils, en dialecte betsileo, ce malade-là, si nous ne le gardons pas droit, il paraît qu'il s'écoule. Ils l'installèrent sur une causeuse (velours noir et cadre de bois blond), approchèrent le projecteur, dressèrent l'écran et s'évanouirent. Alors arrivèrent les jurés, sept toges rouges à manchons d'hermine (rumeurs diverses au poulailler), suivis du greffe, trois femmes et un homme, la téléphoniste, enfin le client de Charles, la sommité Robert D.

Le président du jury lut la longue requête en homologation « ... voilà pourquoi nous estimons nécessaire d'inscrire une telle maladie au registre des nouveautés ». À ce moment, l'ampoule du projecteur s'alluma et la jambe de Charles, agrandie sept fois, apparut sur l'écran, la foule applaudit.

Alors les jurés ouvrirent leurs registres, leurs collections de diapositives et commencèrent à comparer. Ils avaient sorti des loupes, ils épluchaient les pages, ils levaient sans cesse les yeux vers le mollet lumineux de Charles. La foule retenait son souffle. La sommité rongeait ses ongles. Et le tribunal, l'air désolé, tournait la tête, de gauche à droite et vice versa, non, décidément, il n'existait pas de maladies semblables en Europe. Vers 16 heures, on pria la standardiste d'appeler les Amériques, l'Asie, le Collège dermatologique de Dakar, les archives de l'OMS et même, à Vienne, le secrétariat de Simon Wiesenthal. On n'entendait que les questions mais à la mine des jurés (jalouse), on devinait les réponses (négatives).

Et le jury quitta la salle, pour y revenir dix minutes après. À toutes les interrogations : originalité du mal ? étrangeté de la plaie ? modernité des symptômes ?… il fut répondu oui.

La sommité courut embrasser Charles.

Le président signa le registre. Votre maladie est inscrite sous le numéro 2027. Que de progrès depuis le rhume (n° 1) et même l'appendicite (n° 158). Il faudra que vous songiez à la baptiser, cher collègue.

La *Realitas*, second acte du procès, dura la fin de mai et juin. Charles se demandait s'il pourrait tenir longtemps son mollet en l'état. Il s'ennuyait tant durant les séances qu'il laissait voguer son imagination. À ce jeu des rêveries et des concupiscences, le corps change de chaleur et d'hygrométrie. Charles se sentait doucement glisser hors de l'affection numéro 2027. Il avait beau résister, l'envie d'autres aventures physiologiques voire amoureuses lui envahissait peu à peu le cerveau et le cœur. Courage, courage, répétait la sommité, nous approchons du but, nos adversaires perdent pied. Mais l'imbécile n'y croyait plus. On frôla une mutinerie.

Il faut dire que les débats avaient quitté cette terre et déroulaient leurs absconses arabesques dans les contrées les plus lointaines de l'abstraction. L'objet de la *Realitas*, comme il convient sans doute de le rappeler à tous ceux qui jamais n'ont assisté à un procès d'homologation, l'enjeu, donc, de ces disputes est de classer les maux nouveaux en deux catégories, l'une fort considérée : les maladies *réelles* ; et l'autre tout à fait moquée, décriée, méprisée : les maladies *imaginaires* ou *psychosomatiques*. Pour un vrai médecin, il n'est pas de pire peine que d'entendre qualifier de « psychique » un syndrome patiemment arraché à la gangue des fantaisies corporelles.

Certains praticiens n'ont pu supporter cet affront et, quittant la Science, se sont lancés dans le Roman : telle est la vraie racine de la tradition médicalo-littéraire dont Georges Duhamel, Louis Aragon et Jacques Lacan sont les plus illustres sectateurs. On comprendra mieux ainsi pourquoi la sommité s'acharnait.

L'interrogatoire de Charles se déroula sans surprise. La sommité avait prévu les questions et Charles apprit par cœur les réponses :

– Que voulez-vous faire plus tard, mon enfant ?

– Directeur d'une usine de jouets, comme papa, ou footballeur professionnel comme le souhaitait papa quand il avait mon âge.

– Vous arrive-t-il de vous déguiser en fille ?

– Jamais. Ni en Lancelot du Lac. Ni en Davy Crockett. Tous les déguisements me grattent.

– Aimez-vous le théâtre, le cinéma ?

– Modérément, je crois peu aux histoires, figurez-vous. Je suis issu d'une famille de Centraliens. J'ai été élevé dans les faits.

Les jurés abandonnèrent l'amphithéâtre trois minutes, le temps d'être unanimes.

– Cet enfant n'a rien d'un hystérique, proclama le président.

Alors un homme se leva, au cinquième rang. La sommité reconnut un très ennemi collègue.

– Y a-t-il rien de plus facile, pour un hystérique doué, que de mimer l'absence d'hystérie ?

Les spectateurs retinrent leur souffle, réfléchirent, comprirent, tirèrent mentalement leurs chapeaux, comme cette sommité-là est intelligente, choisirent leur camp et commencèrent à crier, Arnim-hys-té-rique, ou l'inverse.

Puis la bataille s'essouffla d'elle-même et le procès s'enlisa dans de molles digressions méthodologiques.

Une maladie véritablement *réelle* est un dérèglement autonome sans relation aucune avec l'*imagination* du patient.

\* Corollaire un : l'imagination habite en nous un endroit précis.

\* Corollaire deux : l'imagination est séparée du reste du corps par des écluses ou des clapets dont la fermeture garantit la pureté de l'affection.

Pour en avoir le cœur net, on convoqua des physiologistes.

– Avez-vous repéré le siège de l'imaginaire ?

– Non.

– Avez-vous noté dans le cerveau la présence de bouchons, de robinets, de ligatures ?

– Nenni non plus.

– Merci.

Conclusion : toute maladie est irriguée d'imaginaire, peu ou prou je vous l'accorde, et ce procès en *Realitas* n'a pas d'objet. Quittons la salle, mai s'achève, il commence à faire beau.

Sophisme, répondirent les rationalistes, tout n'est pas dans tout ni réciproquement, interrogeons à nouveau les physiologistes :

– N'avez-vous pas rencontré de malades inconscients de leur cancer ?

– Oui da.

– Consolé des angoissés à tort ?

– Certes.

Cette double réponse prouve suffisamment, nous semble-t-il, la fondamentale différence d'essence entre l'imagination et la réalité physiologique.

Etc.

Étrangement, le public n'avait pas fui. La maladie a ses fanatiques. Et chaque jour on refusait du monde. Mais la vie quotidienne reprenait ses droits. Les femmes tricotaient ou épluchaient des légumes, les hommes dictaient tout bas ou signaient leur courrier (la division du travail était encore telle, dans les années soixante), Bénédicte étudiait canton par canton la carte électorale de Seine-et-Oise, à fréquence régulière un hypocondriaque pâlissait, portait la main à son cœur et s'évanouissait, tandis que des adolescents tombaient amoureux pour toujours d'adolescentes, d'un amour parfois réciproque. Le jour où furent entendus les experts (il s'agissait pour la plupart de manitous ès sciences humaines) on se battait devant les portes. Allons calmez-vous dirent les CRS. Et l'on installa des haut-parleurs dans la rue.

– Pourriez-vous nous expliquer, leur demanda le président, les relations entre le corps et l'âme, ou à défaut entre l'esprit et l'âme ou à l'extrême rigueur entre le langage et l'âme ?

Chaque manitou leva la main droite, prononça je le jure et développa sa thèse. Charles Arnim, il faut l'avouer, ne comprit pas les nuances des dépositions. Il lui sembla seulement que la philosophie était vieille et paresseuse et que la psychanalyse était jeune, HEC MBA Harvard et brûlait les étapes, que la philosophie ne savait toujours rien et que la psychanalyse avait réponse à tout et il choisit son camp : il chérirait dorénavant la philosophie et il haïrait la psychanalyse comme on hait un bon élève avec le sentiment très assuré qu'il est de la classe l'élément le plus inutile.

Le procès s'acheva le 29 juin. Les jurés partaient le lendemain en vacances. On passa soudain aux votes.

Par quatre voix contre trois, la maladie 2027 fut déclarée réelle. La foule applaudit. C'est la première maladie nouvelle depuis la guerre, précisa le greffier. La foule applaudit ; le reporter de *Paris-Match* interviewa longuement la sommité.

– Pour moi, dit-elle, la maladie du jeune Charles est un cancer à l'envers. Les cellules, au lieu de prospérer, de se multiplier ont décidé de régresser, de revenir aux débuts de l'évolution humaine. La preuve ? J'ai trouvé des amibes dans l'eau du mollet. Nous nous trouvons sans doute en présence d'une nostalgie dermatologique.

Pendant quelque temps, une rumeur insistante donna la sommité comme Nobel probable. Hélas, au même moment, le général de Gaulle pria les Américains d'honorer leurs dettes. (Quand il arpentait les caves de la Banque de France, l'homme du 18 juin préférait, c'était physique, soupeser des lingots plutôt que feuilleter des dollars.) Washington prit la mouche, manigança des représailles, pesa sur Stockholm et tous les savants français (dont André Malraux) furent rayés des listes suédoises.


Ce quasi-Nobel chamboula les humeurs de l'imbécile. Il devint imbuvable de fatuité, insupportable d'orgueil, odieux dans le commerce quotidien : moi ? descendre la poubelle ? éplucher les carottes ? moi qui suis déjà le plus grand acteur du monde, la plus grande imagination physiologique du monde, moi, faire la bonne ? Vous voulez rire ?

Alors Bénédicte entra un soir dans sa chambre et lui parla ainsi, en lui caressant doucement le front :

– Écoute, Charles, tu sais combien je t'admire. Tu as vu ma fierté quand la presse imprimée, radio et diffusée, télévisée s'est ruée sur toi. Tu as remarqué mes larmes de bonheur, Charles, tu as entendu ma déclaration à Radio Luxembourg : même si mon fils est un génie, j'ai dit génie, Charles, même si mon fils est un génie, je lui souhaite d'abord le bonheur. Eh bien maintenant, Charles, je vais t'aider à être lucide. Ne pleure surtout pas, Charles, mais jusqu'à présent tu n'as souffert que de maux héréditaires, tu n'as rien inventé, Charles, tu as suivi ta pente, tu t'es fait l'écho de ta famille. Par exemple, Charles, du côté de mon père, les Beaussant, presque toutes les femmes sont mortes d'étranges cancers de la peau et du côté de ma mère, les Revol, beaucoup d'hommes ont succombé à des infarctus, c'était pendant la guerre, Charles, on ne l'a su que bien plus tard, grâce à d'interminables recoupements, et chez les Arnim, on avait beau interdire le vin, les foies Arnim gonflaient tout de même, à tes ancêtres du côté paternel il suffisait de longer une vigne pour périr de cirrhose, quant aux aïeuls de ta grand-mère, les Varenne, ils ont toujours refusé l'électricité, ils souffraient d'allergie aiguë au plomb…

Bénédicte continua ainsi, toute la nuit, à dresser l'arbre généalogique.

Au matin, l'imbécile avait compris : les maladies ne sont que les vies mal éteintes de nos prédécesseurs qui se rallument en nous. Et la médecine n'est qu'une partie (infime) de la métempsycose.

Pour se faire pardonner ses excès fats, et grâce à ses honoraires de modèle, Charles invita tous les vestiges de l'ex-famille Arnim, y compris l'amant Félix, aux Seychelles (contrée déserte et paradisiaque, d'après Clara, dont la vocation pour le tourisme s'affirmait chaque jour). C'est à l'ombre des bougainvillées, dans les rues de Victoria la capitale, qu'ils entendirent pour la première fois, she loves you yeah, yeah, yeah, les rafales avant-coureuses du douceâtre ouragan beatle. Il revinrent juste à temps pour le bac. Clara choisit « est-on méchant volontairement ? ». Et Charles, le commentaire de texte (Alain).

# 8

C'était la fin d'un dimanche d'été, banal, avec un ciel bleu le matin qui tourne à l'orage le soir, avec du monde plein les piscines, avec une étape du tour de France (vainqueur Darrigade), une fois de plus un référendum sur l'Algérie et l'envie d'une femme dodue des seins pour la sieste ou de partir en vacances.

Charles et le Juste honoraire M. Goldfaden prenaient le frais de la rue d'Anjou, comme d'habitude, à la terrasse de l'Étoile d'Or. M^{me} ex-Arnim avait fini par accepter ces conversations, sensible à l'argument de son fils tu m'obliges à aller à la messe, d'accord, c'est important pour mon salut et pour tes ambitions politiques, mais je dois connaître les deux variantes de la foi, avec et sans messie. Trop d'optimisme nuit.

Vers 8 h 12, on connut les résultats.

99,72 % des suffrages exprimés.

L'Algérie était indépendante. Quelques jeunes Versaillais, qui trouvaient déjà la tache rose de l'Empire français bien petite et ridicule sur la mappemonde, descendirent dans la rue venger à l'instant le département bradé. Ils déboulèrent rue d'Anjou, si vite, si vite que le patron de l'Étoile n'eut pas le temps de baisser son rideau de fer.

Les clients furent inspectés. Torches allumées contre la cornée.

— Tu ris toi ?

et hop le coup partait.

— Tu bois de l'anisette maintenant ? tu fêtes quelque chose ?

et hop le coup partait, les bouteilles du bar explosaient, les glaces éclataient et même le carré néon bleu toilettes-téléphone tomba brusquement sur le flipper.

— Alors, cette fois, c'est bien un pogrom ? demanda Charles.

— Voyons mon jeune, jeune ami, répondit le Juste honoraire M. Goldfaden, je t'ai déjà dit d'être moins simple. Quand on simplifie, on confond, c'est inévitable. Cette regrettable manifestation n'est pas un pogrom. C'est même l'inverse d'un pogrom. Dans un pogrom, plus les gens sont tristes, plus on les frappe parce que plus ils sont tristes plus ils sont vraiment juifs. Tu vois, ici, la tactique est contraire. On ne frappe que les Algériens joyeux.

Le commando s'en alla, il se serait volontiers attardé mais une tâche inhumaine l'attendait : 35 000 visages à vérifier pour la seule Seine-et-Oise, les 35 000 habitants touaregs du département.

À l'Étoile, on soigna les blessés légers ; les autres passèrent par l'hôpital chercher quelques sutures et revinrent, l'humeur gaie, entre les sparadraps, la fête reprit.

— Voilà la preuve, dit le Juste honoraire M. Goldfaden, la preuve absolue qu'il ne sert à rien de chasser par la violence les sentiments. Cette chasse-là est réservée au temps, rien qu'au temps. Les hommes ont inventé la violence mais c'est Dieu qui a eu l'idée du temps. Et Dieu sait se montrer bien plus cruel qu'un cruel boxeur, hi, hi, hi.

Et le Juste honoraire M. Goldfaden, qui avait pour l'occasion abusé du fenouil et commençait à dérailler, se mêla aux farandoles jusqu'à une heure très avancée du lendemain, autre jour d'été, 2 juillet, date des résultats du baccalauréat. Clara et Charles étaient reçus. Bénédicte et Charles allèrent s'inscrire en médecine. Puis Clara et Bénédicte passèrent la nuit dans une boîte de femmes, boulevard Edgar-Quinet, tandis que Charles errait rue Saint-Denis d'une pute à l'autre, sans parvenir à se décider : quand il faisait enfin son choix, l'élue n'était plus là, montée au bras d'un client. Quand elle redescendait, trop tard, le désir de l'imbécile avait fui.

Aussi, chaotiquement, un pas en avant, deux pas en arrière, arriva l'aube.

# 9

Faculté de médecine, cinquième étage, on arrive essoufflé (les ascenseurs ne marchent jamais). La salle de dissection est grande, carrelée blanc, meublée de dix tables, les « marbres », on dirait des billards sans tapis, couverts d'ardoise et garnis chacun d'un mort. Tous les cadavres ont les ongles longs, les cadavres-hommes portent un début de barbe (trois, quatre jours). Une douzaine d'étudiants entourent chaque marbre et l'interne qui tient le scalpel, tranche, explique, rigole. Farces, chansons, gaieté de vestiaire. Le sang ne coule pas. Il flotte une odeur tiède et fade, poisseuse. Il paraît qu'on garde les morts au sous-sol, dans une piscine de formol.

Charles rêvasse. Le travail lui semble de plus en plus un exercice paresseux : on vous apprend des ornières, et la façon d'y marcher, si possible les yeux fermés. Bénédicte s'enthousiasme. Une fois de plus, elle recommence sa vie. Tous les matins, ils viennent de Versailles en voiture. Durant le trajet, ils restent silencieux, ils ne savent quoi se dire, ils se sentent plutôt heureux d'être ensemble et timides, malhabiles, perdus entre deux langages, dans une sorte de no man's land, d'espace sans famille. Ils vivent un âge intermédiaire, entre son enfance à lui et sa vieillesse à elle. Bénédicte n'est déjà plus la mère de Charles et Charles ne protège pas encore Bénédicte.

À la rentrée, on a disséqué les bras, mis à jour les deltoïdes, les supinateurs, les pronateurs, les divers palmaires… Vers mars, en retard d'un mois (d'après les programmes), on a ouvert les ventres. Maintenant, les morts sont vides, raclés jusqu'à l'os. Et Bénédicte les scrute toujours, avec une insistance un peu gênante. Le soir, dans les embouteillages, sur le chemin du retour, elle tient à Charles des propos optimistes : je suis sûre qu'il existe une physiologie du bonheur. Et je suis sûre qu'avant l'an 2000 (tu seras toujours là, Charles), on l'aura trouvée.

# 10

Pendant ce temps-là, Clara faisait son chemin dans le monde des voyages. Plus précisément, elle gravissait au galop les échelons hiérarchiques d'une assez grande et florissante agence, rue du Maréchal-de-Lattre. Il faut dire que dans les villes catholiques telles que Versailles, on se méfie des vacances, laps nus, mères de tous les vices. D'où le succès des armatures culturelles, des corsets, des programmes, l'Amazone heure par heure, le Mexique dans les pas de Cortès…

À peine avait-elle vendu quelques couchettes pour Lourdes, Clara fut nommée guide. Et le soir, rue d'Anjou, elle préparait ses commentaires, elle suppliait qu'on la fît réciter. Le premier voyage concernait Proust : *Une journée à Combray*. Clara mourait de trac. À tour de rôle, Charles et Bénédicte abandonnèrent la médecine, jouèrent les touristes et la rouèrent de questions.

– Quelle était l'adresse exacte de la maison des Proust à Illiers-Combray ?

– 4 rue du Saint-Esprit.

– Clara, peux-tu me donner un itinéraire détaillé pour aller du côté de chez Swann ?

– Rue des Lavoirs, passerelle, raidillon du Pré-Catelan, chemin de la Croix-Rompue jusqu'au tournant de Méréglise.

En répondant, Clara comptait sur ses doigts.

– Bravo. Où peut-on situer la maison de Mlle Vinteuil ?

– Oh ! c'est un moulin, sur la Thironne (affluent du Loir), et qu'on appelle Montjouvin. Orthographié Montjouvain, a, i, n, dans le livre.

Etc. Le dimanche proustien fut un franc succès. Maigre quant aux pourboires, mais chaleureux pour tout le reste. La clientèle, dont trois agrégés, était ravie. Nous vous recommanderons, mademoiselle, si, si, votre connaissance des ancrages *réels* de la *Recherche du temps perdu* est remarquable, vous pensez comme nous, n'est-ce pas ? pour écrire il n'y a pas besoin d'imaginer, il suffit de transposer sa vie, les écrivains sont des déménageurs, ah, ah, la jolie et profonde, très profonde formule, nous parlerons de vous, pas plus tard que demain, mademoiselle Arnim, et nous avons le bras long, merci pour cette excellente promenade littéraire, et bon retour à Versailles, évitez Gomorrhe, ah, ah, voyons Henri, cette demoiselle est encore toute jeune…

Dès le mardi suivant, Clara fut convoquée dans le bureau de son directeur.

– Mademoiselle Arnim, on me dit le plus grand bien de vous. Vous avez la vocation, n'est-il pas vrai ? Bon. Je vous propose d'animer notre week-end / ligne Maginot.

– Oh, monsieur le directeur.

Ainsi la famille Arnim passa plusieurs semaines dans les croquis de canons et les plans de casemates. Puis furent projetées sur les murs du salon, rue d'Anjou, inlassablement, des diapositives de vases athéniens « Achille pansant Patrocle[1] », « Achille et Ajax jouant

1. Œuvre de Sosias, musée de Berlin (vers 350 avant J.-C.).

aux dés[1] », « La chute de Troie[2] » ... lorsque Clara préparait sa croisière Iliade, « trois semaines en mer Égée à la poursuite de la belle Hélène ».

Et Mlle Arnim visita aussi Grenoble avec les stendhaliens, l'île d'Yeu avec les pétainistes, Vallauris avec les picassiens, Saint-Andrews avec les golfeurs, Twickenham avec une association landaise de dentistes anciens trois quarts aile, le circuit du Mans avec une société d'Endurance...

Clara sautait en riant d'un monde à l'autre, comme s'il s'agissait d'une géante marelle. Elle changeait de passion et de jargon avec aisance, toujours gourmande à l'idée de pousser une porte. Cette forme de danse la rendait joyeuse dans l'instant et pleine d'optimisme pour l'avenir : plus tard, plus tard, je prendrai des amants dans tous les recoins. Et ne m'ennuierai jamais, jamais, jamais.

Un lundi vers 11 heures, tandis qu'en prévision d'un périple à Guernesey Clara relisait *les Misérables*, le directeur de l'agence entra dans son bureau.

– Mademoiselle Arnim, je vous propose un déjeuner d'affaires.

– Oh, saurai-je ?

– Je compte sur vous.

La salle à manger du Trianon Palace était morte, couleur blanc cassé. L'invité avait du retard. Le directeur répétait : mademoiselle Arnim, je fonde sur vous de grands espoirs, j'ai mis en vous ma confiance, avez-vous remarqué, mademoiselle Arnim ? Enfin arriva dans un trench-coat mastic un séduisant quadragénaire 33 % Bogart, 33 % Camus, 33 % Mitchum, 1 % Kafka (le regard).

1. Exékias, musée du Vatican (*idem*).
2. Amphore de Lydos (*idem*).

– Pardonnez-moi, dit-il, l'actualité m'a retenu.

– Monsieur est journaliste, expliqua le directeur.

On choisit des œufs grand-mère, des turbotins jardinière, un bordeaux léger et de l'eau Badoit pour mademoiselle. On parla de la France. Rien de bien exaltant, n'est-ce pas ? On évoqua l'état de la gauche. Hélas. Et le film d'un débutant *Hitler connais pas*. Ambigu. Enfin fut entamé le vif du sujet.

– Voilà, dit l'invité, nous organisons chaque été pour nos abonnés un voyage politique. Nous les transportons là où il est utile d'ouvrir les yeux.

– Telle est également l'exacte vocation de notre agence, dit le directeur.

– Voilà, reprit l'invité, il y a deux ans « Visages du tiers monde » a été une réussite totale. Nos lecteurs ont touché du doigt la misère. Calcutta, surtout, leur a plu. L'année dernière nous nous sommes rendus en Scandinavie. « Bilan de la social-démocratie. » À nouveau, réussite totale. Nous avons grand ouvert les dossiers : suicide, pression fiscale, nuit polaire. Hélas, cet été, nous avons visité les pays socialistes...

Clara s'était mise à pleurer, doucement.

– N'est-ce pas, mademoiselle, continuait l'invité, il n'y a pas encore de pays pour le socialisme.

Clara tournait la tête, non, non, il n'y en a pas encore.

– Et vous comprenez, mademoiselle, je ne voudrais pas que mes lecteurs virent à l'extrême droite...

Clara hochait la tête, il est vrai, oh il est vrai, que le spectacle de l'Est n'incite guère à l'amour du léninisme.

– Alors que faire, mademoiselle ?

Clara sécha ses larmes. Réfléchit. Elle avait l'air myope et le bout du nez rouge des enrhumées.

– Peut-être pourrions-nous redonner le goût de la gauche en montrant les horreurs de la droite. Et si

nous conduisions vos abonnés en Amérique latine ?
Que diriez-vous d'un circuit des dictatures ?

— Mademoiselle, vous avez carte blanche. Maintenant, pardonnez-moi, l'actualité m'attend.

Il réclama son trench grège et s'en fut.

Le directeur demanda un autre café.

— Bravo, mademoiselle Arnim. Je vais vous proposer une chose, mademoiselle Arnim, vu vos qualités touristiques exceptionnelles. Une chose à laquelle je ne croyais pas pouvoir penser un jour. Voulez-vous devenir mon associée, mademoiselle Arnim ? L'agence me vient de mon père eh bien j'accepterais même qu'elle change de nom, elle s'appellera Duval & Arnim, si vous le désirez, mademoiselle Arnim, nous modifierons les en-têtes de notre papier à lettres, dès cet après-midi si vous le jugez bon, mademoiselle Arnim.

Clara répondit merci monsieur, mais je préfère une prime. Elle offrit un pendentif Arpels à Bénédicte. Qui la remercia d'un mot étrange : Clara, Clara, mais tu n'aurais pas dû.

# 11

Or, les sommités, les mandarins, les manitous rôdaient autour de Charles, lui clignaient de l'œil durant les cours (l'air de dire : ce croustillant détail que je dessine au tableau, cette rareté physiologique, je ne l'évoque, cher Arnim, que pour vous ; vos collègues étudiants, n'est-ce pas cher Arnim, n'en sont pas encore aux nuances), lui souriaient rue des Saints-Pères, lui chuchotaient dans les couloirs : et si vous tentiez l'internat ? Dès maintenant ? Je vous prendrais dans mon service. Les bons malades, pardonnez-moi, les bons médecins ne pullulent pas. Cher Arnim, croyez-moi, quittez cet insipide CPEM[1], brûlez les étapes ; vous en avez l'étoffe, je me charge des dispenses…

L'imbécile minaudait : oh, monsieur le professeur, un matelot peut-il, sans dommage pour le navire, être soudain nommé commandant ? (de temps en temps, les sommités trouvaient certaines remarques de l'imbécile imbéciles), oh, monsieur le professeur, puis-je sans vergogne abandonner ma mère ? elle m'a conduit du néant jusqu'à la puberté, j'ai fait le vœu de la mener du divorce vers l'huis de la Renaissance (diable, diable,

---

1. Certificat préparatoire aux études médicales : première étape de l'ancienne procédure.

se demandaient les mandarins, une telle grandiloquence doit crisper, à la longue ; vais-je pouvoir le supporter, ce jeune génie, ce petit con ?), mais vous avez raison, monsieur le professeur, pourquoi différer l'Utile, j'offre mes dons, comme plus tard mon cadavre, à la Science (sitôt dans mon équipe, se promettaient les manitous, je le mets à la raison, l'enfant prodige).

Et c'est ainsi qu'un beau matin, cédant à l'affectueuse et répétée suggestion de ses maîtres, l'imbécile tendit à un appariteur sa carte d'identité (merci, monsieur, vous êtes bien Arnim Charles), pénétra dans la salle du concours, s'installa entre Aravis Jean-François et Arnoult Thierry, lut calmement la question (l'Asthme cardiaque), imita soigneusement ledit mal au grand effroi des surveillantes (mon Dieu cet adolescent se meurt !), au grand soulagement de ses voisins (merci mon Dieu, un concurrent s'effondre), il se prit le pouls, tira discrètement de sa poche un stéthoscope[1], longuement s'ausculta lui-même, nota sur un brouillon les merveilles qu'il entendait, les halètements, les sifflements, les hésitations du ventricule gauche, les timidités des systoles, les plaintes de l'aorte, l'affolement des poumons, puis il décapuchonna son Waterman, calligraphia l'ensemble des symptômes avec un soin de dentellière, décrivit sur la copie l'exact portrait de son asthme cardiaque. Enfin il replia, humecta de ses lèvres et colla le coin gommé supérieur droit de la

1. Le Conseil d'État, saisi par un recalé quelque temps après les résultats du concours rendit l'arrêt suivant : de même qu'une concurrente inquiète de sa mine peut, au cours de n'importe quelle épreuve officielle, sortir un miroir, voire se poudrer, de même un compétiteur à tendance cardiaque ne quitte point la légalité s'il vérifie de temps en temps le rythme de son myocarde par tout moyen qu'il lui plaira, mécanique, acoustique ou visuel…

première feuille (par souci d'incognito), et parsema les pages paires, la deux, la quatre, etc., des signes, des repères, croix infimes, petits points suggérés par les sommités (pour échapper à l'anonymat, cher Arnim, un vrai concours est une loterie), et ainsi de suite tout au long de la semaine, au terme de laquelle l'imbécile fut déclaré admissible, alléluia.

La seule difficulté de l'oral consista en ceci : réveiller la jalousie, attiser la concurrence des mandarins sans encourir la rage d'aucun d'entre eux. L'imbécile modula comme il fallait ses sourires. Lorsque furent proclamés les résultats, allegria, Te Deum, je suis reçu, je deviens interne en médecine, allegria, allegria, les sommités s'approchèrent et chacune in petto se frottait les mains, ah la bonne recrue pour mon service, ah je vais enfin publier des nouveautés, les mandarins s'avançaient, la pupille gourmande, la canine mitterrandodraculesque, comment choisir, se demandait Charles, j'ai trop promis, je leur ai tous juré la même chose et je ne possède qu'un seul corps…

Par chance, le sélectionneur[1] avait depuis quelques semaines jeté son dévolu sur l'imbécile. Il attendait l'heure propice. Il montra la DS noire. Cher monsieur Arnim, accepteriez-vous de participer à la santé du Général ? – Oui.

1. Car tout président de la République, prisonnier de ses fonctions, séparé du pays profond par des grilles, des gardes, des vitres teintées pare-balles, en quelque sorte exilé de l'intérieur, envie Noé, rêve d'accueillir dans l'Arche élyséenne au moins un échantillon des espèces les plus méritantes de la Nation, un major de l'ÉNA, une jeune actrice qui monte, une slalomeuse Goitschel… D'où la meute des motards officiels sillonnant Paris porteurs d'invitations, chère Martine Carol viendrez-vous dîner mardi ? D'où l'escouade de sélectionneurs quêtant l'oiseau rare.

La limousine ébène remonta la rue des Saints-Pères. Charles Arnim se répétait, si je prends ce poste, au cœur du Pouvoir, c'est uniquement pour protéger mieux Bénédicte, ma mère, à qui je dois tant et tant… Bref, il barbotait dans la mauvaise foi. Alignés sur le trottoir, bien en ligne, le long du caniveau, les sommités, les mandarins, les manitous agitaient la main, au revoir, à bientôt, bonne chance Arnim et bravo, sourires jaunes.

# Pampa IV
# Le Mal du Pays
## (épilogue)

La frontière est franchie, leur annonça une voix de steward militaire, déférente et sèche. Ils survolèrent des forêts désertes, des plaines désertes, des fleuves sans barques, des rives sans villes, des collines sans églises, des routes sans troupeaux, ni camions, ni cyclistes à l'entraînement, ni terrains de foot sur les bords, ni nageurs dans les mares, ni voyeurs d'amoureux au travers des futaies, ni soldats en manœuvre, ni gauchos endormis pour la sieste.

— Paraguay : 2 300 000 habitants, 460 000 kilomètres carrés, expliqua le jeune énarque préposé, dans la délégation française, aux informations pratiques.

— Comment fait-on pour remplir un pays vide ? murmura l'imbécile.

— Oh, c'est très simple. La guerre de 1864 (contre le Brésil, l'Argentine, l'Uruguay) tua 85 % des hommes. La guerre de 1932 (contre la Bolivie) tua 100 000 hommes. Et la dictature a exilé la moitié de ceux qui restaient.

Bardé de réponses, le jeune énarque écoutait peu les questions.

Le Glam[1] offrit des bonbons. Dans quelques minutes, annonça le commandant de bord, nous atteindrons Asuncion. L'imbécile n'aimait pas l'avion. Ainsi, au moment d'atterrir, il s'efforçait d'entrer dans la peau d'un personnage glorieux. Qui serait mort à sa place, au cas où... et n'aurait pas eu peur, lui. C'était généralement Bonaparte. Ou Malraux. Ce matin-là, plutôt calme et sans trou d'air, il put choisir plus romantique : Fabrice del Dongo pénétrant dans Milan. L'orphéon l'accueillit au pied de la passerelle. Les vivats l'émurent. La mano en la mano, clama le Général, comme chaque fois. Bienvenue au Paraguay, répondit le Président-Bienfaiteur, avec un fort accent bavarois.

Sous le couvert des discours officiels et des applaudissements officiels et des serments d'officielle amitié entre nos deux grands peuples éternels, Charles se faufila, joua doucement des coudes dans la foule officielle et gagna l'accueil.

— Pardon, monsieur, n'avez-vous pas un message pour Arnim A,r,n,i,m, Charles ?

— Chut, répondit le préposé guarani.

Raide, lèvres serrées, oreilles tendues vers le coulis

1. Glam : Groupe de liaisons aériennes ministérielles.

de phrases diplomatiques, regard pointé sur l'horizon (en l'espèce, une boutique d'artisanat local, ponchos, harpes…), il s'efforçait de maintenir, en dépit des mouches, un garde-à-vous parfait. Il est vrai qu'on avait joué les hymnes, peu de temps auparavant. Charles ouvrit son passeport, montra sa photo, portrait du voyageur en petit blond myope, tourna la page, nom : Arnim, prénom : Charles, vous voyez ? Le gardé-à-vous ne cillait toujours pas, ni ne bougeait, ni n'émettait de bruit hormis les chut, qui sortaient de son cul-de-poule labial à intervalles réguliers. Alors l'imbécile se lança dans un mime rageur et triangulaire : photo = Charles Arnim, Charles Arnim = moi, photo = moi… à la manière de Jane lorsqu'elle se présente à Tarzan. Mais marmoréen demeurait le Guarani. Exaspéré, Charles passa derrière le comptoir et, dans la case H, pourquoi H ? Allez vous y reconnaître dans les modes de classements affection- nés par les fonctionnaires métis, saisit la lettre qui lui était destinée. Au bruit qu'il fit en décachetant, on se retourna, nombre d'iris le fusillèrent. Comme à Gaveau lorsqu'on démaillote une Pie-qui-chante au milieu d'une *Saison* de Vivaldi.

*« Comment supportes-tu ce voyage, toi qui détestais même bouger ? Je t'ai manqué à Mexico d'une heure, je t'ai manqué à Bogota qu'un quart de semaine, m'a- t-on dit, ici, à un jour près, tu ne me manquerais pas. À croire que nos horaires à tous deux sont devenus pudi- bonds et frémissent, brr, à la seule idée d'inceste tropi- cal. Enfin, je profite de tes drapeaux tricolores, on les range quand j'arrive, on les hisse quand je pars. C'est un peu vexant, mais mieux que rien. Merci.*

*Mon circuit "Dictatures sud-américaines" est un épou-*

*vantable échec. Les dictatures ne se voient pas. La misère*
*est bien visible mais la misère n'intéresse pas mes clients :*
*nous avons fait l'Inde l'année dernière, disent-ils, alors*
*vous savez, mais où sont les dictatures que vous pro-*
*mettiez dans le prospectus, mademoiselle ? Mon dernier*
*espoir, c'est la Bolivie. Dis, Charles, tu crois que La Paz*
*est pleine de tanks ?*

*Ta Clara qui t'aime. »*


Les discours s'achevaient… Asuncion port fluvial et
qui entend le rester Vive Loyola, Vive la France, Vive
le Paraguay, la mano en la mano, conclut le Général.
Notre oasis de quiétude vous ouvre les bras, clama
le Bienfaiteur bavarois. L'orphéon bissa les hymnes.

Charles prit place dans la 17ᵉ Mercedes du cortège,
un peu loin des chefs d'État, mais je suis jeune, se dit-
il, l'avenir m'appartient. Rien ne pouvait distraire sa
bonne humeur. Les fillettes des écoles agitèrent leurs
drapeaux. Il se sentit beau. De folles ambitions érotiques
lui trottèrent dans la tête « à nous deux Asuncion ».
On l'excusera. Il n'était encore qu'un tout nouveau
riche de la séduction. Dès son arrivée à l'ambassade,
le Général le fit appeler.

— Dites-moi, docteur, que penseriez-vous d'un
remontant pour supporter le défilé ?

Le Général regarda près de lui le fauteuil empire vide :

– Comment dois-je prendre ce retard ?

– Ne craignez rien, murmura l'ambassadeur. Si le Premier Paraguayen n'est pas là, c'est qu'il marche en tête de tous les défilés. Telle est son habitude.

L'imbécile tourna ses jumelles vers la gauche.

Conduite par leur rôle, le Bienfaiteur-Président S., l'armée paraguayenne s'écoula lentement devant la tribune officielle, trois cents fantassins vert bouteille au pas de l'oie chaotique, sur une musique mixte : cuivres d'orphéon et harpes guaranis, puis la cavalerie, un char de Patton, cadeau de l'ambassade américaine, et un panzer arrivé nuitamment par bateau de la ligne Maginot, via Buenos Aires comme l'expliquait le catalogue, puis la section du bazooka, dix costauds portant sans effort le tube, puis les gardes-chiens, les infirmières, les experts du génie, pelles sur l'épaule, les radios, la cantinière, les deux voitures-balais, enfin, enfin, se dit le Général, l'armée paraguayenne s'achève, nous allons pouvoir songer au déjeuner.

Le Bienfaiteur-Président S. s'approcha, l'air martial-bedonnant, le front perlé de sueur. Il faisait chaud. Cette année-là l'hiver n'avait duré qu'un mois : juillet.

Un aide de camp l'épongea. Les deux chefs d'État se congratulèrent. Le défilé s'interrompit, pour applaudir et jouer à nouveau les hymnes. Les enfants d'Asuncion crièrent Vive le Général. On félicita le directeur de l'Alliance française. Bravo. L'accent de la foule était sans reproche. On apporta du veuve Cliquot chilien. Toast à l'amitié éternelle. Puis tout le monde se rassit sur les fauteuils dépareillés empire, retour d'Égypte, Louis XV ou XVI, Knoll, Chippendale. Et la procession continua. Combien ont-ils donc d'armées ? demanda le Général à l'attaché militaire.

Débouchèrent de l'avenue Estrella, tirées par des buffles, les maquettes au 1/20 de l'avenir paraguayen, le futur pont Président-S. sur le rio Parana, le futur port de paquebots au sud d'Asuncion, le futur porte-avions fluvial, le futur complexe présidentiel, palais-casino-piste d'hélicoptère-distillerie. Suivirent les outils du génie, instrumentos del año 2000, bétonnières, grues géantes, bulldozers offerts par la Croix-Rouge, pilotis taillés par le Secours catholique. Puis des intermèdes ethnologiques (Indiens sauvages balançant en mesure leurs étuis péniens ou menaçant l'assistance de leurs flèches au curare), prolongés par quelques scènes de la vie quotidienne, l'escouade en minijupes orange des récureuses municipales, la file au ralenti des taxis, Buick, Impala, Studebaker des années cinquante, l'équipe de football Encarnacion, vainqueur du championnat sauf l'ailier droit titulaire (victime d'un claquage à l'adduc-teur, prévenait le catalogue) et le collège modèle de jeunes filles, bilingues, tennis de golf, robes plissées bleues, canotiers et rubans grenat.

De temps en temps, le Bienfaiteur-Président S. s'éclipsait, quittait à pas de loup la tribune officielle et poussait la porte d'une petite maison voisine. Tiens, se dit le Général, dans son cru langage de soldat, s'agit-il d'un urinoir ou d'un bordel ?

Mais le Bienfaiteur-Président réapparaissait bientôt, déguisé en Protecteur de la Chambre, Amiral ou Juge suprême et défilait à la tête du corps approprié, Parlement, École de la flotte ou Syndicat de la magistrature. Une douche rapide, et il regrimpait sur la tribune, de nouveau chef d'État.

– Quel travail, en ces régions, la politique, songeait le Général, se demandant si, plus jeune, il aurait pris goût à la tyrannie, aux travestissements, aux surmenages, aux courses dans les coulisses qu'imposent les despotismes.

Passait maintenant une caravane de semi-remorques. Le Général consulta le catalogue n° 320 (véhicule marque Bedford) : marchandises hors taxe en transit de douane.

– On dit le Paraguay gangréné par la contrebande, je vais vous prouver le contraire.

Et le Bienfaiteur quitta derechef le tribune. La musique s'arrêta. À travers les fenêtres de plastique transparent percées dans les bâches, la foule fixait la cargaison. Et commentait à voix basse du Chivas, des Dunhill, voilà les caisses de montres Cartier, ah tiens, des mitraillettes… Un groupe de lieutenants apporta la cire chaude. Et, au milieu des cris de protestation, non señor Presidente, pas ce camion, laissez-nous au moins les cigarettes, ou les talkies-walkies, pour nos enfants isolés sur le chemin de l'école, por favor, Presidente, insensible aux lamentations et divers chantages affectifs, le Bienfaiteur de sa chevalière énorme animée d'un étrange mouvement qui rappelait la boxe, crochet du droit, scella le convoi entier, sauf une remorque, bradée à l'assistance au prix coûtant, en honneur de notre invité, Viva el General, cria la foule en agitant des billets violets de 10 000 guaranis.

– Quel travail ! répéta le Général, comme le Bienfaiteur se rasseyait hors d'haleine et l'annulaire gourd.

– Que voulez-vous, la dictature oblige à se multiplier.

L'imbécile tenta d'évaluer, avec une mesquinerie typiquement européenne, le montant cumulé de tous ces salaires, non compris les avantages en nature.

Alors le Bienfaiteur se pencha tendrement sur le Général et l'interprète eut quelque mal à se glisser entre la bouche de l'un et l'ouïe de l'autre. La foule s'était tue, pétrifiée : d'un peu loin on aurait dit que se tenait sur la tribune, au premier rang, une énorme tête d'où partaient trois corps, un uniforme kaki sobre, une tenue de maréchal, un costume bodygraphe.

– Je ne suis plus si jeune, chuchota le Bienfaiteur.

– Allons, allons, grommela le Général.

– Changer de peau si souvent me fatigue. Je vais réduire mon répertoire. Mille rôles en 1970, cinq cents en 1980. Pour l'an 2000 je ne serai plus que président à vie. Qu'en pensez-vous ?

Asuncion tendait l'oreille. Il se passe si peu de chose au Paraguay...

Enfin le Bienfaiteur cessa ses confidences :

– ... bref, je maquillerai ma vieillesse en regain de la démocratie.

On se leva, les hymnes recommencèrent.

Le Général profita de la musique pour considérer à loisir ses partenaires du moment : un collègue chef d'État version tropicale et près de lui sa vieille mère, sa sœur, sa femme, toutes trois emmaillotées de mantilles noires et derrière lui la cour, la noblesse, les doñas, les cousins d'Allemagne, les issus de germains autochtones, gérants de Chivas Paraguay, Marlboro Paraguay, Van

Cleef Paraguay, Brown Sugar Paraguay, Kalashnikov Paraguay (etc.), des généraux chamarrés à l'air ouvertement comploteur, des colonels hypocrites qui complotaient à n'en pas douter du coin des commissures, des commandants qui ne roulaient qu'un seul rêve dans leurs nuits d'insomnie, atteindre le grade des complots, des députés boudeurs privés de Chambre depuis 1954, des sénateurs à l'opulente bedaine probablement enrichis les uns dans le mutisme, les autres dans la surdité, un haut clergé goupillonneur, un bas clergé guérilleur, et le peuple des figurants, des rapaces de toutes tailles, les petits, les moyens, les grands, aux bras de leurs épouses, des exilés encore pauvres, les arrivés de la veille ou bien des malhabiles, en attente d'aubaine, et plus loin, le long du fleuve, derrière leurs étals de trois oranges, des familles d'Indiens, comme des tortues multicolores, la tête à peine sortie du poncho, comme des araignées prisonnières, les doigts emmêlés dans leurs harpes, et sur l'estrade, presque à l'écart, protégé par ses joues rondes, ses lunettes noires, frisant l'incognito, le méchant, le traître, le maître de ballet, le donneur de *la*, l'inventeur de cadences, Karajan, Klemperer, Furtwängler, l'ambassadeur des États-Unis et ses deux diplomates adjoints.

Pour la première fois de sa vie, le Général se sentit proche de son enfance. Lorsqu'il adorait le grand guignol. Lorsque, en visite à Paris, il guettait l'itinéraire du taxi, battait des mains sur le pont au Change, pleurait presque sur le pont du Carrousel, préférant de beaucoup le Châtelet à la Comédie-Française.

– Et si je restais ici ?

On entendit, par-dessus les hymnes, deux coups de sirène, les escadrilles habituelles d'oies sauvages s'envolèrent. Et le paquebot du mercredi *Presidente Stroessner* partit pour Buenos Aires.

L'après-midi fut consacré à Lévi-Strauss. L'inauguration d'une statue au cœur de la réserve indienne, de l'autre côté du fleuve Paraguay. Et, après le thé d'honneur, durant l'interminable toast, 1 h 25 debout, les pieds dans les roseaux, si je restais ici, songea le Général, assailli de moustiques, reniflé par les porcs. Il regardait, attendri, d'immenses papillons verts butiner des bouses et se demandait où habiterai-je, si je reste « … génial savant français dont l'inlassable labeur de classification contribua beaucoup à pacifier nos forêts ». Tout le monde applaudit, aborigènes et macaques compris, gagnés par la joyeuse ambiance et la majesté du buste de marbre, don de la ville d'Asuncion et occasion de la cérémonie.

Le Général abandonna tôt le grand dîner de l'Ambassade, juste après les avocats grand-mère, prétextant des frissons.

— Montez dans dix minutes, fit-il dire à l'imbécile.

La conversation languit. On regardait la chaise vide et l'on baissait encore la voix ; c'est vrai qu'il semblait fatigué, tant de voyages à cet âge, murmuraient autour de la table les professeurs de l'Alliance française, l'homme d'affaires, l'attaché culturel, les premier et deuxième secrétaires, et leurs épouses.

L'imbécile regardait sa voisine, brune, les yeux ellipsoïdes et bleus, l'air triste, je m'appelle Matilde.

— Laissez-moi deviner : fac de droit, mais vous auriez préféré la philo (l'imbécile, tout à Clara, avait des jeunes filles une idée passe-partout).

– Raté. Étudiante en hôtellerie. Je finis mes stages. Le Savoy de Londres, puis l'Algonquin de New York

– Tous les Français d'Asuncion sont là ?

– Comme partout, nous avons nos indésirables.

Un maître d'hôtel s'approcha.

– Le Général s'impatiente.

On suivit des yeux l'imbécile lorsqu'il quitta la salle.

– Il est bien jeune, pour soigner un chef d'État, dit une femme décolletée, pensive et vêtue de vert pâle.


– Alors Arnim, que pensez-vous de l'Amérique ?

L'imbécile avait à peine refermé la porte. Il se souvint des étapes précédentes. Quito, Lima, Santiago. Alors Arnim, que pensez-vous de l'Amérique ? Il soupira. Encore une nuit blanche. Et sans répondre, il s'en alla chercher les *Mémoires d'outre-tombe*, comme d'habitude. Le Général avait fermé les yeux.

– Lisez lentement, Arnim, faites bien sonner le rythme.

« *J'achetai des Indiens un habillement complet : deux peaux d'ours, l'une pour demi-toge, l'autre pour lit. Je joignis, à mon nouvel accoutrement, la calotte de draps rouges à côtes, la casaque, la ceinture, la corne pour rappeler les chiens, la bandoulière des coureurs de bois. Mes cheveux flottaient sur mon cou découvert ; je portais la barbe longue : j'avais du sauvage, du chasseur et du missonnaire. On m'invita à une partie de chasse qui devait avoir lieu le lendemain, pour dépister un carcajou... »*

– Dites-moi, Arnim, vous ne trouvez pas l'Amérique beaucoup moins ennuyeuse que la France d'aujourd'hui ?

– Vous devriez dormir, monsieur le Président.

– Encore quelques lignes.

« *Je tenais la bride de mon cheval entortillée à mon bras ; un serpent à sonnette vint à bruire dans les buissons. Le cheval effrayé se cabre et recule en approchant de la chute. Je ne puis dégager mon bras des rênes ; le cheval, toujours plus effarouché, m'entraîne après lui. Déjà ses pieds de devant quittent la terre ; accroupi sur le bord de l'abîme, il ne s'y tenait plus qu'à force de reins. C'en était fait de moi... »*

Le Général souriait doucement, les yeux toujours clos. On entendait le bruit des conversations monter du salon et la voix de l'ambassadeur, un très fort chuchotement sans cesse répété, plus bas, voyons, plus bas, il dort. Puis des portes de voitures claquèrent. Il n'y a pas de vrai silence, sous les Tropiques : par exemple, la nuit grésille :

« *... Le guide, qui me regardait d'en haut et auquel je fis des signes de détresse, courut chercher des sauvages. Ils me hissèrent avec des harts par un sentier de loutres, et me transportèrent à leur village. Je n'avais qu'une fracture simple : deux lattes, un bandage et une écharpe suffirent à ma guérison. »*

– Merci Arnim. À l'évidence, si je restais ici, les derniers chapitres de mes Mémoires seraient moins mornes.

Merde, merde, merde, songea l'imbécile, je m'en doutais, des catastrophes s'approchent, que vais-je faire s'Il ne veut plus rentrer ? J'en étais sûr. Je n'ai jamais eu de chance, merci, Dieu, de me l'avoir confirmé si clairement, la vie ne m'aime pas, merci. Je préfère savoir à quoi m'en tenir, à quoi m'agripper (rien). L'interne Arnim remonta les draps, tapota les oreillers du Général, lui prit la tension, 17/13, tout va bien, lui tendit son cocktail (un barbiturique starter de type

316

sécobarbital et un léger sédatif anxiolytique), vérifia l'ingestion, éteignit les lumières, bonne nuit monsieur le Président et gagna, sur la pointe des pieds (pas la peine de donner encore l'alarme) la salle des télex : si le Général refuse de revenir en France, que faire ? d'abord gagner du temps, admettons qu'il possède un sosie, en manœuvrant habilement la presse, nous disposons de quelques jours pour atténuer voire éteindre cet accès dépressif...

La réponse du Bureau[1] se fit attendre. L'imbécile, les paupières lourdes, se répétait quel métier, quel métier. Puis l'appareil commença de cliqueter.

> *« Pardon du retard. Nous déjeunions. Deux nouveaux sosies pour Pompidou. Mort du jumeau d'Edgar. Pas de problème pour vous. Le Général est toujours seul. Bonnes vacances. Paris. 13 h 07. »*

N'avoir aucun sosie, être prisonnier de sa vie, brr, l'imbécile frissonna, et compatit doublement : au Général et à lui-même (mon enfer commence).

1. Un peu d'Histoire : René Coty fut élu président, on le sait, pour son absence de traits remarquables, son allure de Français moyen et sa ressemblance au plus grand nombre. Une fois à l'Élysée, juste retour des choses, il fut pris de la terreur suivante : supposons qu'un homme ayant mon visage casse une banque ou viole un gamin, quelle honte pour les Coty et l'aubaine pour les ennemis de la France !
Ainsi fut créé, discrètement, par souci de sécurité nationale, le Bureau des sosies, rattaché à l'Intérieur et chargé de « recenser et surveiller les jumeaux de hasard ou génétiques des personnalités françaises les plus marquantes » (*JO* spécial du 15 août 1955).

Lorsqu'il rentra dans sa chambre, il perçut des rumeurs de tennis. À l'ambassade de Suisse de l'autre côté de la rue, on commençait de jouer très tôt, avant même les premiers signes d'un début de chaleur probable.

Le lendemain matin, « pour pénétrer plus avant dans la réalité paraguayenne », comme disait le programme, la délégation parcourut les musées : musée d'histoire naturelle avec sa collection de monstres autochtones (cobra bicéphale, puma cyclope, vautour tripode), musée botanico-ethnologique, parterre d'orchidées et pagnes guayaki, musée des beaux-arts, devant le Tintoret de guingois on regrette l'absence de Malraux, sans lui la peinture m'ennuie, avoua le Général. Quant au dernier musée, perle d'Asuncion, fierté de la République, le Bienfaiteur leur en ouvrit lui-même les grilles.

La petite troupe s'engagea sous les futaies : El Museo de la Hospitalidad ressemblait à un jardin comme un autre, mais parsemé d'outils de transport.

Le Bienfaiteur fit les présentations.

– Voici la bicyclette sur laquelle Carlos Lacerda, gouverneur de Rio, quitta le Brésil poursuivi par la foule (été 54) ;

– plus loin, sur la butte, une locomotive à bois, venue du Chili par on ne sait quel aiguillage, Eduardo Buendia, maire adjoint d'Antofagasta et administrateur de la Copper Mining Ltd, la conduisait (1927) ;

– ici diverses voitures, associées à des évasions

319

célèbres. Vous trouverez les notices explicatives derrière les pare-brise ;

– la réplique en bronze de quelques montures. On franchit souvent la frontière à cheval, dans nos pays.

Chemin faisant, on s'approcha d'un étang. Un huissier fit asseoir, sur des chaises de jardin, à l'abri de parasols. On offrit des rafraîchissements. Il était presque midi. Le soleil du Capricorne tapait fort. Et le spectacle continua.

– Ma plus belle pièce, reprit le Bienfaiteur. L'hydravion emprunté par Juan Peron, le 20 juin 1955, pour fuir Buenos Aires.

On applaudit. Le déjeuner fut servi au bord de l'eau. De temps à autre, une rafale de vent ployait les roseaux de la rive opposée et l'on voyait apparaître le kiosque d'un sous-marin moucheté de croix gammées, la proue d'un remorqueur Abeille aux couleurs de Vichy. Bien loin de rafraîchir l'atmosphère, ces brèves visions confortaient l'opinion générale : le Paraguay avait du tact. Il accueillait tout le monde mais évitait les gaffes.

Tel fut le climat dans lequel s'ouvrirent les conversations officielles : une grande compréhension réciproque et un souci commun de resserrer encore les liens historiques étroits qui unissent nos deux pays depuis 1789 (la France n'a-t-elle pas, en délivrant la Bastille, sonné le glas de tous les absolutismes ?) et même 1776 (La Fayette n'était-il pas français, qui porta sur les fonts baptismaux, en quelque sorte, la première république américaine ?) et même 1762 (date du *Contrat social*, géniale théorie qui protège toujours aujourd'hui les peuples contre l'état sauvage) et même 1609 (en tant que fille aînée de l'Église, la France n'est-elle pas la Mère de nos civilisateurs jésuites ?) et même 1532 (lorsque parut *Pantagruel*, nous venions d'être découverts par Alejo Garcia et ne souhaitions qu'une chose outre l'amour de Dieu, outre l'apprentissage de la belle langue espagnole, véhicule des richesses, rire rire rire)…

Charles Arnim fureta dans Asuncion dont il nota, pour un futur roman exotique : les taxis Buick, les lapachos mauves, les statues équestres, le Panthéon militaire, les tramways bruxellois aux inscriptions bilingues français/flamand, « défense de parler au conducteur » « verboden de chauffeur te praten », la gare déserte picorée par les poules et la paix sociale, quasi vaudoise. Puis il longea le rio Paraguay.

Matilde était assise dans le grand hall du port fluvial. Du même côté que les douanes et face à la boutique de l'embaumeur C. Gomez « crocodile, python, puma, grenouille et autres spécialités naturelles du Paraguay » tél. 20-46-63, le matin. Elle regardait tantôt le quai et tantôt les six horloges bloquées à des heures bizarres.

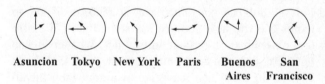

| Asuncion | Tokyo | New York | Paris | Buenos Aires | San Francisco |

C'était trop tard pour fuir : elle l'avait vu. L'imbécile s'approcha.

– Il y a toujours aussi peu de monde ?

– Le bateau d'Argentine arrive le mardi et repart le jeudi. Les autres jours sont vides.

Elle lui proposa une cigarette. Il lui demanda s'il pouvait s'asseoir, bien sûr que oui, s'il ne dérangeait pas, bien sûr que non, et ils parlèrent de son métier à elle, les hôtels.

– Ah, si vous saviez, les clients de palace…

Elle raconta leurs petites manies, leurs adultères, leurs angoisses de mourir seul, leur amour des chiens, leur terreur des microbes…

– Et ça ne vous gêne pas, toutes ces vies autour de vous ?

Il avait une sorte de vertige à l'entendre décrire tranquillement ces milliers de fourmillements, de connivences, de côtoiements quotidiens. Comme l'impression d'un très gros roman ouvert en plein milieu. Ou l'arrivée dans une future belle-famille. Je vous présente mon fiancé. On pousse une porte, un monde est là. Il se dit qu'à sa place, il n'aurait pas résisté, sous un prétexte ou sous un autre, il serait entré dans toutes les chambres. En termes clairs, il n'aurait plus eu de morale, du tout. Est-ce qu'elle cède souvent ? se demanda-t-il.

– Vous n'avez pas remarqué, répondit-elle, les bureaux des directeurs d'hôtel ont toujours des doubles ou triples portes…

Il ne fut pas convaincu par la réponse, il eut le temps d'écrire à la dérobée sur son carnet : il existe une ressemblance certaine entre un romancier et une hôtelière. Puis son cœur battit plus vite, vers les 90, 95, et il se dit c'est bien ma veine avec tout mon travail je tombe amoureux.

Elle l'invita pour le soir, une fête.


Alors apparut sur le fleuve, entouré d'oiseaux, louvoyant entre les hauts fonds et les flottilles de cygnes coscoroba, un médiocre paquebot, qui battait, attendez

Matilde où pourrais-je trouver des jumelles ? sans doute à la douane, merci Matilde, gracias señor gabelu, qui battait étoile jaune (oh, oh) et larges rayures cérulées (je préfère), qui battait pavillon d'Uruguay. Retournons dans le hall, voulez-vous Matilde, consulter les horaires. Voilà : Punta del Este – Montevideo – Colonia del Sacramento – Rosario – Helvecia – Resistencia – Pilar – Asuncion et retour (première semaine de juillet).

– Qu'en pensez-vous Matilde ?

– Charles, nous sommes en octobre. En dépit de la manie tropicale des retards...

– Vous avez raison, il doit s'agir d'un steamer-charter. Regagnons vite le quai, voulez-vous Matilde ?

À la dérobée, et de l'index, Charles Arnim s'effleura le pouls, mon Dieu, deux coups chaque seconde (environ) multipliés par soixante, cent vingt-six à la minute, mon amour vire à la tachycardie, mon Dieu, mon Dieu cette inclination matildéenne ne me vaut rien. Au fur et à mesure qu'il prenait de l'âge, l'imbécile craignait plus pour sa santé, il se ménageait, se montrait assez chiche de lui-même, économisait son souffle, évitait les veilles. Et pour contrôler le rythme de son cœur, il avait mis au point diverses ruses, notamment celle-ci : plonger sa main gauche dans la poche de sa veste, ployer le poignet à la manière crispée des violonistes, de telle sorte que :

1) la pointe de l'auriculaire presse la veine ;

2) le cadran de la montre sous la manche apparaisse.

Ainsi, pupilles dardées vers l'eau grise du rio Paraguay et terreur dans l'âme (vais-je décéder à l'instant d'une explosion ventriculaire ?), Charles Arnim aperçut d'abord en lettres noires sur la proue le nom du navire *José Gervasio Artigas héroe maximo*, puis les uniformes, les vareuses, les casquettes d'officiers amiraux ou généraux disparates de l'équipage, puis les visages des passagers bistre, hilares, tiens ce vaisseau ne transporte que des enfants, enfin l'allure exagérément tropicale, le canotier, le pantalon crème, la bedaine, le cigare, le sourire aux anges, la fierté, le bonheur du paterfamilias Louis Arnim, regardez, gens d'Asuncion, admirez, enviez la nichée la plus prolixe du continent…

L'imbécile suffoqua. Pression artérielle : 22/18. Battements : 155/160. Céphalées. Sueurs. Pâleurs. Vertiges.

Par chance, du fait de son existence hôtelière. Matilde connaissait la vie. Elle devina immédiatement les raisons de ce malaise. Mon jeune soupirant ne sait pas encore mêler les amours, il additionne :

pour l'amour de moi, Matilde : 75/80 pulsations minute
+ pour l'amour de son père : 75/80 pulsations minute
_____

Total : 150/160 pulsations minute


Il risque une syncope. En dépit de mon désir d'être avec lui, je dois céder la place, m'en aller vite.

Et, comme le *José Gervasio Artigas* abordait dans un grand chaos d'ordres, de cris, de rires, de grincements et de contrordres, Matilde prit congé.

– Au revoir, à ce soir. Vous viendrez n'est-ce pas ?

– Mais justement, je voulais que vous rencontriez mes parents…

– Rien ne presse, à ce soir.

Elle disparut vers la plaza Constitucion.

Loin des yeux, loin du cœur. Les battements de l'imbécile s'apaisèrent. Et Charles put accueillir, embrasser Louis, son père, des deux bras : les palpitations avaient cessé, il n'avait plus besoin de se prendre le pouls.

Les précautions durèrent longtemps, un défilé de figures blanches, olivâtres, brunes, sépia quasi nègres, souriantes ou fermées, José Arnim, Santiago Arnim, Aida Arnim, Ambrosio Arnim, Carlota, Amalia et Gertrudis Arnim, Trinidad Arnim, Jacobo Arnim, Hortensia Arnim, Pepe Victor, etc., ce sont tes oncles ou tes tantes disait l'ingénieur, j'ai recueilli la nichée de mon père Gabriel-Auguste, mais il y a aussi mes enfants, tes demi-frères et sœurs, tu peux les embrasser en pleine confiance, Charles carissimo, ils sont tous, tu m'entends, tous de la famille, et l'imbécile effleurait du bout des lèvres ces dizaines de joues tropicales, imberbes, acnéiques ou duvetées selon les âges, murmurait enchanté, enchanté, souriait poliment. Chaque minute, l'ingénieur se précipitait, s'égosillait, non Lucia, ne te penche pas, tu vas tomber dans le fleuve, non Jésus, rends immédiatement cette orange au marchand guayaki, Émilio et Washington, cessez de lancer des cailloux sur les jaguars empaillés, Romualdo ce soir je te promets du pourras sortir, alors donne un peu l'exemple, arrête d'importuner cette demoiselle autochtone… L'ingénieur revenait en s'épongeant le front vers l'imbécile, ouf, quel métier la garde des bambins, je te prie de le croire, mon Charles, au-delà de dix « criaturas », il ne te reste plus un moment de libre, tous les recoins de ta vie sont occupés, essaie, mio Carlo, marie-toi, n'attends pas comme moi, et l'ingénieur sourit, ralluma son cigare, continua la liste, Nino Arnim, Martin Arnim, Azucena Arnim, Jeronimo Arnim, Catilinon Arnim, Hermitona Arnim, etc., etc., etc.

La nuit était tombée. Et les taxis, vieilles Buick, Cadillac, Impala, Studebaker, accourus au port fluvial pour profiter de l'aubaine. On y chargea le peuple Arnim, non sans mal. Le convoi gagna l'Hotel Gran del Paraguay où l'ingénieur avait réservé une aile. Il s'agissait d'un palais décati, perdu parmi les plantes grasses, ancienne demeure du Napoléon local : Francisco Solano Lopez. On avait installé la salle à manger dans le théâtre privé de sa maîtresse, l'Irlandaise Eliza Lynch. Le dîner ne fut guère quiet. L'ingénieur courait d'un Arnim à l'autre, donnait la becquée, interdisait le vin, coupait les escalopes, du dos d'un couteau frappait les coudes, les mains sur la table, voyons, pas les bras, suppliait les aînés, encore dix minutes, ne partez pas tout de suite danser, pour une fois que la famille est presque réunie, à propos Charles comment se porte ma Clara ? De temps en temps, il murmurait à l'imbécile, j'en ai du travail n'est-ce pas, Charles, mais que veux-tu je n'ai pu emmener toutes les mères, tu devines la raison, elles se détestent, elles s'entre-tueraient. Et le visage de l'ingénieur changeait de mine : d'épanouie elle devenait gourmande.

Puis, sous bonne garde, le peuple Arnim se lava les dents. Les plus petits furent empyjamés, allongés de force, et bordés serré. Les autres, on leur souhaita bonne chance et attention les jeunes filles d'ici sont jolies mais assez farouches, attention de parlez jamais de politique, attention, ne marchez pas seuls dans les rues près du fleuve, et attention n'oubliez pas la permission de minuit.

Louis Arnim et Charles Arnim regagnèrent le théâtre de Mrs. Lynch et commandèrent deux armagnacs.

– Tu vois, Charles, ma vie est enfin bondée, dit l'ingénieur.

– Tu restes longtemps à Asuncion ? dit l'imbécile.

– Le bateau repart demain. Je veux que tous les Arnim, même les Arnim tropicaux, aient vu de Gaulle et lu *les Misérables*. C'est un bon résumé de la France, tu ne trouves pas ? dit l'ingénieur.

– Et comment vont tes affaires ? dit l'imbécile.

– Oh, je suis sur un créneau miraculeux. Par souci d'indépendance culturelle, les Uruguayens refusent les tangos argentins, les harpes guaranis, les sambas carioques, les rocks gringos… personne ne se méfie du yéyé français. Alors j'importe. Sylvie Vartan, Frank Alamo, Dick Rivers, tu connais ? dit l'ingénieur.

– Clara me raconte, dit l'imbécile.

– Et surtout Richard Anthony, *J'entends siffler le train*, la coqueluche de Punta del Este…

À ce moment arriva un membre furieux et haut placé dans la hiérarchie du Gran del Paraguay.

– Votre Grâce, dit-il à Louis Arnim, il semblerait qu'à l'heure actuelle une échauffourée ravageât la partie de mon établissement occupée par vos enfants.

Louis Arnim se dressa.

– Vous avouerais-je, señor director, que ce calme m'inquiétait ? Charles, je reviens dans un instant.

En le regardant s'éloigner au pas de course, Charles songea. Telle est donc la dernière métamorphose de mon père : je l'ai connu en pédagogue d'imbécile, en consolateur de ma sœur, en tortionnaire de ma mère, en orphelin du Havre, en conducteur de Frégate, en joli cœur d'aventurières, en torturé par les banques, en émigré… et maintenant le voilà heureux. Heureux est un mot vague ou plus exactement un vêtement trop lâche. Précisons, ajustons, coupons sur mesure. L'ingénieur n'est pas un heureux serein, ni un heureux puissant, ni un heureux joyeux, ni un heureux amoureux, ni un heureux enrichi. Plutôt un heureux *diverti*.

Tout fier d'avoir ainsi exploré la jungle des subdivisions du bonheur, l'imbécile se leva. Commanda un taxi. Sans attendre le retour de Louis. Il griffonna seulement un message : « Pardon, le Général a besoin de moi », qu'il confia aux Indiens de la réception. Sur le chemin de l'ambassade, il se livra à l'une des occupations qu'il préférait ces derniers temps[1] : la métaphysique quantifiée. La distance entre un père heureux et un fils assez triste est-elle plus grande qu'entre un fils heureux et un père assez triste ? Peut-on dire que l'âge accuse le sentiment de solitude éprouvé au spectacle d'un bonheur ?...

« ... *Le soleil approchait de son couchant. Sur le premier plan paraissaient des sassafras, des tulipiers, des catalpas et des chênes dont les rameaux étalaient des écheveaux de mousse blanche. Derrière ce premier plan s'élevait le plus charmant des arbres, le papayer qu'on eût pris pour un style d'argent ciselé, surmonté d'une urne, corinthienne. Au troisième plan dominaient les baumiers, les magnolias et les liquidambars.* »

– Merci Arnim, dit le Général, vous lisez de mieux en

---

1. À la suite d'une lecture particulièrement éclairante ; J. Bentham, qui développe dans son *Introduction aux principes de morale et de législation* (Londres, 1789) la notion d'arithmétique des plaisirs.

mieux. Et Chateaubriand m'a convaincu : l'Amérique inspire mieux que l'Europe. C'est décidé, je m'installe ici...

– Pourtant, monsieur le Président...

– Allons, allons, Arnim, ne soyez pas banal. Dès demain nous nous mettrons en quête d'une demeure.

– Mais monsieur le Président...

– Les Français comprendront. J'ai restauré l'État, j'ai pacifié l'Algérie, pourquoi ne m'occuperais-je pas maintenant de notre pauvre Littérature ?

L'imbécile baissa la tête, compta dans un verre vingt gouttes de triméprimine (puissant stimulant d'humeur, changeons de traitement, se disait l'interne Arnim, affolé, perdu parmi ses fioles et ses doses), lissa les draps, ordonna les oreillers, éteignit les lampes.

– Allons, allons, ne boudez pas, Arnim (entendit-il dans le noir), et regardez bien le Paraguay. Il faudra tout me raconter. Vous ne pouvez savoir, Arnim, comme à Londres je rêvais de Vichy, quelle était cette ville d'eaux, j'imaginais, j'imaginais, durant les nuits de Blitz et par chance, Asuncion me paraît lui ressembler... Après tout, rien de plus normal, il s'agit presque des mêmes gens, n'est-ce pas ? Allez, Arnim, bonsoir et laissez-moi dormir.

« Oh, Asuncion n'a pas de mémoire » aiment à dire les Paraguayens pour s'excuser d'un rendez-vous manqué, de l'oubli d'un visage, d'une tirade parsemée de trous, au théâtre. Et les plus scrupuleux ajoutent une longue histoire un peu confuse d'où il ressort, en résumé :

1) il faut de l'iode dans le sang, pour se souvenir ;

2) le Paraguay, comme l'on sait, n'a pas d'accès à la mer ;

3) il souffre donc d'amnésie endémique, involontaire croyez-le bien.

– N'est-ce pas, jeune homme, vous qui êtes médecin ?

Et l'imbécile acquiesçait, en effet, en effet, l'iode est aux souvenir ce que le pain est au jour. De telles maximes plaisent, à l'étranger. En peu d'heures et quelques réponses de ce type, il devint le blond aux yeux bleus le plus populaire d'Asuncion.

Mais à l'absence de mer le Paraguay avait trouvé un antidote : de temps en temps, généralement le samedi soir, grâce à des livres jésuites, des récits de voyageurs, il reconstituait avec fidélité le passé. Quand il entra dans la salle où des couples dansaient le lambeth walk, puis le boissière, Charles eut l'impression de pénétrer dans l'adolescence de ses parents.

La lumière était faible et rouge. Donnée seulement par quelques lampes posées sur des tables basses qu'entouraient des fauteuils anglais. Et l'on aurait dit du brouillard, tant elles fumaient, les ombres assises, vêtues de smokings blancs sans œillet ou noirs avec, cigarette sur cigarette, avant d'inviter leurs voisines, tout en dansant, après avoir dansé.

Matilde s'approcha.

– Venez que je vous présente.

– Laissez-moi regarder encore.

– Vous voulez boire quelque chose ?

Un autre air emporta le reste, *East Saint Louis Tooddle 00*, dont on avait monté la puissance. Les fauteuils se vidèrent, il y eut foule au milieu du salon sur la piste de fortune, des planches vernies jetées sur la moquette. Comme on aime la danse, ici, se dit-il. Les couples passaient l'un après l'autre dans la lumière : des hommes plutôt vieux avec de très jeunes filles, ou à l'inverse des femmes, la cinquantaine, enlacées à des adolescents, et qui criaient périodiquement maître d'hôtel un autre Chivas, en tendant leurs verres, et découvrant leurs épaules.

L'imbécile titubait, comme ballotté par les vagues de ce luxe criard, rageur. On eût dit la revanche d'un peuple de clandestins. Et l'imbécile ne savait rien des revanches. Il était plutôt d'un monde feutré où l'on dilapide doucement de petits héritages. Il suffoquait, mon Dieu mais quel endroit vulgaire.

Comme il quittait la pièce, au bord du vertige, on tenta de le retenir, il eut des phases allemandes, anglaises, espagnoles à l'oreille :

– Alors jeune homme, du vague à l'âme ?

– Oh ! mais c'est l'enfant-docteur de la délégation…

Il entra dans une salle plus calme, réservée aux jeux. Personne ne leva la tête vers lui. Il marcha entre les tables. Il avait un talent secret : faire semblant de passer en restant immobile, ou presque. Sans que l'on puisse expliquer ce don : une souplesse particulière de ses gestes. Ou une humilité très grande de sa propre présence, une sorte d'effacement « Tiens tu es encore là, je te croyais parti ». C'était bien utile, en société, pour écouter les conversations.

Les hommes jouaient au bridge, en parlant d'affaires plutôt louches, semblait-il, et internationales. Les femmes jouaient au bridge en parlant de domestiques impossibles, à peine sorties de la forêt, tenez, l'autre semaine, je recueille une orpheline de neuf ans comment pouvais je la garder, elle demandait à tous les mâles du quartier, et j'en ai peur, de la maison s'ils voulaient qu'elle les suce, ah c'est à moi, trois sans atout…

Il poussa une double porte vitrée. La musique s'éloigna encore. Et les cris et les annonces. Il était dans une manière de jardin d'hiver planté de roses et de lilas. Un groupe le dépassa, une blonde, encadrée par deux soupirants qui lui embrassaient les mains et lui parlaient en même temps, il faut choisir, Ingrid, hay que escoger, ils s'installèrent dans le fond, sur un banc, protégés par les caoutchoucs.

Alors seulement l'imbécile s'aperçut d'une présence : un jeune géant de son âge, né vers 45, dix-huit, dix-neuf ans, assis devant une table de marbre, et qui le regardait. L'air à la fois doux, totalement triste, et pourtant illuminé, les yeux battus, comme par une fièvre. Il avait un stylo à la main, des bristols de couleur étalés devant lui et un fichier ouvert, semblable à ceux qu'utilisent les thésards.

— Français, n'est-ce pas ? dit-il.

— Oui.

— Vous avez remarqué, ce soir, c'est exactement l'Occupation.

— Croyez-vous…

— Exactement, je suis formel, les moindres détails, la marque des whiskies, le glissement vers la partouze, l'odeur du marché noir… Je note tout, vous comprenez, je prépare une rétrospective.

— Je comprends.

Derrière les caoutchoucs, l'atmosphère se gâtait. Les deux hommes avaient mis leurs mains sur les cuisses de la blonde et tentaient de lui arracher ses bas, puisque tu ne veux pas choisir, Ingrid. Ingrid brusquement se mit à hurler.

L'imbécile quitta le jardin d'hiver. Matilde l'attendait dans le hall, à demi allongée sur un faux chesterfield près de l'escalier. Elle lui fit de la main un signe de reconnaissance, un peu leste. Une foule l'entourait. Les femmes s'alignèrent sur la première marche.

La plus rapide en haut.

Quelqu'un tira un coup de feu. Elles s'élancèrent,

trébuchant dans leurs robes. Les cris et les rires montèrent encore d'un degré. Puis, n'y tenant plus, les hommes se lancèrent à leur poursuite. En un instant, le hall fut vide.

– Les chambres sont au premier étage, expliqua Matilde.

– Je l'aurais deviné. C'est drôle, regardez le vestiaire, personne n'est parti.

– Oh, c'est l'habitude, ils restent jusqu'au lendemain.

– Pourquoi ? Il y a un couvre-feu ?

– Non. Ni de bandes armées dans la rue. Mais vous avez raison, ils ont vécu les meilleurs années de leurs vies justement à l'époque de couvre-feu. Un peu partout dans le monde. C'est dur d'oublier.

Elle en sait des choses, Matilde, se dit l'imbécile. C'est sûrement la fréquentation des hôtels. Il était l'heure de décider. Y aura-t-il des chambres pour tout le monde ? Son cœur battit jusqu'à 114 (tension 17/11).

Très tôt le matin, à peine après l'aube (tandis que Charles, coincé entre plusieurs corps des deux sexes, assourdi par une demi-douzaine de respirations, gratté par la couverture en fourrure du lit et gêné par les reflets du plafond-miroir, ne parvenait toujours pas à trouver le sommeil, décidément je ne suis guère libéré), le Général fit réveiller une sténo assermentée et lui dicta : « Cinq-six pièces, calme, tél., quartier résidentiel, vue dégagée, climatisation, grenier, bibliothèque, chauffage central. » Merci, mademoiselle, vous allez taper cette note immédiatement et la porter au diplomate chargé de notre parc immobilier. Trois minutes plus tard, l'Ambassade de France au Paraguay était sens dessus dessous. Ballets de peignoirs Lanvin dans les couloirs, mon Dieu c'est la catastrophe, officielles chevelures ébouriffées, où ai-je mis mes lunettes ? attention aux scorpions monsieur le secrétaire d'État, où sont mes mules ? ne marchez pas pieds nus, appelez-moi Matignon, vite un broc d'eau chaude, mais non pas un mot à Paris, hâtifs savonnages, onctions de lanoline, passage des lames, mes Lobb sont cirées ? Et le ministre, l'ambassadeur, le premier secrétaire frappèrent à l'huis du chef d'État. Entrez. Nos respects matinaux, monsieur le Président, beau temps, n'est-ce pas, alors vous nous aviez caché la bonne nouvelle, Asuncion vous plaît donc tant que vous souhaitez y posséder une demeure secondaire ? ou peut-être s'agit-il d'un cadeau pour votre fils ? ou bien, mais j'y pense, oh ce serait trop dommageable aux intérêts supérieurs de la Patrie, auriez-vous, mais non, pardonnez-moi, une telle sinistre idée n'a pu vous traverser…

– Dites toujours, monsieur l'ambassadeur.

– … auriez-vous hélas décidé de ne pas hélas vous représenter en 1965 et de venir ici, quel honneur, monsieur le président, quelle joie et quel honneur pour nous, même si je les trouve oh combien prématurés songeriez-vous à quitter la Boisserie et à vous retirer ici, en notre quiet Paraguay entre pampa et chaco, Andes et jungles ?

– Vous brûlez, monsieur l'ambassadeur, je ne rentre plus.


De la journée qu'engendra ce coup de tonnerre on peut mitonner deux descriptions, selon le style (la « distanciation » comme on disait dans les milieux dramaturgiques polono-germaniques, à l'époque) choisi : l'allégorie (hypocrite et moite) ou le réalisme (cynique et froid).

À première vue, la visite se déroulait dans une chaleur accrue. Plusieurs fois, au cours des négociations tarifaires, le Bienfaiteur à vie releva ses yeux des dossiers (problèmes automobiles et télévisuels) et, fixant gentiment son collègue général tempéré : ainsi donc, vous avez choisi notre pays, nous nous verrons chaque jour… De même, lors des premières pierres, diverses inaugurations de chantiers (futur hôtel Guarani sur la place de l'Indépendance, prochain agrandissement du Panthéon…), la foule applaudissait, voyez, disait l'une ou l'autre des huiles autochtones, vos concitoyens vous aiment déjà, permettez-moi de vous offrir le plan détaillé d'Asuncion et quelques adresses utiles, médecins, eau, gaz, électricité, bornes de taxi… Et l'on multipliait les jumelages Beauce/Chaco, Sedan/Encarnacion, Concepcion/Saint-Étienne… Et les rares nuages (la requête française, par exemple : que cesse l'imitation locale des montres Cartier) étaient balayés du revers de la main, accordé, cher quasi-compatriote, accordé, je vais prendre les mesures adéquates, traquer les coupables, confisquer les ressorts, incendier les engrenages… Au-delà de l'entente cordiale, bien normale entre deux peuples impliqués jusqu'au cou dans les rigueurs de la condition humaine, se tissaient heure par heure les liens d'une véritable affection, une ébauche de tendresse.

Mais en coulisses, fourmillaient les apartés, les mots acerbes contre l'asuncionophile, les gestes moqueurs, index sur la tempe, il est devenu fou votre président, pardon c'est votre faute il fallait mieux le protéger de votre affreux soleil tropical. En dépit de ces légères marques d'énervement, les autorités françaises et paraguayennes naviguaient exactement sur la même longueur d'onde : l'homme du 18 juin devait rentrer dans son pays. De gré, de ruse ou de force. Les adjoints du Bienfaiteur à vie ne souhaitaient pas qu'on vînt mettre le nez dans leurs affaires surtout lorsque l'organe fouineur appartenait à un politicien retraité, avide de gloire littéraire, tout à fait susceptible de provoquer un scandale (droits de l'homme, etc.) dans le seul souci de plaire aux démagogues de l'Académie Nobel. Quant aux grands commis parisiens, la démission du Général les prenait de court, ils n'avaient pas eu le loisir de préparer la succession, leurs manœuvres n'étaient qu'ébauchées, leurs ambitions lointaines et leurs pions encore rangés sur la ligne de départ (ou presque). Tandis que le Général arpentait avec ennui les allées d'une porcherie modèle à dix-sept kilomètres de la capitale, une commission d'urgence, secrète et bilatérale, se réunit donc et décréta :

– premièrement : toutes les communications radio télé auto aéro fluviales ou chevalines entre le Paraguay et le reste du monde sont provisoirement interrompues ;

– deuxièmement : pour plus de sûreté, assignons les journalistes à résidence ;

– troisièmement : imaginons (de toutes pièces, précisa le Bienfaiteur à vie, cette image rétrograde et fausse de mon pays me fend le cœur), imaginons, lançons la rumeur d'une terrible crise du logement.


Quittant la porcherie modèle, le cortège officiel traversa la banlieue d'Asuncion et remonta l'avenue veinte cinco de Mayo. Soudain, au milieu des vivats en langue castillane (viva dé goal, viva tia Yvonne, gloria, gloria, Rénéral…), retentirent – Vive la France ! – Vive Jeanne d'Arc ! – Vive 1515 ! – Vive Cosette ! – Vive Valjean ! – Vive, vive Hugaulle !

Le Général ordonna d'arrêter et plongea vers un nouveau bain de foule. Les gorilles et Charles coururent derrière lui.

– Mon Général, je vous présente mon père, dit l'imbécile.

– Mon Général, je vous prie de m'excuser, dit l'ingénieur. Mes enfants et demi-frères confondent un peu tout.

– Il n'importe. L'essentiel est de faire pousser les bambins sur un terreau patriote, dit le Général.

Charles et Louis s'embrassèrent, au revoir, à bientôt, si tu viens à Montevideo, appelle-moi, Charles que penses-tu de l'école Polytecnikum, à Zurich, très bien, Einstein y enseigna, ah, j'y enverrai mes fils, reçois-les, au revoir, au revoir… Le Général était remonté dans sa Mercedes. Le convoi attendait. L'imbécile rougit et, piquant des deux, regagna sa banquette officielle Il n'osait plus crier. Il n'osait plus parler. Il s'était penché contre la vitre et articulait, se tordait la bouche très-bo-ni-dée-Po-ly-tec-ni-ku-m'est-la-meil-leu-ré-cole-d'Eu-rope, au revoir, au revoir, il agita la main jusqu'au coin de la plaza Uruguaya.

– Dites-moi, Arnim, qu'avez-vous à récriminer contre votre enfance ? Votre famille me paraît très sympathique, dit le Général.


Le lendemain matin, en ouvrant les yeux, le chef de l'État français s'impatienta :

– Alors, et ma demeure ?

On lui parla, comme convenu, de crise du logement, de sous-développement, Asuncion n'est pas New York ni Paris, mon Général.

– Je m'en suis rendu compte. Mais vous avez devant vous le président de la République française, tout de même.

On lui promit de redoubler d'efforts. D'ailleurs on avait une piste. Telle était la richesse ethonologique du Paraguay que le vieux musée débordait, on entassait les arts et traditions populaires un peu partout dans le jardin, un autre local s'avère nécessaire, allons voir mon Général si l'ancien vous conviendrait.

À hauteur du premier étage, une sorte de véranda, un grand balcon couvert courait tout autour du bâtiment. Le Général fut enthousiaste. Vous imaginez Arnim, murmura-t-il à l'imbécile, vous avez déjà vu la place d'Asuncion sur une carte d'Amérique latine ? Je vais habiter le cœur, l'œil voyeur du cyclone et j'installerai ma table tantôt vers le Brésil dynamique, tantôt vers l'Argentine désertique, tantôt vers la Bolivie bordélique, tantôt vers le Pérou métaphysique, tantôt vers le Chili démocratique[1], selon les jours et mes chapitres...

– Et quand puis-je emménager ?

– Oh ! nous allons hâter les choses, assura le Bienfaiteur. J'organise dès aujourd'hui des élections partielles pour compléter notre Parlement. Ce soir je convoque une session extraordinaire. Demain je préviens les députés dispersés aux quatre coins de notre territoire (ne craignez rien, ils possèdent tous un avion). Après-demain j'aurai le vote. Séduire la Banque mondiale n'est pas difficile, elle adore que l'on réduise les salaires, elle me félicitera pour mon combat déflationniste et m'octroiera mes crédits. Il ne restera qu'à obtenir l'accord des Monuments historiques (pour les tuyaux de votre chauffage central). Et bâtir.

– Je compte sur votre diligence.

---

1. *N.d.A.* : nous sommes en 1964.

De l'autre côté de la gare, s'étend le parc municipal Caballero, planté d'eucalyptus épars sur les pelouses hautes qui longent le fleuve Paraguay. Si propre, ratissé, balayé, les trottoirs peints, on se croirait brusquement de retour en Europe, près d'un lac, la promenade d'une ville d'eaux, à Lausanne ou Locarno. L'aquarium Président-Stroessner (tortues, piranhas, nénuphars, crocodiles) est vide, pour travaux. De même que les balançoires et le toboggan géant. Les enfants sont partis tôt se coucher. Il n'y a pas de femmes aux bras des hommes. D'ailleurs ils courent, pédalent, boxent dans l'air, shootent entre les arbres : ce sont des sportifs, repliés dans leurs rêves de records, l'oreille attentive au seul jeu des muscles. À 6 heures, l'orchestre arrive, portant sa suite de valises aux formes étranges. Les musiciens ont tous les âges. Ils s'installent en rond dans la clairière principale, sortent lentement leurs instruments, attendent. Le chef s'avance vers le centre, sans un geste annonce un titre. Puis reste immobile, la musique commence, sans lui. Un hymne d'empire déchu, plein de cuivres, de tambours, de tristesse. Plus tard, le chef regarde sa montre, lève un doigt. Stop, entracte. Les musiciens se regroupent. Et papotent à voix basse dans la nuit qui tombe.

D'une DS grise descend le Général. Il a fini son circuit du jour. Visite du Panthéon. Visite de la Banque centrale. Inauguration à l'Alliance française d'un système audiovisuel. Déjeuner. Visite du lac Ypacarai. Visite d'une dentellerie. Négociation tarifaire : élargissement de la franchise douanière aux robes Grès, aux sacs Hermès, aux voiliers 420, aux projecteurs Cibié. Visite d'une ruine jésuite. Le Général dispose maintenant de quelque temps avant le dîner d'apparat offert par le Sénat. Il marche à grands pas sur l'herbe. Seul. La musique a repris. Le Général a l'impression de feuilleter un catalogue et d'y choisir sa fin. Si je rentre en France, comment remplirai-je la dernière partie de mes Mémoires ? Il imagine les ultimes têtes de chapitre. 1966 : je réduis d'un point l'indice des prix. 1967 : je rationalise l'industrie papetière. 1968 : je rénove le Marais. 1969 : je me mitonne un dauphin. L'intendance. Ma vieillesse noyée dans l'intendance. Par avance, il grommelle de dégoût. Au contraire, si je reste… Pour se défendre, les gens d'ici ont besoin d'un La Fayette. Un La Fayette double lancé à la fois contre les Yankees et contre Marx. Il voit déjà les lettres inscrites en belle page, le titre de son épilogue : La Fayette ou l'Amérique des Patries, la voilà ma chute. Le Général relève lentement les yeux et se perd un long moment au-delà du faîte des arbres dans le ciel paraguayen où s'allument la Croix du Sud et ses milliers d'astres annexes.

Il respire fort. Il avale, il dévore l'air tropical. Il murmure. En outre ici je me sens l'âme romancière. Je vais devoir songer à une première phrase. Comment débute *le Guépard* déjà ? L'inconvénient des Mémoires, c'est qu'il faut vivre d'abord.

Cachés derrière les eucalyptus, derrière les murets de

l'aquarium, derrière l'enclos des balançoires, les gardes du corps consultent leurs montres phosphorescentes et s'impatientent et s'exaspèrent. Combien de temps va encore durer cette ridicule petite promenade ?

Demeurés dans les voitures rangées le long des grilles délabrées du parc, les ministres français, les ministres paraguayens, les fonctionnaires français, les fonctionnaires paraguayens, les diplomates français, les policiers paraguayens grondent. Ça ne peut plus durer. Paris s'inquiète. Ne comprend pas. Et la prochaine étape du voyage ? Bien sûr vous avez raison. Le Brésil va se vexer. Les journalistes sont en train de deviner le pot aux roses. Prenons des mesures. Les paysans vont profiter de l'aubaine pour se soulever. Il n'est plus possible de prolonger d'un seul jour la visite officielle. D'ailleurs, pour être francs, señores, nous avons vidé les fonds de tiroirs du Paraguay. Il n'y a plus rien à visiter.

À l'aéroport, l'équipage de l'avion présidentiel se saoule méthodiquement au free-tax, tantôt le pilote et le mécanicien, tantôt le chef steward et le copilote. Pour qu'il reste toujours une moitié de galonnés valides, capables de pousser à bon escient les manettes. Ils passent et repassent devant l'échoppe d'artisanat local (papillons rares, Chivas regal, théières en argent). Ils ont parié : le premier qui baise la vendeuse, debout, dans les toilettes, gagne au retour un magnum de château-margaux 47.

Les musiciens guaranis prévus pour l'aubade finale se sont accroupis sur le carrelage de la salle d'attente, recroquevillés dans leurs ponchos-coquilles. Installés dans la lenteur du temps, ils regardent s'ennuyer les aviateurs français.

Alors, Charles Arnim fut supplié par l'ensemble des autorités françaises et paraguayennes, civiles, ecclésiastiques, diplomatiques et militaires :

– S'il vous plaît, docteur, vous seul pouvez lui parler, l'influencer. Faites oh faites qu'Il accepte de rentrer en France. Vous avez carte blanche, vous m'entendez, Arnim, carte blanche. *Tous* les moyens sont bons.

Alors Charles Arnim commença par ne lire dans les *Mémoires d'outre-tombe* que les pages européennes, les landes de Combourg, l'estuaire de la Rance, le voyage de Paris aux Alpes de Savoie, l'Italie, Rome, le Valais. *« Durant quatre mortelles lieues, nous n'aperçûmes que des bruyères guirlandées de bois, des friches à peine écrêtées, des semailles de blé noir, court et pauvre, et d'indigentes avénières. Des charbonniers conduisaient des files de petits chevaux à crinière pendante et mêlée ; des paysans à sayons de peau de bique, à cheveux longs, pressaient des bœufs maigres avec des cris aigus et marchaient à la queue d'une lourde charrue, comme des faunes labourant. »*

– Vous ne trouvez pas que le Pérou ressemble finalement à la Bretagne ? tentait l'imbécile, du bout des lèvres, à la manière de ces requêtes que l'on prononce sans y croire, simplement parce que l'on a promis de jouer l'intermédiaire.

Le Général hochait la tête.

– Sans doute, sans doute, mais avouez Arnim que pour brosser un chapitre de drame rien ne vaut un condor, plus quatre mille mètres d'altitude moyenne, plus un volcan tutélaire.

Alors Charles Arnim changea de tactique, dérégla la climatisation, déchira la moustiquaire, invita des bandes d'ivrognes à tenir leurs quartiers nocturnes devant l'ambassade. Le lendemain, il ne manquait pas d'interroger son malade.

– Bonjour, monsieur le Président, comment s'est passée pour vous cette nuit caniculaire, cette nuit infestée d'insectes, cette nuit secouée de comptines saoules, en un mot cette nuit typiquement paraguayenne ?

Le Général s'étirait, souriait :

– Oh, j'ai courageusement dormi, j'ai rêvé que je traversais seul un désert inconnu.

– Oh, j'ai héroïquement dormi et mon rêve a compris deux étapes : dans la première je plongeais dans une forêt sauvage, dans la seconde je luttais contre des avions japonais.

– Oh, j'ai utilement dormi, il m'a semblé comprendre tout d'un coup le tragique de l'homme ivre (tandis qu'en France je méprisais les poivrots). Dites-moi, Arnim, avons-nous le droit, en écrivant des Mémoires, d'y inclure les songes et de les donner comme faits de veille ? Oui ? Chateaubriand ment ? Et Malraux aussi ? (la naïveté littéraire des politiciens est parfois désarmante). Vous êtes sûr ? C'est merveilleux. Dès qu'est arrangée cette affaire d'emménagement, je commence à rédiger.

Charles Arnim retourna ses poches, parcourut sa

mémoire, alerta l'un après l'autre les neurones, les synapses de son cerveau et ne trouva rien, mais rien, aucun autre moyen de faire rentrer en France le Général. Alors, à contrecœur, la mort dans l'âme, si j'agis ainsi c'est pour mon pays, il usa de la modernité. Il fouilla parmi ses livres, ouvrit un dictionnaire pharmacologique, sans s'y arrêter, il feuilleta la première partie (classement des substances par ordre alphabétique et leurs effets), parvint à la seconde, un peu tremblant, je brûle (classement des affections par ordre alphabétique et leurs traitements) et poussa enfin la porte de l'annexe où se trouvait dessiné dans une douce pénombre d'aquarium le proche futur des sentiments bientôt, bientôt il nous sera possible de reconstituer les divers états de l'âme, de bâtir à volonté une colère, par exemple, voire un amour de synthèse.

Quant au syndrome « mal du pays », l'imbécile ne recueillit pas grand-chose, certains détails, des allusions, il dut innover, dresser à tâtons l'ordonnance, il s'agit d'abord de calmer ce délire paraguayomanique, alternons donc les plus fiables sédatifs Halopéridol, Thiopropérazine, puis nous insufflerons sous cette quiétude retrouvée des nappes de nostalgie, quelques grains de Captazine devraient suffire à condition de les noyer dans de l'excellent armagnac et d'y adjoindre toutes les trois heures un collyre lacrymogène, oh Clara où es-tu, mais prenons garde aux effets secondaires, à cet âge l'ingestion d'amphétamines sollicite le myocarde, prévoyons toute une gamme de dragées anti-angineuses à faire fondre sous la langue, et pourquoi pas une action préventive Digitalis purpurea, couplée d'un diurétique, ainsi les ventricules nous laisseront tranquilles, ah j'allais manquer le principal, pour qu'Il daigne rentrer, Il doit recouvrer un total confort de marche, oublier ses douleurs violentes aux deux mollets dès qu'Il flâne un peu longtemps, nous calmerons cette polyarthrite comme d'habitude par un régime de sels d'or, à l'évidence l'idéal serait un vasodilatateur mais acceptera-t-Il les injections biquotidiennes en infra-fémorale directe… ?

Assis à une petite table, à l'autre bout de la pièce, le Général ne se doutait de rien, ne cessait pas d'écrire. De temps en temps, il relevait les yeux.

– Dites-moi, Arnim, j'y songe, la seule véritable occasion d'aventure individuelle qui reste aux Européens, c'est de tomber malade, n'est-ce pas ? Oh, Arnim, vous entendez le cri des singes ?

*Île de Bréhat, avril 1980.*

# Table

Loyala's Blues
*Seuil, 1974*
*et « Points », n° P470*

La Vie comme à Lausanne
*prix Roger-Nimier*
*Seuil, 1977*
*et « Points », n° P1738*

L'Exposition coloniale
*prix Goncourt*
*Seuil, 1988*
*et « Points », n° P30*

Deux Étés
*Fayard, 1997*
*et « Le Livre de poche », n° 14484*

Longtemps
*Fayard, 1998*
*et « Le Livre de poche », n° 14667*

Grand Amour
Mémoires d'un nègre
*Seuil, 1993*
*et « Points », n° P11*

Discours de réception à l'Académie française
et réponse de Bertrand Poirot-Delpech
*Fayard, 1999*

Portrait d'un homme heureux
Le Nôtre, 1613-1700
*Fayard, 2000 et 2013*
*et « Folio », n° 3656*

La grammaire est une chanson douce
*Stock, 2001*
*et « Le Livre de poche », n° 14910*

Madame Bâ
*Fayard, 2003*
*et « Le Livre de poche », n° 30303*

Les Chevaliers du subjonctif
*Stock, 2004*
*et « Le Livre de poche », n° 30536*

Portrait du Gulf-Stream : éloge des courants
*Seuil, 2005*
*et « Points », n° P1469*

Dernières Nouvelles des oiseaux
*Stock, 2005*
*et « Le Livre de poche », n° 30773*

Voyage aux pays du coton
Petit précis de mondialisation
*Fayard, 2006*
*et « Le Livre de poche », n° 30856*

La Révolte des accents
*(illustrations de Montse Bernal)*
*Stock, 2007*
*et « Le Livre de poche », n° 31060*

La Chanson de Charles Quint
*Stock, 2008*
*et « Le Livre de poche », n° 31279*

L'Avenir de l'eau
Petit précis de mondialisation, vol. 2
*Fayard, 2008*
*et « Le Livre de poche », n° 31875*

Et si on dansait ?
Éloge de la ponctuation
*(illustrations de Montse Bernal)*
*Stock, 2009*
*et « Le Livre de poche », n° 31880*

L'Entreprise des Indes
*Stock, 2010*
*et « Le Livre de poche », n° 32290*

Princesse Histamine
*(illustrations de Adrienne Barman)*
*Stock, 2010*
*et « Le Livre de poche Jeunesse », n° 1623*

Sur la route du papier
Petit précis de mondialisation, vol. 3
*Stock, 2012*
*et « Le Livre de poche », n° 32917*

La Fabrique des mots
*(illustrations de Camille Chevrillon)*
*Stock, 2013*

Mali, ô Mali
*Stock, 2014*

EN COLLABORATION

Villes d'eaux
*(avec Jean-Marc Terrasse)*
*Ramsay, 1981*

Rêves de sucre
*(photographies de Simone Casetta)*
*Hachette, 1990*

Besoin d'Afrique
*(avec Eric Fottorino et Christophe Guillemin)*
*Fayard, 1992*
*et « Le Livre de poche », n° 9778*

Docks : promenade sur les quais d'Europe
*(avec Frédéric de La Mure)*
*Balland, 1995*

Mésaventure du paradis
Mélodie cubaine
*(photographies de Bernard Matussière)*
*Seuil, 1996*
*et « Points », n° P1322*

Histoire du monde en neuf guitares
*(avec Thierry Arnoult)*
*Fayard, 1996, 2004*
*et « Le Livre de poche » n° 15573*

L'Atelier de Alain Senderens
*(avec Alain Senderens)*
*Hachette Pratique, 1997*

Le Geste et la parole des métiers d'art
*(direction d'ouvrage)*
*Le Cherche-midi, 2004*

Salut au Grand Sud
*(avec Isabelle Autissier)*
*Stock, 2006*
*et « Le Livre de poche » n° 30853*

Kerdalo, le jardin continu
*(avec Isabelle et Timothy Vaughan)*
*Ulmer, 2007*

À 380
*(photographies de Peter Bialobrzeski, Laurent Monlaü,*
*Isabel Munoz, Mark Power)*
*Fayard, 2007*

Courrèges
*(avec Béatrice Massenet)*
*X. Barral, 2008*

Rochefort et la Corderie royale
*(photographies de Bernard Matussière)*
*Chassée-Marée, 2009*

Entretien François Morellet avec Érik Orsenna
*Éditions du Centre Pompidou, 2011*

RÉALISATION : NORD COMPO À VILLENEUVE-D'ASCQ
IMPRESSION : CPI BRODARD ET TAUPIN À LA FLÈCHE
DÉPÔT LÉGAL : MARS 2014. N° 116595 (3003379)
– Imprimé en France –